VERLAG
FRITZ
MOLDEN

Carolus L. Cergoly

Als Triest noch bei Österreich war

oder

Der Kaiser kann warten

Ein kakanischer Roman

Aus dem Italienischen übertragen von
Piero Rismondo

VERLAG FRITZ MOLDEN
WIEN–MÜNCHEN–ZÜRICH–NEW YORK

Titel der Originalsausgabe:
Il complesso dell'imperatore
Collages di fantasie e memorie di un mitteleuropeo

1. Auflage

Verlegt von Molden Verlag Wien Gesellschaft m.b.H.
Schutzumschlag: Hans Schaumberger, Wien
Lektor: Helga Birox
Technischer Betreuer: Franz Hanns
Schrift: Garmond Garamond-Antiqua
Satz: RSB Fotosatz Gesellschaft m.b.H., Wien
Druck und Bindearbeit: Wiener Verlag, Himberg
ISBN 3-217-01134-1

Inhalt

Ankündigung

Wer du auch seist, wisse, daß die Personen dieser Intarsien in Prosa alle wirklich und lebendig sind.

Sie sind lebendig und sogar lebendiger als die Lebenden, gerade weil sie tot sind.

Und Der da auf dem Throne sitzet, sagte: Siehe, ich mache alles neu. Und dann sagte Er zu mir: Schreibe, denn diese Worte sind wahr und bezeugt.

Merke dir, daß das geheimnisvolle magische Band, das Leben mit Leben verbindet, nicht das Leben ist, sondern der Tod. Genau das Gegenteil dessen, was du denkst.

Der Tod ist nie langweilig, denn er sucht dich nur einmal auf, stumm und rasch.

Dann siehst du ihn nicht wieder in alle Ewigkeit.

Keiner ist jenseits des Todes, ob Narr oder Weiser.

Das Universum ist die Frucht von Zufall und Notwendigkeit.

O scharfsinniger und eleganter Demokrit.

Intarsien für einen Roman?

Ehe er sie niederschrieb, wurde der Autor von schwerem Asthma befallen, das quälte ihn in den Stunden der Finsternis zwischen Mitternacht und Tagesbeginn.

Das Asthma ist eine typische Krankheit bei Männern, die in der sogenannten schöngeistigen Literatur pfuschen.

Die Ideen, die nicht herauskönnen, die unterdrückten Ideen, die Tragödie des weißen Blattes, verursachen das Asthma.

Es ist ein männliches Gebären, und oft genug mit Hilfe des Kaiserschnitts.

Nach diesen Intarsien, oder besser Bagatellen in Prosa, war der Autor von seinem krankhaften Gezische und Gepfeife geheilt.

O Glorie Frankreichs. Allen Dank dir Monsieur Fourton, Doktor der Arzneikunst, und deinem Zerstäuber.

O France éternelle mit deinen romantischen Wegen im Grünen.

Wir sind sicher, daß nicht alle für diese Intarsien nach deren Lektüre Verständnis haben werden.

In diesem Fall sagt sich der Autor mit Baudelaire: Nous savons que nous serons compris d'un petit nombre mais cela nous suffit.

Der Autor ist der Geburt nach Triestiner, aber seinem Geist und seiner inneren Neigung nach Kosmopolit.

Der Autor bleibt unbeirrt und gelassen.

Abschließend sei vermerkt, daß sich der Autor, als er zu seinem Fluche diese Prosastücke zu schreiben begann, im Zustand der Inspiration fühlte und hinter sich eine Stimme hörte, die wie eine Posaune klang.

Es war die Stimme seiner verlorenen Welt.

Nordisches Intermezzo
Als Zwischenzeit der Erwartung
gedacht

Im Norden Europas finden sich noch vielfache Spuren alten Aber- oder Volksglaubens, sowohl bei den Finnen wie bei den Lappen.

Die Kobolde sind Hausgeister, die sich zu ihrem Vergnügen wie in Erfüllung ihrer Mission in einem Hause einnisten und freiwillig in den Dienst eines Mannes, einer Frau oder einer Familie stellen. Die Kobolde kleiden sich in graues Flanell und tragen auf dem Kopf eine rote Kapuze.

Im Sommer bei großer Hitze vertauschen sie sie mit einem runden breitkrempigen Hut, dem Nissehat.

Die Kobolde sind mächtig und verfügen über übernatürliche Kräfte und Fähigkeiten.

Die Kobolde lieben die Pferde und ihre demoiselles de compagnie, die Ziegen mit semitischen Zügen.

Die Kobolde lieben ferner das Mondlicht und finden Geschmack an mit Butter vermengter Gerste und an Bier.

L'Encyclopédie ou Dictionnaire raisonné des Sciences des Arts et des Métiers
In den Jahren der Aufklärung 1751–1777

um das schöne Barock des Schlosses den Hoyos hinterließ.

Außerdem wurde die Summe von zwanzig Millionen an Kronen und Gulden gleichfalls nach dem Willen des lieben Gottes und des Notars Stengel zur Hälfte den Hoyos und zur anderen Hälfte den Weingarten-Poltz vermacht.

Und sowohl die Hoyos wie die Weingarten-Poltz stimmten vor Gott und dem steirischen Notar Stengel mit begreiflicherweise bewegter Seele den 23. Psalm an, den Psalm Davids, der Glückseligkeit jenen verheißt, die Gott zum Hirten haben.

Der Herr ist mein Hirte, mir wird nichts mangeln.

Er weidet mich auf einer grünen Aue und führet mich zum frischen Wasser.

Er erquicket meine Seele, er führet mich auf rechter Straße um seines Namens willen.

Nun begab es sich, daß eben in der Gegend von Varasdin auf den Feldern draußen Hirten bei ihren Herden die Nachtwache hielten.

Und diese Hirten sahen am Morgen den großen Wanderfalken himmelwärts kreisen.

Es war der Lieblingsfalke des Grafen Zichy, es war der Wanderfalke Modus mit dem frischen und angenehmen Atem.

Und Modus mit seinem frischen und angenehmen Atem stieg und stieg und glich mit seinem mächtigen Flügelschlag einem ägyptischen Fächer.

Er stieg und stieg, denn er hatte das Gesumm einer unsterblichen Langeweile vernommen, das Knurren seines großen Herrn und Meisters, der sich ganz allein zwischen farblosen Wolken und dem kristallenen Himmel unsterblich langweilte.

Und Modus stieg und stieg mit mächtigem Flügelschlag und einem ägyptischen Fächer gleich und dachte in der Sprache der Falken vor sich hin.

Wenn ich ihm begegne, werde ich ihm sagen: Mein Herr Graf und Meister, nehmen Sie mir die Haube ab und gehen wir auf die Jagd nach Engeln, Erzengeln und Cherubim.

Der Herr Graf wird sich freuen mich wiederzusehen und

mir die Haube abnehmen, und ich, Modus, werde aufwärts und abwärts im Steilflug und im Sturzflug meine Krallen in einen Seraph schlagen oder in irgendeinen Erzengel oder in Ermangelung von Besserem in irgendein Engelchen, das nur aus einem kleinen Kopf und kleinen Flügeln besteht.

Als die Hirten Modus, der immerfort stieg und stieg, nicht mehr sahen, setzten sie sich im Kreis auf die Erde, steckten ihre langen Pfeifen an und sangen, als wäre sie ein Kirchenlied, die österreichische Kaiserhymne, das *Gott erhalte,* und Gott möge viel Glück und Freude und Vergnügen dem Herrn Zichy bescheren, Mitglied des Militärordens Heiliger Stephan von Ungarn.

Da nun erklärt es sich, warum der Kobold Herr Hinzelmann beschloß, seine Bleibe zwischen den Helmen und Helmbüschen auf dem barocken Laubengang des Schlosses der Zichy zu verlassen, ja auch Varasdin selbst und dessen Umgebung.

Herrn Hinzelmanns Kopf war wie eine leere Kammer, in der nur ein einziger Gedanke widerhallte: Fort vom Schloß und fort von Varasdin und der umliegenden Landschaft.

Nach den Todesseufzern und besonders nach dem letzten Seufzer, der dem leicht verächtlich verzogenem Mund des Grafen Zichy entfahren war, verwandelte sich der Herr Graf Zichy in den Leichnam des Herrn Grafen, einen Leichnam, der gleichwohl weiterhin einen leicht verächtlichen Ausdruck bewahrte.

Nach dem, wie die klein und niedrig Denkenden sagen, Hinscheiden des Grafen Zichy, kleideten sich das Gemüt und die Augen des Kobolds Hinzelmann in das Schwarz tiefster Trauer. Sterben, sagte Hinzelmann, ist biologisch dumm und hassenswert, und wenn ich zufälligerweise sterben sollte, werde ich ein schlechter Sterbender sein.

Fort von den Helmen mit ihren Helmbüschen; fort von den Falken und Wanderfalken, fort vom Gequak der Frösche von Mörbisch, von den Störchen von Rust und vom Gegrunz der Ferkel des Barons Zsupan.

Fort auch, sagte Hinzelmann, fort von den Wiesen, den Flüssen, den Bergen, den Seen.

Hinzelmann schnürte sein Bündel, hob seinen Stab, und schon setzte ein Wind ein, pfeifend und heftig, eine Bora, deren Stöße ihn vom Boden lösten, und Herr Hinzelmann mit seinem Bündel und seinem Wanderstab wurde zum Wanderer der Lüfte, er stieg und stieg, als wäre er der Wanderfalke Modus, der Lieblingsvogel des Grafen Zichy.

Herr Hinzelmann suchte als ständigen Aufenthalt eine Stadt mit weitem Atem, eine Stadt, in der sich die Welt spiegelt, zu ihren Häupten ein himmelblauer Himmel und zu ihren Füßen ein blaues Meer mit muschelförmigen Schaumkämmen, gleich dem Schaum, dem Aphrodite entstieg.

Eine Stadt der überseeischen Gewürze, eine Stadt, deren Häuser nach geteerten Seilen riechen und wo sich Schiffbug an Schiffbug reiht.

Eine Stadt mit ziegelfarbenen Dächern, mit blitzenden Scheiben und Fensterläden, weiß wie die Federn von Engelsflügeln.

Der Kobold Herr Hinzelmann, immer noch Wanderer der Lüfte, suchte eine Stadt, die der Vorhang der Welt ist.

Und wieder war sein Kopf wie eine leere Kammer, in der ein einziger Gedanke widerhallte: Wo finde ich le point le plus proche au centre de l'Europe.

Hinzelmann hob seinen Stab, und der Stab wies wie durch Zaubermacht auf den Breitengrad 45 und 48′ und auf Längengrad 2 und 20′ westlich von Wien.

Der Kobold verspürte auch einen Geruch von salzigen Algen und Lindenblüten. Weitere Gerüche und Düfte stiegen ihm in die Nase, es roch nach Trauben aus Samos, Pfeffer und Zuckerhut aus Havanna, aber auch nach Tabak, so blond wie der Bart des Sultans Selim, der von Gemüt undankbar und besonders grausam war.

Und Hinzelmann landete im Gleitflug in Triest, das einem Korb mit frischen Frühlingsblumen auf einer Klippe gleicht. Und Hinzelmann erkannte sofort, daß die Stadt nicht viel jünger als Rhodos war, aber unvergleichlich moderner als Varasdin. Ein Fenster Mitteleuropas auf das Adriatische Meer.

Der phönizische Kapitän Phlebas nannte sie die Freude des Reisenden, und Stojan, Seelenhirte von Villa Sclavorum, verglich sie dem Schilfrohr.

O Sonnengott von Tergeste, erweise dem Kobold Herrn Hinzelmann alle Ehren und biete ihm Gastfreundschaft.

Und als Fazio degli Uberti die Stadt auf ihrem Steilhang sah, wurde ihm gesagt, ihr Name erkläre sich damit, daß sie dreimal Wurzeln angesetzt habe.

Triest, liebenswürdige und handelstüchtige Stadt.

Stadt Triest vulgo Trieste oder Térést.

France Militaire Trieste von Buellemier.

Ansicht der Stadt und des Freihafens Triest vom Süden, gewidmet dem Hochlöblichen Kaufmannsstand von Triest.

View of Triest drawn by Allason.

Hinzelmann fand sofort Gefallen an den Einwohnern, sie waren alle hochgewachsen, sympathisch und intelligent.

Besonderes Gefallen fand er an den Frauen, sie waren alle wie Sonnenschein. Zart und anmutig.

Frauen mit langen nervösen Beinen und schlank und wendig wie junge Stuten, die nach Linden riechen, und ihre Füße bringen das Pflaster der Molen zum Klingen wie die trommelnden Hufe der kleinen polnischen Pferde, der gefügigen Koniki.

Hinzelmann dachte, das also sind die Triestiner, Generationen von Nationalitäten, und von ihnen gingen die Völker aus und verteilten sich über die Erde nach der Sintflut.

Hinzelmann sah zum ersten Mal das Meer.

Die Bora stürmte gegen das Meer, und das Meer bäumte sich gegen die Bora auf, und beide stürzten sich auf die Wellenbrecher und Molen, es flogen Dachziegel, und Schornsteine knickten ein.

Es ist kalt, und Hinzelmann tauscht seinen Hut aus. Weg mit dem breitkrempigen Nissehat und aufgesetzt die warme rote Kapuze, rot wie rote Nelken auf einer steinernen Fensterbank.

Hinzelmann beginnt sich zu fürchten.

Er fürchtet sich vor den Wellen, die wie neunschwänzige Katzen die Boote und die Schiffswände peitschen, er fürchtet sich vor den wilden Stößen der Bora, und diese Windstöße sind tausend-, ja hunderttausendmal stärker als der Wind, der in Varasdin die Mühlsteine in Gang setzte.

Hinzelmann fürchtet sich, und so eilt er mit langen und raschen Schritten in das Innere der allzeit getreuen und reichsunmittelbaren Stadt des Kaisers mit den roten Hosen und dem Goldenen Vlies, das auf seiner Brust wie eine kleine Sonne glänzt.

Und der Kaiser lebt zwischen silbernen Säulen, seine Kissen sind Gold und sein Himmel ist Purpur, und sein Hals ist wie der Turm Davids, der errichtet wurde für Kampfübungen mit Lanzen, Schwertern und Pferden, deren Schwänze sich wie Fahnen im Wind entfalten.

Diese Stadt hat den Kaiser zum väterlichen Herrn von Triest.

Hinzelmann befindet sich mit seinem Bündel und seinem Stab in einer großen, schönen und breiten Straße, benannt nach dem Bischof Thomas Chrön, Gottesstreiter aus Krain und Verfasser eleganter Gedichte in lateinischer Sprache.

Dieser apostolische Gottesstreiter Chrön sah eines Tages vom Land her ein Tier kommen, das hatte Hörner gleich denen eines Lammes, und es sprach wie ein Drache und ließ vom Himmel Feuer auf die Erde herabstürzen.

Glaube ist Glaube.

Man muß fest an die Dinge glauben, die der Vernunft nicht zugänglich sind. Um nicht in die Irre zu gehen, muß man daran festhalten, daß das Weiße, das ich sehe, für schwarz zu gelten hat, wenn die hierarchische Kirche es so bestimmt.

II.

Hier beginnt das Journal Intime des Kobolds Herrn Hinzelmann verfasst von ihm selbst in höchsteigener Person

Ich war noch voller Seeängste und Windängste und ging möglichst rasch und mit langen Schritten die Corsia Chrön entlang, in der Absicht, irgendeinen Unterschlupf als schützender Hausgeist zu finden, da vernahm ich die Stimme des Großen Pan, der zu mir sagte: Hinzelmann ermanne dich, denn ich bin da.

Ich ermanne mich und fühle mich getröstet durch seine Stimme, denn der Große Pan ist für uns Kobolde so etwas wie unser König, und nicht nur für uns Kobolde, sondern auch für die Tritonen, die Sirenen und die Necken.

Und in der Luft erklingt die Harfe der Necken und der schluchzende Gesang der Necken, der da lautet: Dieses mein Wanderkleid hat Blätter angesetzt und Blüten getrieben wie eine Pflanze im Frühling. Es keimt die Hoffnung.

Und gleich danach hörte ich wiederum die Stimme des Großen Pan, der mir zurief: Hohò, sause in das Haus Nummer 76 der Corsia Tommaso Chrön, und alle Seeängste und Windängste werden von dir weichen. Und ich, Untertan des Großen Pan, sause in den ersten Stock des Hauses Nummer 76, Katasternummer 3875, wo der Herr Benes wohnt, geboren an den Ufern der Moldau und Kaufmann von Beruf. Ich steige in den zweiten Stock, woselbst der Pensionist Tommasi dahinvegetiert.

Weiter noch, weiter hinauf, trieb mich die Stimme des Großen Pan an, und im dritten Stock bleibe stehen.

Ich sause hinauf und verweile auf den Marmorfliesen des Treppenflurs im dritten Stockwerk. Stürze hinein, befielt die Stimme, und ich stürze sofort hinein und befinde mich in einem großen schönen Zimmer, dessen Wände mit Büchern in bunten Einbänden gepolstert sind.

Alles Unglück der Menschen hat nur eine einzige Ursache, die Unfähigkeit ruhig im eigenen Zimmer zu bleiben.

Ich mache es mir im letzten Regal rechts bequem, hinter vielen schönen, wohlgeordneten Büchern, auf deren festen Einbänden die Titel in Dukatengold eingeprägt sind.

Ich befinde mich hinter den Werken von Geoffrey Chaucer und seines Freundes John Gower, hinter den Jugendgedichten von John Dryden und hinter den Essays und den Religious Meditations von Francis Bacon.

Weiters befinde ich mich hinter einem merkwürdigen Büchlein, dessen Rücken aus grünem Maroquinleder besteht, *Il Castellano di Bassano* (Der Kastellan von Bassano), ein kleines Poem in zwei Bänden, das von einem gewissen Attilio Hortis in Triest im Jahre 1889 zum erstenmal veröffentlicht wurde.

Es ist eine ideale, ruhige und vor allem kultivierte Unterkunft für einen Kobold meiner Natur, das heißt für meine Hinzelmannsnatur.

Ja, ich habe beschlossen, der Hausgeist in dieser heimeligen Wohnung im dritten Stock dieses Hauses von vornehmer Heimeligkeit zu werden.

Da entdecke ich plötzlich und zufälligerweise, daß ich der Hausgeist von Mister Stanislaus Joyce geworden bin.

Der Herr Professor S. Joyce erteilte Englischunterricht mit irischem Akzent, lebte aber im Stil eines waschechten englischen Baronets und weinte mitnichten dem verzopften Leben im weihrauchumwölkten Irland nach.

Stanislaus Joyce ist ein einsamer, aber kein unhöflicher Mensch.

Mister Stanislaus Joyce hat nur wenige Freunde, führt aber viele Selbstgespräche, während er um seinen Schreibtisch herumgeht.

Seiner Gattin schenkt er stets Parfums von Guerlain und Caron.

Der Professor Mister S. J. liebte seine Gattin Nelly und gleicherweise seine vielen Selbstgespräche, ein Familienlaster.

... und dann umschlangen ihn meine Arme ja ich zog ihn herab zu mir daß er meine duftenden Brüste fühlte ja und ganz wild schlug ihm das Herz und ja ich sagte ja ich will Ja.

Ich, Hinzelmann, sah, vielmehr empfand seinen Körper so, als wäre er von einem viktorianischen Bildhauer modelliert worden.

Ich sah ihn in sein Arbeitszimmer kommen, sah ihn um seinen Schreibtisch herumgehen und imaginäre Gespräche mit einem gewissen James führen, der, wie ich später erfuhr, sein älterer Bruder war.

Der große, der berühmte, der widerborstige James Joyce, der wirrköpfige James Joyce von Chamber Music.

Kammermusik, sagte Stanislaus Joyce vor sich hin, ja aber die Miete für die Kammer, die bezahlte ich.

Kammer? Was heißt Kammer? Die Miete für eine Wohnung in einem Haus im Grünen, unweit des Wirtshausviertels von San Giacomo.

Und er ißt und trinkt in der Trattoria Bonavia, und ich zahle sein vieles Trinken und sein weniges Essen.

Er auf der Buona Via, zu deutsch dem guten Weg, und ich auf dem Weg der Schulden.

Ich zahle gegen diesen Wechsel ...

Mich unterhielten, mich faszinierten seine monologischen Bekenntnisse ohne das Gitter des Beichtstuhls. Aber auch die Plaudereien mit seinen Freunden gefielen mir, denn es waren Gespräche ohne das gelehrte Getue einer Hochkultur.

Die Freunde waren der Maler Silvestri, der Prof. Klamroth und der Buchhändler Paolo Popper, Inhaber der Libreria Bizantina antica e moderna in der Via della Barriera Vecchia Nr. 34.

Es waren angenehme Gespräche, entspannende Plaudereien eben, oder wie sich Silvestri, dieser bizarre Geist, ausdrückte, Feld-und-Wiesen-Tratschereien.

Selten sah ich den Professor Stanislaus so vor Wut schäumen wie an dem Tag, an dem James schrieb: Ich hasse dieses katholische Land mit seinen hundert Rassen und seinen tausend Sprachen, regiert von einem Parlament, das nichts beschließen kann und höchstens eine Woche lang zusammentritt, und von dem verkommensten Herrscherhaus der Welt.

Und als reichte das nicht, kommt er auch noch mit einem seiner verfluchten Limericks daher, der ein einziger Angriff auf den Kaiser ist.

Schuld, die nicht vergeben wird, sagte sich Stanislaus und ging im schottischen Schritt in seiner Kammer herum, Kammer schlicht und einfach, ohne den Zusatz Musik, und las den verfluchten Limerick wieder und wieder:

's ist ein Monarch, dem nichts bleibt erspart
Er trägt nämlich Hosen dualer Art
Doch das eine wie 's andere Hosenbein
Bereitet dem Ärmsten gar arge Pein
Wie hält er's nur aus, daß er drinnen verharrt?

Unverzeihliche Schuld, unverzeihlich ganz und gar, sagte sich Stanislaus Joyce immerzu und voller Wut.

Seine Wut war natürlich, seine Wut war gerechtfertigt, seine Wut galt der Undankbarkeit, die dem alkoholisierten Gehirnkasten des blödsinnigen James gegen Österreich, gegen das österreichische Imperium und vor allem gegen den Kaiser und König entsprungen war. Für James war der ein dualer Typ.

Schöne Dankbarkeit. Er hatte hier Gastfreundschaft, Arbeit und Freunde gefunden.

Seine Kinder wurden unter den schützenden Blicken des rotzüngigen Doppeladlers geboren, und er, was tut er? Als Dank spuckt er in den Teller, aus dem er gut ißt, und er spuckt in das Glas, aus dem er reichlich trinkt, und pöbelt den Kaiser an und dessen kaiserliche rote goldbetreßte apostolische Hosen.

Früher einmal amüsierte ihn sein blödsinniger und entnervender Bruder, er brachte ihn durch einen waschechten Limerick über seine Lehrmethoden zum Lachen. Im zweiten Stock des Hauses mit dem Balkon auf den Ponte Rosso, den Gemüse- und Obstmarkt in Triest, brachte James Joyce einem seiner Triestiner Schüler die Anfangsbegriffe der englischen Sprache bei.

James Joyce zeigt ihm auf der flachen Hand eine kleine glänzende Goldmünze: What is this? It is money . . .

Ich und mona?*) sagt der Schüler vom Ponte Rosso und richtet seinen Zeigefinger auf die eigene Brust. Ich und mona? Yes mona, du, und so beschloß James Joyce seine erste Lektion über die Anfangsbegriffe der englischen Sprache.

Möglicherweise, sagt der blödsinnige und alkoholisierte James, hat das Gehirn oder etwas im Gehirn von dem Money-Mona, was die Phonetik betrifft, nicht allzugut funktioniert.

Und es lachte der sonst so ernste Stanislaus ein Falstaff-Lachen, und es lachten Stanislaus' Freunde rings um den Schreibtisch.

Und ich, Hinzelmann, sah und hörte alles in meinem heimeligen Schlupfwinkel hinter den Büchern im dritten Regal.

Alle lachten sie außer dem Prof. Klamroth, denn er verstand nicht, was es da zu lachen gebe rings um den Schreibtisch von Mister Stanislaus.

Da holte Silvestri aus dem Regal genau unter meinem Wohnsitz das Wörterbuch des venezianischen Dialekts von Boerio hervor. Hören Sie, sagte er lachend zu dem gemessen dasitzenden Klamroth, hören Sie zu und bilden Sie sich kulturell. Er schlägt das Wörterbuch beim Buchstaben M auf und sagt, während er die Augen zur Decke richtet: Introibo ad altarem Dei.

Und mit der hohen Stimme eines Kastraten aus dem achtzehnten Jahrhundert liest er: Mona, weibliches Hauptwort, auszusprechen mit kurzem O, bedeutet eine Zapfen abschneidende Natur und im übertragenen Sinn Sammelbüchse.

*) Italienischer, vor allem venezianischer Vulgärausdruck für den weiblichen Geschlechtsteil; als Schimpfwort auch männlich und heißt dann so viel wie Arschloch. (Anm. d. Übers.)

Die modernen Griechen sagen Muni, und das läßt vermuten, daß das Wort aus Griechenland zu uns gekommen ist. Es ist aber auch möglich, und ich bin sogar sicher, daß unser Ausdruck von den Griechen übernommen wurde.

Der Professor Klamroth lachte und versicherte, er verstehe, aber er tat nur vor Silvestri so, denn er wollte nicht als Mona, als Arschloch, gelten.

Zwischen den zwei Brüdern Joyce bestand kein gutes Einvernehmen.

Besonders nachdem es James gelungen war, den *Ulysses* herauszubringen, verlegt bei dieser ahnungslosen, dummen und verschlafenen Miß Sylvia Beach, Inhaberin der Buchhandlung Shakespeare and Company in Paris, in der Rue de l'Odeon 12.

Viele Gedanken und Einfälle im *Ulysses* aber sind meine Gedanken und Einfälle, und mein blödsinniger Bruder hat sie mir in schamloser Weise gestohlen.

Mein Bruder der Unverständliche, doch hat jener Pariser Freund mit der spanischen Mantille vollkommen recht, wenn er sagt: Joyce und Braque L'imcompréhensible que tout le monde peut comprendre.

Seit einigen Tagen fühlt sich der Professor S. J., der Englischunterricht im irischen Tonfall erteilt, nicht recht wohl.

Er kommt ins Arbeitszimmer, setzt sich hinter den Schreibtisch, und da ihn ständig friert, wobei die Kälteschauer mit Hitzeanfällen abwechseln, hüllt er seine Schultern in einen schönen großen Plaid, den er während seines letzten Aufenthalts in London bei der Firma The Scotch House London mit Zweigstellen in Edinburgh und Paris gekauft hat.

Der Monsterroman meines Bruders hingegen, sagte der Fröstelnde, trägt als Entstehungsorte die Städtenamen Triest, Zürich, Paris.

Arme verschlafene Miß Sylvia Beach, sie befindet sich auf der schiefen Bahn des Fallissements.

Gestern ist die Frau Mary de Hochkofler zu Besuch gekommen. Sie ist die Übersetzerin des ganzen *Don Qui-*

jote, und S. J. sagte zu ihr: Da können Sie, meine Liebste, den Unterschied sehen zwischen einem schottischen, aus Wolle handgewebten Plaid und dem Gewebe, das mein Bruder James Joyce mit den 24 Buchstaben des Alphabets hervorgebracht hat.

Seit mehr als einer Woche ist S. J. nicht mehr in sein Schreibzimmer gekommen.

Dann hörte ich eine Frau weinen.

Dann hörte ich eine Frau tröstende Worte spenden.

Ich habe verstanden. S. J. war tot.

Ich ging, ihn mir anzusehen, und ich sah ihn als Leiche wie zuvor den Grafen Zichy, nur mit dem Unterschied, daß der Graf Zichy wie ein lebender Leichnam als ungarischer Magnat gekleidet war, während der Leichnam des Professors Stanislaus Joyce wie der eines Mannes von etlichen Verdiensten Flanellhosen und einen Tweedsakko trug, zugeschnitten aus Harris Tweed der Harris Tweed Association Ltd. Kurz, ein Mann von etlichen Verdiensten, wie dem Verdienst, Englischunterricht mit irischem Akzent erteilt zu haben.

Es ist Juni. Stets geschlossene Fenster und dieser Geruch nach gestorbenem Fleisch, nach verwelkten Blumenkränzen, und immerzu dieses lange und monotone Weinen einer Frau und das trostspendende Geflüster einer Frau.

Ich ertrug es nicht länger, ich verspürte eine leichte, von Minute zu Minute zunehmende Übelkeit, die mir diese menschlichen und pflanzlichen Gerüche und menschlichen Laute verursachten. Die Stimme, die die Trostworte flüsterte, war die der Frau Mary de Hochkofler, die mit ungemein eindrucksvoller Betonung und ganz in Abstimmung auf die Totenwacht das vierundsiebzigste Kapitel des von ihr übersetzten *Don Quijote* vorlas und dabei zartsinnigerweise den Vor- und Zunamen des großen Hidalgos durch den des Dubliners Stanislaus Joyce ersetzte.

Und Frau Mary las, und je länger sie las, desto mehr klang das Weinen der weinenden Frau ab und erstarb in einer Sordine, es war als bliese ein Trompeter in seine Trompete, dessen asthmatischer Anfall mehr und mehr nachläßt.

Wichtige Anmerkung: Der Patient, der an der pfeifenden Krankheit erkrankt ist, muß versuchen, dem Anfall soweit es geht zuvorzukommen und seine Tablette rechtzeitig einnehmen.

Die menschlichen Dinge, so las Frau Mary laut vor, sind nicht von ewiger Dauer, denn sie neigen sich von allem Anbeginn ihrem Ende zu, das gilt besonders für das Leben des Menschen, und da dem Leben von Stanislaus Joyce vom Himmel keinerlei Privileg verliehen worden war, das es in seinem Ablauf aufgehalten hätte, trat das schicksalsbedingte Ende in dem Moment ein, in dem er es am wenigsten erwartete.

Dafür erwartete ihn ein Engel, der in der Hand ein kleines von Mister Stanislaus Joyce verfaßtes Buch hielt, *My Brother's Keeper*. Und er wird das Buch nehmen, und er wird es verzehren, und sein Mund wird süß werden wie Honig. Meine Koboldnase, meine Hinzelmannsnase aber kann diese süßlichen, von Weihrauch umwölkten Gerüche nicht mehr ertragen. Ich muß fort, ich muß ausziehen, möchte aber das heimelige Haus in der Corsia Tommaso Chrön Nr. 76, Katasternummer 3875, nicht verlassen.

Ich, Hinzelmann, habe das Haus liebgewonnen, ich trage den Duft dieses heimeligen Hauses in mir, so als wäre es stets mein Haus gewesen, und heute ist es mein Haus geworden.

Ich schnüre mein Bündel, nehme meinen Stab und schleppe mich weiter hinauf, schleppe mich in den fünften Stock, es ist der letzte Stock und er führt zur Mansarde, oder wie man heute sagen würde, zu einer supereleganten Dachwohnung.

In der Mansarde beziehungsweise Dachwohnung wohnte die Signora Caterina Vidal, oder, wie sie sich mit Vorliebe nannte, Kate. Wer war diese Kate Vidal?

Manche hielten sie für eine Witwe, andere für eine geschiedene Frau, und wiederum andere für eine Tänzerin.

Diejenigen, die sie als Tänzerin bezeichneten, versicherten, sie hätten sie in Paris die *Schöne blaue Donau* von Strauß tanzen sehen.

Sie habe, so sagten sie, der Gruppe von Mary Wigman angehört. Diese Leute wollten sich auch erinnern, in einer Pariser Zeitung über sie gelesen zu haben: La tête le bras et le torse ne font au départ que se balancer de droite à gauche passifs indecis comme engourdis par le rythme le pied impatient bat simplement la mesure.

Das sagten diejenigen, die sie als Tänzerin bezeichneten.

Madame Kate war in der Tat von pariserischem Temperament.

Die süße Kate rauchte Señoritas-Zigarren, denn sie war eine Person von buen Geschmack, und sie zündete ihre Wintermans mit Streichhölzern der Régie Monégasque des Tabacs an, deren Schachteln stets der aufgedruckte Willkommensgruß ziert: Bienvenue dans le Principauté de Monaco.

Das europäische Temperament der Kate Vidal war von mitteleuropäischem Zuschnitt.

Ah die Beine von Kate, die schönen Beine von Kate, die erotischen Beine von Kate.

Wohl und fein gedrechselte Beine, aber non troppo, Beine von maskuliner Formung, aber non troppo und zugleich von jugendlicher Zartheit, Beine, Herr Casanova, die verführen.

Und es sang der lutherische Pastor.

Und es sang der Rabbiner Luria.

Und es sang der hochwürdige Pater Pendola S. J.

Und es trillerte Major Barbara und war ganz Feuer und Flamme.

Wem gehören diese Beine, die der Morgenröte gleichen, schön sind wie der Mond, rein wie die Sonne, schrecklich wie flatternde Fahnen in der Feldschlacht.

Ihre Beine, sang Luria, sind wie marmorne Säulen, die auf Sockeln aus feinstem Golde ruhen.

Und Pater Pendola S. J.: Ihre Beine sind wie Quecksilber.

Und Major Barbara abschließend: Damit ich sie sehen kann, hat sie ihren Rock ausgezogen.

Andere wieder behaupteten, Kate Vidal sei der letzte Abkömmling jenes Venezianers Momolo Vidal, der als der allerletzte Nachfahre jener völlig verarmten venezianischen Adeligen galt, die nach dem Stadtviertel San Barnaba Barnabotti genannt wurden.

Kurz jenes Barnabotto N. H. Vidal, der den Sozialismus als ein großes Einander-Liebhaben auffaßte, und für den der Sozialismus etwas war, was sich gegen Ungerechtigkeit und Egoismus richtete, und der schlußfolgerte, indem er sich in sein Mäntelchen hüllte: Wenn das Sozialismus ist, dann bin ich immer Sozialist gewesen und werde es immer sein.

Ich werd's, sagte er, in alle Richtungen hinausrufen, hinausschreien und werde auf meiner Haustür unter meinen Vor- und Zunamen N. H. Momolo Vidal dazuschreiben: Sozialist.

De la liberté et de l'Égalité des Hommes et des Citoyens avec des considerations sur quelques nouveaux dogmes politiques par Mr le comte d'Ayala Vienne chez Ignace Alberti MDCCXCIII.

Und der Herr Graf urteilte in seinem an ein Menuett anklingendes Französisch: Dire que la nature a destiné l'homme à tyranniser d'autres hommes c'est blasphémer contre Dieu même c'est détruire son existence propre pur défendre les prérogatives de quelques individus.

Das heute allgemein verwendete Wort Sozialismus entstand im Jahre 1835. Sein Vater ist der französische Philosoph Pierre Leroux, und es entstand im Gegensatz zum Individualismus.

Die intelligenten Leute erkannten, daß das neue Jahrhundert einer neuen Ordnung bedurfte, denn es begann eine neue Epoche. Nicht, daß die durch das sogenannte allgemeine Wahlrecht Gewählten arrogante oder böse Menschen gewesen wären.

Sie waren guten Glaubens, das ganze österreichisch-ungarische Reich zu vertreten, und vertraten in Wahrheit mehr oder weniger hunderttausend Personen.

Sie hatten nicht begriffen, die Adeligen, die Land- und Hausbesitzer, die Freiberufler, wie Rechtsanwälte und Ärzte.

Wer aber sofort begriffen hatte, was für ein Wind durch

das neue Jahrhundert wehte, war der alte Kaiser, der aber geistig so jung geblieben war wie zu der Zeit, da er noch Oberleutnant mit roten Hosen gewesen war.

Als Kaiser konnte er seine Meinungen und Ideen nicht öffentlich aussprechen.

Seine Kaiserliche und Königliche Apostolische Majestät regierte, aber herrschte nicht . . .

Wer ebenfalls sofort begriffen hatte, welch neuer Wind wehte, war der Doktor Viktor Adler.

Adler sagte, es müsse etwas getan werden und begann den Kampf.

Um ihre Kraft und ihre Macht allen sichtbar zu zeigen, beschlossen die Arbeiter ihren großen Aufmarsch zum Ersten Mai.

Die Ängste aber waren schon lange vor dem Ersten Mai dagewesen, Ängste des Morgens, Ängste des Nachmittags und Ängste des Nachts.

Die roten Haufen der Vorstädte.

Und es ängstete sich der Baron Margutti.

Und es ängstete sich der Herr Pohota, Landbesitzer.

Und es ängstete sich der Herr Laszlo Szabò, Inhaber der prämiierten Konditorei Szabò am Schottenring.

Und es ängstete sich Frane Milossevic, Inhaber einer Schneiderei für Militär und Zivil.

Und es ängstete sich der reiche Großbürger Herr Adolf Hlawaty, der fest darauf hoffte, eines Tages, und zwar eines nicht allzu fernen Tages, durch Seine Kaiserliche und Königliche Apostolische Majestät den Briefadel verliehen zu erhalten, der ihn dazu berechtigte, sich Adolf von Hlawaty zu nennen und dies auch in Schönschrift auf seine Visitenkarten drucken zu lassen.

Und die Ängste des Morgens und die Ängste des Nachmittags und die Ängste des Nachts, sie waren da und hielten an, schon vor dem Ersten Mai. Und am ersten Maientag, da kamen sie heraus aus den Wiener Vorstädten, die roten Haufen.

Diese Haufen aber hatten noch kein Symbol, durch das sie sich von ihrer Umwelt unterschieden hätten.

Die Sichel symbolisierte noch nicht den Bauern. Der Hammer noch nicht den Arbeiter. Das Buch noch nicht den Intellektuellen.

Da hefteten sich die roten Haufen aus den Vorstädten als Symbol des neuen Windes, der da wehte, auf ihre Festtagsgewänder eine schlichte Blume, die rote Nelke.

Und es kam der Erste Mai, und genau am Ersten Mai da schöpften sie Mut und strömten herbei aus den ärmlichen Wiener Vorstädten, sie waren alle diszipliniert, sie kamen mit ihren Frauen und Kindern, und alle trugen sie die rote Nelke.

Sie strömten herbei aus den Vorstädten und zogen durch die schönen, von ehrbaren Leuten bewohnten Straßen der Innenstadt, ohne etwas zu zerschlagen, ohne etwas anzuzünden und ohne Gewalt anzuwenden.

Die Hüter der öffentlichen Sicherheit schämten sich plötzlich, Hüter der öffentlichen Sicherheit zu sein, sie verbargen sich in den Haustoren, und die Torwächter der großtorigen Ringstraßenpaläste schlossen die großen Tore, und auch sie waren bedrückt und beschämt.

Und die roten Haufen marschierten fast im Paradeschritt bis zur schönen und grünen Hauptallee im Prater.

Und es gab keine Gewaltanwendung, und es gab keine zornig geballte Faust.

Das Riesenrad fuhr fort sich zu drehen, und in den Buden und Gaststätten fuhr man fort, Würstchen zu kochen und Roggenbrot in Scheiben zu schneiden.

Die Erwachsenen sangen die Internationale und die Kinder die in der Schule gelernten Liedchen *Kommt ein Vogerl geflogen* und *Alles neu macht der Mai.*

Der Kaiser und der Wind des neuen Jahrhunderts. Und der Kaiser duldet es.

Der Doktor Adler erkennt den Wind des neuen Jahrhunderts, und wie noch dazu.

Wer es erlebt, wird noch schöne Sachen erleben, sagte der polnische Graf Bronislav Chlebowsky und trank den würzigen und im Geschmack harmonisch ausgewogenen süffigen heurigen Wein aus Sektgläsern.

Der österreichisch-polnische Herr Graf trank und sagte: Wir alle leben nicht mehr.

Und der Kaiser sagte, während er sein dunkles Doppelmalzbier trank und seine Virginia-Zigarre rauchte: Sie werden sagen, daß ich alt bin und wenig verstehe, doch ich verstehe alles.

Revolutionen werden ausbrechen, und nach den Revolutionen wird es zur tragischen Verführung durch den Nationalismus kommen.

Das Ende wird sich genau in dem von mir so bezeichneten Dreiländereck abspielen, nämlich in dem von Deutschösterreich, von Böhmen und Mähren und von Ungarn gebildeten Dreieck.

Und aus ist's mit *tu felix Austria.*

The last Habsburg, ja nicht einmal mehr Herr von Triest, von Cattaro und auf der windischen Mark.

III.

Der Traum des Kobolds Hinzelmann

Herr Hinzelmann, Kobold von Beruf, beschloß, sich in der eleganten Dachwohnung der Signora Kate Vidal anzusiedeln.

Ihm gefiel aber die romantische Bezeichnung Mansarde weit besser. Und in der Mansarde wählte er zu seinem ständigen Aufenthalt das reizende und nach Parfüm duftende Boudoir der Signora Kate Vidal.

Die Beine der Signora Kate waren, wie wir schon schrieben, von zart silbriger Farbe, ihr Wuchs glich dem der Esche, und sie hatten die Leichtigkeit und Eleganz einer Hirschkuh, die auf den Bergen Beter weidet.

Ihre Beine waren ein ständiger Tanz.

Zuerst war es Neugier, was Hinzelmann zu den Beinen von Kate hindrängte, allmählich aber, als er sie genauer betrachtete, verliebte er sich in sie, er fand sie unendlich erotisch, so erotisch, daß er davon träumte, in den Liebesgarten der Signora Kate einzudringen und zum Erzeuger neuer ebenso silbrig zarter, der Esche gleich hochgewachsener Beine in ständigem Tanz zu werden.

Die Beine waren so geformt, daß Hinzelmann sie nur der Tänzerin Kate zuschreiben konnte und keinesfalls der Witwe Kate oder der geschiedenen Frau Kate.

Um diese Beine besser und in aller Ruhe bewundern zu können, hatte es sich der verliebte Hinzelmann unter dem Toilettetisch der lieben, leichtfüßigen, duftenden, einer Engelswolke aus Myrrhe und Weihrauch gleichenden Signora Kate häuslich eingerichtet.

Der Tisch, der Hinzelmann verbarg, war ein wunderschöner Tisch, es war ein Tisch, den die Signora Kate bei einem Wiener Antiquar gekauft hatte und in den der Name David Röntgen eingebrannt war.

Und Hinzelmann begann unter dieser raffinierten Poudreuse zu spintisieren, diese Beine brachten ihn um den Schlaf. Aber Hinzelmann war kein Kobold von großer Phantasie.

Er betrachtete diese Beine, er bewunderte diese Beine ausschließlich vom erotischen Standpunkt und sagte: Kate, Kate deine Beine sind besser als Bier, und: Hohò Tochter der Terpsichore, deine Beine sind Zedern, deine Beine sind Eschen.

Deine Beine leuchten wie die der Bacchantinnen.

Es wird mein höchstes Glück sein, Kate, wenn du dein linkes Bein unter meinen Kopf schiebst und mich mit deinem rechten Bein umarmst.

Mehr vermochte er unter Seufzern über diese Beine nicht zu sagen, denn der Herr Hinzelmann war eben ein Kobold von sehr geringer Phantasie. Man stelle sich vor, Herr Hinzelmann hätte die Phantasie und das Temperament des losen und schrulligen Musketiers Monsieur Cyrano Hercule Savinien de Bergerac gehabt, wenn der dem eitlen und dummen Visconte de Valvert, dessen Buchstabenschatz gerade ausreichte, das Wort Kretin zu formen, seine eigene Nase beschreibt.

. . . L'animal seul, monsieur, qu'Aristophane
Appelle Hippocampelephantocamélos
Dut avoir sous le front tant de chair sur tant d'os.

Zum erstenmal fühlte sich Herr Hinzelmann in zwei Beine verliebt, in zwei frauliche Frauenbeine versteht sich.

Liebe, Liebe, seufzte der Kobold und fragte sich, was denn Liebe bedeute, was für einen geheimen Sinn dieses Hauptwort in sich verberge, und während er sich dies fragte, verspürte er den Duft von Gräsern, die der Wind zum Singen gebracht hat, und in seinem Mund den süßen Geschmack des Kirschlikörs Parfait Amour.

Liebe, Liebe, sangen ihm die schönen Beine der süßen Kate zur Antwort, Liebe ist ein Hauch, gebildet aus Seufzern.

Dann vermeinte er die Stimme der Kate Vidal zu vernehmen, die so frisch war, als wäre sie in ein Salatblatt gewickelt, und die zu ihm sagte: Hinzelmann, mein Kobold aus dem Norden, nenne mich schlicht und einfach Beine.

Auch mein vierter Liebhaber, der Norweger Larsen, nannte mich so, er sagte zu mir immer nur: Meine lieben erotischen, lanzenaufrichtenden Beine.

Hinzelmann wurde es bald heiß, bald kalt, vor allem aber geriet er in große Brunst.

Da war es ihm, als hörte er das Trommelgeräusch stampfender Hufe von Pinzgauer-Pferden.

Tamtamtam Tamtamtam, und es war jetzt wie Trommelwirbel, hervorgerufen auf Trommeln, bespannt mit Antilopenhaut, und er hörte Trompetenstöße und Hörnerschall der leichten Kavallerie bei Frühjahrsparaden, es klirrten die Sporen, und er sah das Wogen von Federbüschen und das Kreisen von Flammenbällen und Flammenrädern und das Leuchten bengalischer Feuer und hörte den Klang ungarischer Märsche.

Éljen éljen und dreimal Hurra für König und Vaterland.

Hinzelmann schloß die Augen.

Hinzelmann sperrte die Ohren auf.

Die Geige des Kapellmeisters Herrn Kálmán *Tausend kleine Englein singen.*

Tamtamtam Tamtamtam.

Beine, Hinzelmanns sinnliche Liebe.

Und er begann die Fesseln der Beine zu küssen, und die Fesseln glichen den Fesseln der Stuten vor den Wägen der Pharaonen. Selig sind, die sich der natürlichen Liebe zur Frau hingeben. Und Hinzelmann stieg und stieg wie der Falke Modus, glitt aufwärts mit seinem Mund, mit seinen Lippen, immer aufwärts die Beine küssend bis, bis . . .

Sein Hals brannte, und er träumte von diesen grünenden Beinen, träumte: Ach, wenn diese Beine doch aus duftender Gerste wären, aus duftendem Hopfen.

Der Hals brannte ihm immer heftiger, er sehnte sich nach Naßem, nach einem Tropfen türkischer Melisse, die aus den Karpaten stammt, wo die Moldovita entspringt.

Weiter, weiter mit den Lippen, weiter, weiter mit dem Mund bis zu den zarten, den delikaten Kniescheiben von Kate, und wie er immer höher glitt, vermeinte Hinzelmann, ein Hirsch zu sein, ein verliebter Hirsch, hahali und tamtamtam, ein Hirsch in der Brunst. Doch er war nicht der *Sterbende Hirsch* von Dürer, sondern der kräftige Hirsch von Courbet, halali.

Höher, noch höher mit dem Mund, höher, noch höher mit den Lippen, und immer heftiger die Brunst.

Das Scopolamin dient dazu, die Pupillen zu erweitern, man nimmt es durch den Mund ein, und Hinzelmann fragte sich, ob es etwa ein dem Scopolamin ähnliches Erzeugnis gibt, das den Bierdurst des Mannes steigert und vermehrt? Auch begann ihm die Vorhaut seiner nordischen Eichel, obwohl noch weit von Kates Liebesgarten und seiner wohltätigen und erlösenden Feuchtigkeit, Pein zu bereiten.

Mit der dicken Eichel zwischen den Hosenbeinen weiter und weiter mit Mund und Lippen über die delikaten Kniescheiben noch höher hinauf. Sanft und fast mit der subtilen Rücksichtnahme eines Pagen mit Federnhut küßten seine Lippen die zart silbrigen Beine der Venezianerin Caterina Vidal.

Während sich Hinzelmann mit wild klopfendem Herzen dem näherte, das die geübten Galane den Garten der Liebe nennen, voller fragezeichenförmig gekräuseltem Gras, da verspürte Herr Hinzelmann plötzlich unter seiner Nase einen wie aus feinen Fangschnüren strömenden Geruch nach Hopfen und Gerste.

Er fühlte sich erfrischt und ermuntert, er empfand kein Brennen mehr auf seiner nordischen Eichel, und er spürte sie zugleich wieder in Ruhestand.

Heil, sagte Hinzelmann, Heil und Lobpreisung dir, Hapi, Schöpfer der Gerste und des durstlöschenden Hopfens.

O dummer und perfider Markus von Alexandrien, der du die Ströme von Bier mit deinem Fluch belegt hast.

O ihr anbetungswürdigen Beine, nehmt hin Bäche, Wildwässer und Ströme.

Kates linkes Bein ist der Fluß Kurmi, und er bildet das dunkle Bier, und Kates rechtes Bein ist der Fluß Zythum, und er bildet das helle Bier.

Gebt mir einen Nautilus, gebt mir einen Spechter*) zum Prosten wie den von Rembrandt, schrie Hinzelmann, während er den Kurmi und den Zythum aufwärts schwamm, einmal mit dem rechten Arm und einmal mit dem linken Arm ausholend. Ein Schwimmstoß ins Helle, ein Schwimmstoß ins Dunkle.

Hinzelmann schwamm und trank und trank und schwamm, dann bemächtigte sich seines ganzes Körpers eine besondere, wohltuende Müdigkeit, er fühlte sich glücklich, wie eingehüllt in einen Mantel aus hellen und dunklen Wolken, eingehüllt in den Geruch von Hopfen und Gerste.

Als er zum Liebesgarten der schönen Kate gelangte, glitt Herr Hinzelmann in dem kleinen Spalt der Vulva aus, und die war ganz erfüllt von lustigem und frischem Bierschaum.

Weder kleine Lippen noch große Lippen, sondern kleine Muscheln und große Muscheln, die wahren Quellen von Kurmi und Zythum.

Und Hinzelmann trank und Hinzelmann sang: Belle amie si est de nos ne vos sans moi ne moi sans vos . . .

Und Hinzelmann trank und Hinzelmann sang: Gaudet Carolus cervisia gaudet Carolo puella.

Der Spalt von Kates Vulva wurde immer enger, die kleinen und die großen Muscheln verletzten ihn, aber Hinzelmann fuhr fort zu trinken und zu singen. Er sang aus vollem Halse.

Doch der Herr hatte Mitleid mit ihm.

Der Herr ruft Odin, Sohn des mächtigen Thor, des starken.

Odin hat Mitleid mit dem Kobold Hinzelmann und will ihn retten.

Los, sagt er, los, zum Raben Hugin, der den Geist darstellt, und los, sagt er, los, zum Raben Munin, der das Gedächtnis darstellt.

*) Alte nordische Becher für Wein und Bier. (Anm. d. Autors)

Los, los, fliegt hin und beißt Hinzelmann, beißt ihn in die Ohren, denn ich will nicht, daß er das Maß der Vernunft und des Verstandes verliert.

Die Raben fliegen auf die Schultern des Kobolds und beißen ihn in die Ohren.

Hinzelmann verspürt einen heftigen Schmerz, und aus seinen Ohren fließt Blut.

Genug, genug, schreit Hinzelmann, aber die Raben fahren fort, auf ihn loszubeißen.

Und es beißt ihn Hugin, und es beißt ihn Munin, um ihn zu ermahnen, das Maß des Verstandes nicht zu verlieren.

Aber ich, Odin, in der Glorie meines Thrones, habe noch einmal Mitleid mit ihm, dem Kobold Hinzelmann.

Er ruft die Raben zurück, und Hinzelmann richtet sich auf und geht auf die Glorie des Thrones zu, aber die beiden Wolfshunde lassen ihn nicht an die Glorie des Thrones heran.

Laßt mich zum Thron gehen, und die Wolfshunde lassen ihn gehen. Sie lassen ihn dorthin gehen, wo Odin thront, der Vater der Zeiten, der Gott der Hirsche und der Adler, der Beherrscher der Seelen der Verstorbenen, der Herr mit mehr als 126 Namen und Titeln.

Hinzelmann kniet vor Odin nieder und will ihm die Hand küssen, aber der Hund Gero, der Gierige, beißt ihn, und es beißt ihn auch der Hund Frecke, der Verschlinger.

Die Hunde beißen ihn, und die Raben beißen ihn, und Hinzelmann erwacht angstgeschüttelt, voller Schmerzen und schweißbedeckt.

Hinzelmann denkt über die Ursache all des geträumten Zeugs unter dem Tisch der schönen Kate nach.

Nein, sagt er, ich laufe sofort weg. Ich will nicht der Kobold Kikeriki der anmutigen Kate werden, nicht ein zum Kikeriki entwürdigter Kobold.

In seiner Gehirnkammer gibt es nur einen Gedanken, nur eine Idee, fort von Kates Beinen, fort von ihrem Liebesgarten, fort von der Mansarde.

Hinzelmann entwischt, er entwischt wie ein weißes Weizenkorn.

Ich gehe, schrie er sich selber zu, ich gehe, und sein Schrei klang wie eine gegen alles und gegen alle gerichtete Beschimpfung.

Hahaha. Les folies bourgeoises.

Und er befand sich auf dem Gehsteig der Corsia Tommaso Chrön.

Was tun? Einen Schritt vor oder zwei zurück?

Der Kobold dachte daran, sich an die Sonne zu wenden.

Sonne, o Sonne, wohin soll ich gehen? Aber die Sonne wußte es nicht.

Er wandte sich an die Sterne, aber die Sterne wußten es nicht. Schließlich wandte er sich an den Mond, doch auch der Mond wußte es nicht.

Da setzte er sich an den Rand des Gehsteigs und machte es sich bequem, indem er sich ausstreckte, und geriet so auf den rechteckigen Pflasterstein, auf dem im Jahr 1890 eine Dienstmagd aus dem Friaul, Mariute Moimas, den großen Schlußpunkt hinter ihr Leben setzte.

Wirf dich hinunter, und sie warf sich hinunter.

Und warum hat sie sich hinuntergeworfen, fragten die üblichen Neugierigen?

Die gut Informierten antworteten: Sie hat sich hinuntergeworfen aus enttäuschter Liebe. In Triest war es schon seit undenkbaren Zeiten etwas höchst Ungewöhnliches, sich aus Liebeskummer umzubringen.

Und dies, weil die Triestiner Frauen schon immer sehr freizügig und emanzipiert waren.

Diese Triestiner Frauen sangen

Fazo l'amor xe vero
Cossa ghe xe de mal
Volé che a sedise ani
Stia là come un cocal?

Wenn sie so sangen, drückten sie durchaus die Wahrheit aus, denn diesen wunderbaren Frauen wäre es nicht eingefallen, mit sechzehn Jahren still zu hocken wie die Möwen auf den Wellenbrechern und keinen Liebsten zu haben.

Es gibt, schrieb einst der Chronist Corvo Bonomo,

genannt der Träumer, es gibt, schrieb er, keinen Fremden, der, wenn er hier heiraten will, nicht die entsprechende Frau fände, denn diese Stadt ist reich bedacht mit dem weiblichen Geschlecht, und die Frauen sind schön, rosig und weiß, sie sind fruchtbar, lebhaft, hoch gewachsen, nüchtern und geistreich.

Es war hier schon in den allerfrühesten Zeiten nicht üblich, aus Liebe zu sterben.

Mariute Moimas aber, fille vertueuse et jolie agée de vingt ans, wie sie der Arzt der Minenarbeiter des Quecksilberbergwerkes von Idria, Monsieur Belsazar Haquet, definiert hätte, diese Mariute Moimas sinnierte und sagte sich mit Recht, wenn eine mit sechzehn Jahren nicht still hockt gleich den Möwen auf den Wellenbrechern, warum muß dann ich mit meinen zwanzig Jahren sechs Tage in der Woche festgenagelt sein in der Küche der Familie Karamanlis und darf nur am Sonntagnachmittag auf Liebesbummel gehen. Liebe, wo finde ich sie?

Da bin ich frei und bummele und flattere wie ein Spätzlein, das mein nach Salamanca ausgewanderter Großvater auf Spanisch chorlita nannte. Und wenn er Kopf sagen wollte, dann sagte mein Großvater, der nach Salamanca ausgewandert war, um dort als Maurer zu arbeiten, stets cabeza, und dann sagte er noch cabeza de chorlita, was soviel wie Spatzenkopf bedeutet, und er meinte damit wohl ein Spatzengehirn.

Das sagte mein Großvater, der nach Spanien ausgewandert war, um als Maurer zu arbeiten, und er brachte es damit so weit, daß er in Wien, wo er später Arbeit fand, den Titel eines Baumeisters erwarb. Und dieser mein Großvater, der ein waschechter Friauler war und zugleich ein halber Spanier und ein halber Deutscher, erbaute Paläste und Villen und viele Jagdpavillons.

Mariute Moimas hatte ihren freien Ausgang am Sonntag, und sie verbrachte diesen Ausgang damit, daß sie im öffentlichen Stadtgarten, ihren schönen, aus Ziegenwolle gewebten Schal mit langen Fransen keck, ja herausfordernd um die Schulter geworfen, spazierenging.

Auch der Unterwachtmeister Anton Vitez machte am Sonntag seinen Spaziergang in den Alleen des öffentlichen Stadtgartens. Er bewegte sich freilich weniger leichtfüßig, denn Säbel, Helm und der mit Schnüren und Troddeln besetzte Umhang, den er um die Schultern gelegt hatte, erschwerten und verlangsamten seinen Schritt.

Die Sporen klirrten, ihre Rädchen glitzerten wie zwei Sternchen, der Säbel sandte Strahlen aus wie das Schwert des Erzengels Michael, und der Helm mit dem löwenartigen vergoldeten Aufsatz und dem Roßschweif, so weiß wie der des Lipizzanerhengstes Majestoso seligen Angedenkens, das alles ließ ihn wie einen entfernten Verwandten des Gottes Mars im feuergelben Mantel erscheinen.

Sie begegneten einander in der kleinen, sogenannten Lindenallee.

Anton Vitez salutierte stramm, schlug die Hacken zusammen, und die Rädchen seiner Sporen machten titin.

Mariute zog den Schal um ihre schönen, wohlgeformten Schultern zusammen und warf Anton ein kurzes Lächeln zu, ein Lächeln, wie gebildet aus wolkenloser Luft.

Sonntag folgte auf Sonntag, jedesmal grüßten sie einander, und eines Sonntags, der mehr Sonntag war als alle anderen Sonntage, sprachen sie einander an. Bald nannte er sie Signorina Mariute, und sie, die sich nie vorher noch hatte als Signorina anreden hören, war diesem entfernten Verwandten des Gottes Mars im feuergelben Mantel innigst und von Herzen dafür dankbar.

Nach diesem Sonntag schöpfte die Signorina Mariute Mut und nannte den Anton Vitez einfach Antonio und später Anton und noch später schlicht Toni.

Aber auch wenn sie ihn Toni nannte, blieb er für sie doch immer der Unterwachtmeister Anton Vitez, goldumstrahlt und eine kleine Sonne gleichsam, und wenn ein leichter Wind durch die Linden des Gartens wehte, erschien er ihr wie ein Komet mit dem weißen Roßschweif, der einem Silberfluß oder Sternenstaub gleich aus dem Helmaufsatz hervorquoll.

Mariute liebte den Tanz.

Auch Anton Vitez liebte den Tanz, wie eine körperliche Gegebenheit, wie die schwedische Gymnastik, die der Doktor Müller ihm anempfohlen hatte.

Er war ein riesenhafter Tänzer und in seiner Montur mit ihren Quasten und Federbüschen sozusagen der Tanz als Kraftdemonstration.

Er liebte die wollüstigen Drehungen des Walzers, er liebte auch die Redowa, vor allem aber liebte er die Polka und unter sämtlichen Polkas der Welt ganz besonders die Polka *Tritsch-Tratsch,* eine Polka von genußvollem und glänzendem Schwung.

An einem der Sonntage ihrer Sonntage beschlossen sie irgendwohin zu gehen, wo man tanzen konnte.

Sie suchten den im Borgo Franceschino gelegenen Salon des Signor Frane Makovez auf, dem nicht nur der Tanzsaal gehörte, sondern auch das anschließende Restaurant All'Antico Ussaro, Zum Alten Husaren.

Im Tanzsalon spielte von fünf Uhr nachmittags bis zehn Uhr abends das aus zehn Wiener Damen bestehende Grinzinger Geigenorchester.

Die Wiener Damen waren zwar keine Wienerinnen, sie schienen aber alle echte Wienerinnen zu sein.

Vier waren Ungarinnen, gebürtig aus Fiume, und sechs stammten aus Maribor. Sie waren zehn ausgesprochene Schönheiten einer Rasse, die man ohne weiteres als eine wunderschöne österreichische Rasse bezeichnen konnte, sehr bürgerlich, sehr bohémienne, sehr lustig und zugleich etwas traurig und melancholisch.

Oh, weise dosierte strahlende Alchemie des Blutes. Es waren in der Tat zehn Grazien, und besonders bezaubernd waren ihre Näschen, es waren Näschen zum Hineinbeißen und Küssen, pariserische Näschen, Grisetten-Näschen.

Ritantouri tantirettes
Eh voilà les belles grisettes
Les grisettes de Paris
Ritantouri tantiris.

Sie traten ein, und Toni ließ sie wie eine wirkliche Signorina vorausgehen.

Sie setzten sich auf das lange, mit weinrotem Plüsch bezogene Kanapee. Die Damen des Grinzinger Geigenorchesters stimmten gerade ihr Glanzstück an, den ungarischen Zigeunertanz, den Csárdás *Die Lerche*.

Sie tanzten nicht, sondern blieben auf dem Kanapee aus weinrotem Plüsch sitzen, denn Mariute konnte keinen Csárdás tanzen, der ein sehr schöner, aber sehr verrückter Tanz ist.

Mariute lachte und schmiegte sich an Toni, ihren Mann, und Toni flüsterte ihr zu: Du bist wirklich eine mirry Mariute, das heißt meine lustige Mariute.

Nur wenige Paare tanzten den ungarischen Tanz.

Als der Csárdás zu Ende war, spielte das Orchester, so als hätte es die Wünsche des Unterwachtmeisters der Kavallerie Anton Vitez erraten, die Polka *Tritsch-Tratsch.* Anton sprang auf, umfaßte Mariute mit den Armen und fort mit ihr zum genußvollen, schwungvollen Tanz. Anton war glücklich, Mariute war glücklich, aber Anton war ein klein wenig noch glücklicher als Mariute, denn er liebte die Polka so sehr, daß er sie auch ohne festen Boden unter den Füßen im Wasser getanzt hätte.

Während sie tanzten, erkannten beide, daß sie einander nicht nur mit der Seele liebten, sondern auch mit dem Körper, der einer Erzeugungsstätte neuer Körper gleicht.

Mit der Seele hatten sie einander in der Lindenallee geliebt, jetzt aber ging es ihnen auf, daß der Körper gleichermaßen geliebt werden kann, daß auch der Körper, wie die Seele, seine geheimen Schönheiten hat.

Tonis Rute in seinen Hosen aus himmelblauem Tuch mit Goldverschnürungen begann sich aus ihrer Ruhestellung mehr und mehr zu erheben, und Mariute verspürte eine sanfte Feuchtigkeit zwischen den Beinen, irgend etwas Frisches und ungemein Angenehmes rings um ihre junge, kleine und der Venus Aphrodite mit dem schmachtenden Blick so teure Muschel.

Und während sie zu den Klängen der Polka *Tritsch-*

Tratsch tanzten und herumwirbelten, erkannten sie, daß beim Liebhaben und um sich aus zwei in Eines verwandelt zu fühlen nicht nur die Seele, die man nicht sieht, sondern auch der Körper, den man sieht, von größter Bedeutung ist, und wie noch dazu.

Während der Tanzpause gingen sie in den Wintergarten. Ein kleiner, kurzer Gang, der als Flur bezeichnet wurde, verband den Tanzsaal mit dem Restaurant All'Antico Ussaro.

Sie bestellten zweimal Gulasch und zwei Glas dunkles Doppelmalzbier, gesegnet vom Bischof San Sixtus, und der Piccolo brachte dazu in einem kleinen Korb noch warme und duftende Kipfel und Semmeln.

Sie waren glücklich. Sie aßen und tranken, und unter dem Tisch suchten seine Beine Mariutes Beine, die so schlank und schön gewachsen waren wie die Maulbeerbäume ihrer friaulischen Heimat, der Piciule Patrie.

Ihre Beine unter dem Tisch sprachen die stumme Sprache des Ich-hab-dich-lieb.

Sie verbrachten jeden Sonntag im Tanzsalon und im Restaurant des Signor Frane Makovez, der da wie dort der Inhaber und Geschäftsführer war. Sie verbrachten sie Walzer und Polka tanzend, und anschließend stärkten sie sich bei Gulasch und je nach Lust bei hellem oder dunklem Bier.

Jedem sein Gusto, sagte die Kellnerin Zora.

Eines Sonntags bemerkten sie, als sie in den Tanzsalon kamen, daß es ein besonders sonntäglicher Sonntag war. Um den Ansprüchen seiner geschätzten Kundschaft gerecht zu werden, hatte der Signor Makovez die bisher offen brennenden Gasflämmchen in blitzend saubere Glasröhren und unter den Auer-Strumpf, die Erfindung des Jahrhunderts, gesteckt.

Der Saal war taghell erleuchtet, und das Grinzinger Damenorchester spielte aus diesem festlichen Anlaß außer ihrem Glanzstück, dem Csárdás, zur Eröffnung des Tanzprogramms und unter allgemeinem Händeklatschen im Takt den *Radetzkymarsch* von Strauß Vater.

Toni und Mariute tanzten Walzer und tanzten Polka, und

als sie glücklich ermüdet waren, gingen sie in das Restaurant hinüber, zogen sich in den einsamsten Winkel unter dem diskreten Licht der Auer-Strumpf-Beleuchtung zurück, aßen wieder Gulasch und tranken wieder helles und dunkles Doppelmalzbier unter dem Segen des Bischofs San Sixtus.

Glück und Glas, wie leicht bricht das, heißt es in einer Wiener Operette, deren Handlung in Wien spielt. Aber weder Mariute noch Anton wußten etwas von der Brüchigkeit des Glases und des Glücks.

Mariute ahnte nur dann etwas davon, wenn sie in der Wohnung der Familie Karamanlis die Fensterscheiben wusch und auf Hochglanz brachte, und der Unterwachtmeister der Kavallerie Anton Vitez bekam davon eine Ahnung, wenn er seinen Soldaten befahl, die Glasaufsätze der Petroleumlampen zu putzen, die am Abend die Schreibstube und die Schlafräume des Kavallerieregiments der Sachsendragoner erleuchteten, dessen Inhaber der Großherzog Friedrich von Baden war.

Das Regiment war im ganzen Kaiser- und Königreich bekannt, das heißt sowohl in Cisleithanien wie in Transleithanien, allerdings weniger seiner Gefechtstüchtigkeit und Treffsicherheit bei den Herbstmanövern wegen als wegen seiner außerordentlichen Musikalität.

Die musikalische Sensibilität des Regiments der Sachsendragoner war auch durch die Tatsache erwiesen, daß seine Kapelle die ersten Takte der *Schönen blauen Donau* zur Regimentsfanfare erwählt hatte.

Mariute Moimas und Anton Vitez waren unglückliche Glückliche.

Unglücklich waren sie sechs Tage in der Woche und glücklich am Sonntag.

Antons Liebesrute blieb in seinen Hosen aus himmelblauem Tuch mit Goldverschnürungen nicht mehr in Ruhestellung.

Wenn er seiner Schwadron voranritt, wurde ihm seine immerfort aufrechte und stoßbereite Rute ungemein lästig.

Wenn er sich militärisch auf eine der Bänke im Hof der Caserma Grande setzte, versteifte sich zu seiner Verzweiflung seine Rute sogleich wieder, und das im Dunkel seiner Hosen aus himmelblauem Tuch mit Goldverschnürungen wohlverborgene rosa Köpfchen schien Hosentuch und Goldverschnürungen durchbohren und direkt auf das Sternbild der Venus der Kypris der Kythereia zielen zu wollen.

Am Sonntag aber war alles wieder gut. Es war die Glückseligkeit.

Auch Mariute litt Qualen. Ihre der Aphrodite teure kleine Muschel feuchtete sich mehrmals im Tag.

Liebestropfen lugten aus dem zarten Spalt hervor zum Sternbild des Stiers.

Mariute beschloß, nicht mehr den Kaffee zu mahlen, der auf Wunsch der Signora Karamanlis täglich geröstet werden mußte. Mariute mahlte ihn mit einer zylindrischen türkischen Kaffeemühle. Die Signora Karamanlis schwor auf die besondere Güte und das besondere Aroma täglich frisch gemahlener Kaffeebohnen, Mariute aber war nicht dieser Auffassung.

Sie war nicht dieser Auffassung, denn sobald sie diese verfluchte türkische Kaffeemühle zwischen die Beine nahm, und noch ehe sie den Griff zu drehen begann, spürte sie mit aller Lebhaftigkeit, wie sich ihr Spalt von lieblich siegellackrosa Farbe mit tauigem Tau füllte. Sie litt und verfluchte die Türken und die Kaffeemühle und die Signora Karamanlis, die darauf bestand, daß die Kaffeebohnen täglich gemahlen würden, weil sie dann besonders aromatisch sind.

Statt der Lindenallee, statt des mit Auer-Strümpfen taghell erleuchteten Tanzsaals und Restaurants des Signor Frane Makovez, gab es jetzt das Glück allen Glücks, das wahrhaft märchenhafte Glück im großen Doppelbett der Locanda Samas.

Eigentümerin der Locanda Samas ist die Signora Regina Vivante, eine sephardische Jüdin, eine Frau von Geist und religiöser Überzeugung. Die Signora Vivante ist stolz, eine sephardische Jüdin zu sein, und sie begründet diesen Stolz mit ihrer direkten Abstammung von Abraham, der ein Großbesitzer gewesen war, sowohl was seine Viehbestände wie seinen Silber- und Goldschatz betraf.

Für die Signora Vivante bestand die Welt aus ihrer schönen und sauberen Locanda Samas.

Noch größer aber als die Welt ihrer Locanda, ja größer noch als die Welt selbst, war für die Signora Regina Vivante die Synagoge mit ihren siebenarmigen Leuchtern und den Davidschildern, und David sagte: Wer wird mir zu trinken geben vom Wasser der Zisterne von Bet-Lehem, die beim Tore ist? Und die drei Tapferen drangen in das Feld der Philister und schöpften Wasser aus der Zisterne von Bet-Lehem, die beim Tore ist, und sie brachten es David und boten es ihm dar, er aber wollte davon nicht trinken, sondern vergoß es zu Ehren des Herrn.

Das alles bewegte die Signora Vivante, die eine Frau von Geist und religiöser Überzeugung war.

Dann betrachtete die Signora Vivante verzückt die Gebetsriemen, und im Geiste hörte sie die Posaunen des Jubeljahrs und sah die Bundeslade und den ersten Stern, der am Freitag den Anbruch des Sabbats ankündigt.

Und jeden Sabbat, da erschien der Unterwachtmeister der Sachsendragoner Anton Vitez und bestellte für den folgenden Sonntagnachmittag das Zweibettzimmer in der schönen und sauberen Locanda Samas der Signora Regina Vivante.

Der Dragoner Vitez war der Signora Regina ungemein sympathisch.

Er war ihr sympathisch, weil die Natur ihm sympathische Züge verliehen hatte, dann aber auch, weil er ein kaiserlich-königlicher Sachsendragoner war, und schließlich weil er, ohne viel über das schnöde Geld zu diskutieren, vorausbezahlte, was zu bezahlen war.

Am Sonntagnachmittag erschienen Mariute und Toni mit der Pünktlichkeit des Zapfenstreichs in der Locanda Samas. Sie grüßten die Signora Regina und zogen sich dann sofort in das auf Glanz hergerichtete Zimmer zum Liebesspiel zurück.

Sie machten sich an die Liebe mit einer Fertigkeit und der Umsicht des alten Handwerkers Eros, der die Elemente zwingt sich zu verbinden, ah die süße Kraft der Kohäsion. Die Rute in der Muschel, und die Muschel umschließt die

Rute. Dann ruhten sich Rute und Muschel im großen grünlichen Bett der Signora Regina aus.

Und Mariute sprach zu sich: Ich habe dich die ganze Woche lang in meinem Bett gesucht, in den Nächten, die meine Seele liebt, und ich habe dich nicht gefunden, jetzt aber habe ich dich gefunden, mein Toni, mein Kometenschwanz, mein Sternenstaub.

Auch Anton sprach zu sich: Du bist so schön, Mariute, du bist ganz mein, und ich finde kein Fehl an dir.

Du bist il mio sole, sagte Mariute, und ich bin la tua luna.

Ach nein, antwortete Anton, umgekehrt, im Deutschen ist es umgekehrt, da ist die Sonne weiblich und der Mond männlich.

Mariute lachte belustigt: Dann bin ich die Sonne, und du bist der Mond.

Nach der großen Rast rückte Toni an Mariute heran, nahm ihre zarten kleine Brüste in seine großen Dragonerhände und sagte: Du bist meine Lilie, du bist meine Rose, du bist meine Nelke.

Für einen Dragoner war dies das Maximum an Liebespoesie.

Dann legte er sich mit der Eleganz und der Behutsamkeit eines Reiters, der eine junge Stute für einen Galopp in der Manege besteigt, neuerdings auf Mariute.

Nach dem dritten und vierten Liebesakt kam die große endgültige Rast, und es begannen die Spiele mit den Dingen über ihnen.

Über uns die Bettücher, und über den Bettüchern die Bettdecken der Signora Regina.

In der Zwischenzeit saß die Signora Regina in ihrem winzigen Büro und lutschte wie üblich an einem mit Melissengeist befeuchteten Stück Zucker und träumte von den Umarmungen, den Küssen und Liebeskünsten des sympathischen Toni und der Friaulerin Mariute.

Auf den Knien der Signora Regina lag ihre Tefilla, ihr Gebetbuch, und sie murmelte: Er hat mich zum Hochzeitsmahl in sein Haus geführt, und das Zeichen, das er vor mir erhebt, ist das der Liebe.

Indessen setzten die Stimmen der Liebenden auf dem Bett in dem auf Glanz hergerichteten Zimmer die spielerische Aufzählung der Dinge über ihnen fort.

Über uns sind nicht nur die Bettücher und die Bettdekken, fuhr Toni fort, über uns ist auch die Zimmerdecke, der Plafond, und vom Plafond herab hängt die reizende zweiflammige Lampe mit den Auer-Strümpfen, die so hell leuchten wie die des Signor Makovez.

Und darüber ist das Dach mit den Dachziegeln, und über den Dachziegeln sind die Schornsteine mit den blechernen Windfahnen, und die regulieren den Wind und den Rauch. Über den Schornsteinen die Wolken, und über den Wolken unsere Herzen, die Herzen von Sachsendragonern und von zarten Geschöpfen namens Mariute. Wir schließen einen Pakt, sagte Toni, den Pakt der Vereinigung unserer Herzen für alle Zeiten.

Viribus unitis.

Nach den Liebesspielen kamen sie herunter, und die Signora Vivante, die eine besondere Vorliebe für die Soldaten, die Jorbetim, hatte, sagte ihnen: Auf Wiedersehen am nächsten Sonntagnachmittag. Die Wortwahl der Signora Vivate war besonderer Art, sie sprach grundsätzlich im Triestiner Dialekt, in den sie jüdische, deutsche und ungarische Ausdrücke einflocht.

Sie warf manchmal auch ein französisches Wort ein, um die weltläufige Eleganz der sephardischen Frauen zu bekunden, die in direkter Linie vom Urvater Abraham abstammten, der ein Großbesitzer gewesen war, was den Viehbestand, den Silberschatz und den Goldschatz betrifft.

So sympathisch der Signora Regina Vivante die Männer in Uniform und in besonderer Weise der Unterwachtmeister der Kavallerie Anton Vitez und seine schöne friaulische Braut aus dem Libanon waren, so von Herzen unsympathisch war ihr der Mann, der sich ihr gegenüber befand, der Professor Antonio Miniussi, ein Freidenker und ein Mensch, der überzeugt war, daß alles auf der Welt nur Ulk ist.

Also auch die Religion, Herr Professor, sagte eines Tages

die Signora Vivante, die eine Frau von Geist und von religiöser Überzeugung war.

Wer einer Religion anhängt oder einer Partei, antwortete ihr der Professor Antonio Miniussi, ist für die Vernunft verloren.

Lesen Sie das, lesen Sie, sagte er, und zog aus der Tasche seiner Lodenjacke ein kleines Buch, besser ein kleines Heft hervor, das eine Sammlung von Betrachtungen enthielt. Lesen Sie das, lesen Sie doch, was ein Mann in vergangenen Zeiten geschrieben hat, der Signor, vielmehr der Messere Guicciardini. Die Religion, hat er geschrieben, ist nichts anderes als der feste, an Gewißheit grenzende Glaube an Dinge, die nicht vernünftig sind. Man muß denken, muß nachdenken, muß räsonieren, und vor allem muß einem klarwerden, daß dieses Zeitwort von Räson kommt, von Vernunft.

Räsonieren Sie, liebe Signora Vivante, denken Sie nach, und Sie werden die Absurdität, ja die Widersinnigkeit erkennen, die darin besteht, mit an Gewißheit grenzender Festigkeit an Dinge zu glauben, die gegen die Vernunft sind.

Miniussi lachte, und für die Signora Regina war er ein infamer Signor Miniussi.

Und dieser infame Signor Miniussi erachtete sich als einen Maître à penser.

Für die Signora Regina war dieser Miniussi ganz einfach ein Schwein, ein Anarchist, ein Wurm in Gestalt eines Freimaurers. Er war das Tier, das vom Lande her kam, und es hatte zwei Hörner gleich denen eines Lammes, aber es sprach wie ein Drache.

Und zu denken, sagte die Signora Regina Vivante, daß mir dieser Mann mit seinem Schlagobersgesicht und seinem anmaßenden Gehaben eines Gelehrten und Weisen im ersten Augenblick sympathisch war, ja mir fast, fast besser gefiel als der verliebte Sonntagsdragoner.

Miniussi aber ließ nicht locker.

Sehen Sie, sagte er, in den Wolken schwebt unsere Zukunft, und in den Wolken schweben die Religionen, alle Religionen, die die Menschheit zu Hexenwahn verleiten, zu allerhand Aberglauben, gehüllt in das sogenannte Göttliche Dunkel, in den Rauch der Unwissenheit.

Das Salomonssiegel. Ein Stern, zusammengesetzt aus zwei Dreiecken, einem als Zeichen der Gottheit und einem als Zeichen des Menschen.

Lauter Hokuspokus, lauter Blödsinn. Sie halten mich für einen Freimaurer, aber als ich einmal irrtümlich in eine mehr oder weniger angenommene Loge geriet, begannen alle Brüder zu rufen: Es regnet, es regnet, und das bedeutet in ihrer Sprache: Unter uns ist ein Profaner.

Der Profane war ich, es regnete, ich war ohne Schirm, kam aber trotzdem trocken heraus.

Humbug, Phantastereien, Unsinn.

Ich versteh' dich ja, ich versteh', sagte sich die Signora Regina, aber so wie du dir das denkst, ist es doch nicht.

Auf den Knien hatte die Signora Regina, die eine Frau von Geist und religiöser Überzeugung war, stets ihre Tefilla liegen, und da sie eine Sephardin war, die ihre Abstammung direkt von Abraham ableitete, öffnete sie immer wieder die Bibel, vielmehr die Heilige Schrift, sie öffnete sie wahllos und las jetzt zufälligerweise im *Ersten Buch der Könige.*

Siehe, sagt der Herr, ich will Unglück über dich bringen und deine Nachkommen wegnehmen und will von Ahab ausrotten, was auf die Wand pißt,*) den, der verschlossen und übriggelassen ist in Israel.

Und da der Maître à penser Miniussi groß genug war, um auf die Wand pissen zu können, war die Signora Regina sicher, daß er irgendeines Tages innerhalb der dreihundertfünfundsechzig Tage des Jahres zu ihrer innigsten Befriedigung von dem im göttlichen Dunkel verborgenen mächtigen Jahwe ausgerottet werden würde.

Miniussi war ein lustiger Mann.

Er schlug die Zeit, die er allzu reichlich zur Verfügung hatte, damit tot, daß er mit dem ihm gut bekannten Jesuiten irischer Abstammung, dem dickwanstigen hochwürdigen

*) In der genehmigten Fassung der Luther-Übersetzung lautet die Stelle euphemistisch: ... was männlich ist ... (Anm. d. Übers.)

Pater Kinch, diskutierte. Miniussi nannte ihn das Pendel, weil er in seinen Meinungen ununterbrochen zwischen ja und nein hin und her pendelte.

Sehen Sie, sagte Miniussi zum hochwürdigen Pater Kinch, hier versteht man mich nicht.

Ich will ja nur, wie es übrigens auch der schottische Triestiner Kandler wollte, das idiotische Volk von Triest aus seiner geistigen Lethargie aufrütteln, und ich kann jenem verfluchten slawisch-italienischen Dalmatiner nicht Unrecht geben, wenn er Triest einer kulturellen Betrachtung nicht für würdig befand, denn hier spreche nur der Handel in hundert Sprachen.

Triest, ein barbarisches Gemisch, ein Babel von Völkern der verschiedensten Religionen und Sitten.

IV.

Kleines griechisches Intermezzo oder von der Schönheit der Signora Karamanlis

Schön, ja wunderschön zu sein, war für die Signora Karamanlis etwas ganz Natürliches.

Etwas Natürliches deshalb, weil sie auf der Insel Thera oder Santorin zur Welt gekommen war, und bevor sie die Signora Karamanlis wurde, hieß sie Kalliste, das heißt die Wunderschöne, die Schönste unter den Schönsten.

O blaues griechisches Meer mit einem Stich ins Grüne, ins Violette.

Die Signorina Kalliste schritt zwischen Blöcken aus Tephroit dahin, einem magischen Gemisch aus Bimsstein und vulkanischer Asche, das so leicht ist wie der Schritt der Signorina Kalliste war, ehe sie die Signora Karamanlis wurde.

O meine weiße Sonneninsel, o meine warmen Klippen, o ihr rosigen Felsen, o all die schönen Frauen von Thera, sie sind wie goldene Blumen, und ihr geflochtenes Haar ist violett wie das der keuschen Sappho, und süß ist ihr Lächeln.

Die Signora Karamanlis liebte es, in antikem Tonfall zu deklamieren

Der Mond ist untergegangen
Mit den Plejaden
Die Nacht ist zur Hälfte verstrichen
Die Stunden verrinnen und ich bleibe allein.

Allein aber blieb die Signora Karamanlis nie.

Sie hatte eine slowenische Köchin aus Lasne, einem Ort am Fuße des Jalovnik, in ihren Diensten.

Die Spezialität dieser Köchin mit Namen Svetka Tinaz

war das panierte Huhn, gemeinhin Backhuhn genannt, und die meisten Gäste der Signora Karamanlis, die nie allein war, wünschten sich immer wieder so ein Backhuhn mit Radicchio- oder Mataviltz-Salat.

Die Signora Karamanlis hatte ferner ein Dienstmädchen, Mariute Moimas, das sie allerdings als Küchenhilfe bezeichnete, und schließlich ein reizendes Stubenmädchen, Erika Gruber, ein Hauch von Jasmin, in ihrem Mund leuchteten zweiunddreißig tadellose Zähne, das blühende Leben.

Erika war in Artstetten zur Welt gekommen, neben der Kirche, in der Franz Ferdinand für sich und seine unbeugsame und edle Ehefrau eine Krypta hatte errichten lassen.

Die Signora Elena Karamanlis war nie allein, denn die Augen aller, ohne Unterschied der sozialen Schichten, waren auf ihr Gesicht gerichtet, auf ihre Eleganz, auf ihre der Sappho würdige Haltung, und ein Gedicht war ihr violettes, geflochtenes Haar.

Sie lebte in Wohlstand in ihrer schönen und warmen Wohnung, umgeben vom Trio ihrer Dienerschaft, in der es gelegentlich auch ungestüm zuging.

Svetka, Mariute und Erika, das waren drei Namen, aber sie bildeten gleichwohl einen Akkord.

Die Signora Elena hielt den Dirigentenstab fest in der Hand.

Die Signora Karamanlis war eine Frau von Welt. Sie war schon in jungen Jahren Witwe geworden, und ihr unvergeßlicher Ehemann (Wehemann pflegte sie zu sagen) Platon Karamanlis, von Beruf ehrsamer Kaufmann (so konnte man es auf seinem Grabstein lesen), war ein Verwandter jenes Karamanlis, der im Jahre 1801 den kaiserlich-königlichen Zeichenprofessor Giuseppe Pollencig beauftragte, den Bilddruck *Ansicht der Stadt und des Freihafens Triest vom Süden* herzustellen.

Der Professor Pollencig gedachte ursprünglich, den Bilddruck dem Signor Karamanlis persönlich zuzueignen, der Signor Karamanlis aber wollte sich aus bestimmten Gründen nicht zu sehr öffentlich exponieren, und so widmete Pollencig schließlich den Druck dem Hochlöblichen Kaufmannsstand in Triest.

Und die Kaufleute waren alle zufrieden, ja sie waren stolz darauf, als hochlöblich bezeichnet zu werden.

Der Signor Karamanlis starb im Alter von 37 Jahren an einer banalen Erkältung und wurde, wie auf dem Familiengrab zu lesen war, seiner untröstlichen und tieftrauernden Ehegattin durch den Tod entrissen.

Erkältung, Lungenentzündung, Rippenfellentzündung, heftiges Fieber, Husten und Katarrh.

Noch ein Jahr nach seinem Tode sprach man in den hochlöblichen Kaufmannskreisen von ihm als einem Geschäftsmann von äußerster Ehrsamkeit und Korrektheit, mit dem sich an Ehrsamkeit und Korrektheit nur der Kaufmann Sartorio vergleichen konnte.

Die liebe Signora Karamanlis blieb also allein zurück, aber immerhin in Gesellschaft eines aus Gulden, Kronen und Drachmen bestehenden Vermögens, dazu kamen, was besonders zählte, gut angelegte englische Pfunde bei der Londoner Bank Sasson and Harrari.

Kurz und gut, die Signora Karamanlis war nie allein.

Sie hatte viele Bewerber unter den Gigerln*) des Circolo dell' Unione und des Schiller-Vereins.

So war die schöne Elena nie allein, aber sie war, oder schien zumindest unempfänglich für diese männlichen Bewerber.

Elena war nie allein. Sie ging herum mit ihrem kleinen langhaarigen und gelockten Pekineser, der auf den Namen Pink hörte.

Man begann über sie zu klatschen und zu munkeln: Das ist die schöne Elena mit ihrem Liebsten Leckerle, der leckt und leckt ihren Liebesgarten.

Man lachte und zerriß sich den Mund.

Als die Signora Elena gewahr wurde, welch schmutzige Betätigung die Lästerzungen ihrem kleinen langhaarigen und zierlichen Pekinesen Pink zuschrieben, schenkte sie ihn tiefbetrübten Herzens und mit zitternden Händen ihrer lieben Freundin Caterina aus der Familie der Plenario (Internatio-

*) Wörtlich im italienischen Original. (Anm. d. Übers.)

nale Spedition Plenario), die ein Palais auf der Piazza Grande besaß, genau gegenüber der Säule mit der Statue des Kaisers Karl VI., des Vaters der verehrten und unvergessenen Kaiserin Maria Theresia, der liebevollen und fürsorglichen Mutter der Hafenstadt Triest.

Man bot der Signora Elena einen Dackel an. Sie aber lehnte ab. Sie wollte nichts wissen von dem kaffeebraunen Dackel namens Bubi.

Wenn ich ihn annehme, sagte die liebe, feinsinnige Signora Elena, dann wird man mir noch nachsagen, daß ich von der zarten Zunge des Pekinesers zur rauhen und heißen Zunge des deutschen Dackels Bubi übergegangen sei.

V.

Hier beginnt die Unterredung der Signora Karamanlis mit ihrer Küchenhilfe Mariute Moimas und alles endet mit einem tragischen Tod

Mariute, sagte die Signora Karamanlis, ich habe bemerkt, daß du nicht mehr die Menstruation hast, und weißt du auch, warum du sie nicht hast?

Mariute antwortete nichts, sie sagte nichts, sie verschränkte die Hände und senkte leicht den Kopf.

Du antwortest nicht, du schweigst, und vielleicht ist es besser, wenn du schweigst. Ich will dir sagen, warum du nicht mehr die Menstruation hast. Weil du schwanger bist, weil du in deinem Bauch ein Junges hast, ein männliches oder ein weibliches.

Eine Dienstmagd, und diesmal sagte die Signora Karamanlis ausdrücklich Dienstmagd, die sich den Bauch von einem unbekannten Vater hat vollbumsen lassen, will ich nicht bei mir haben, weder in der Küche noch vor meiner Haustür.

Mariute schweigt weiter, steht weiter mit gesenktem Kopf da.

Kurz, sagte die Signora Karamanlis, Witwe des ehrsamen Platon Karamanlis vom Hochlöblichen Kaufmannsstand in Triest, kurz, mache deine acht Tage und dann ab mit dir, dorthin, woher du gekommen bist, zurück in deine Piciule Patrie, wo ländliche Sitten herrschen.

Mariute sagte nichts, sie ließ die andere reden, für sich aber entwarf sie einen Plan, denn so ist es nicht, wie die Gnädige sich's vorstellt. Am Sonntag, am kommenden Sonntag, so tröstete sich Mariute, wenn wir auf dem Doppelbett in dem auf Glanz hergerichteten Zimmer liegen, werde ich alles Toni sagen.

Ich werde Toni sagen, ich habe in meinem Bauch ein männliches Junges, es wird ein männliches sein, denn ich fühle es schon stark in meinem Bauch strampeln.

Wir werden gleich heiraten, und wenn der richtige Augenblick gekommen ist, wird der Kleine herausspringen, wird wie ein Zicklein in die Freiheit springen.

Und wenn er herangewachsen ist, wenn er den richtigen Zeitpunkt seines Wachstums erreicht hat, dann wird auch er ein Dragoner werden, ein Sachsendragoner, und den Großherzog Friedrich von Baden zum Regimentsinhaber haben.

Und mein männliches Junges wird, wie sein Vater, eine kleine Sonne sein und wird eines Sonntags in der Lindenallee seiner Mariute begegnen, die auch eine Svetka oder Erika sein könnte.

Und auch sie werden eine Liebesfrucht bekommen, und wenn der Junge herangewachsen ist, wird er zu mir sagen: Großmutter, auch ich will, wie der Papa, ein Sachsendragoner werden, der den Großherzog Friedrich von Baden zum Regimentsinhaber hat.

So wird es unter den Dragonern viele Vitez geben, und der Kaiser wird froh sein zu wissen, daß alle seine Dragoner, alle seine kleinen Sonnen, Söhne und Enkel und Urenkel des Anton Vitez, Unterwachtmeister bei den Sachsendragonern, sind.

Der Sonntag kam nach einem endlosen Samstag.

Und am Sonntag begab sich Mariute, wie jeden Sonntag, in die Via del Torrente, Ecke Via Val di Rivo, um dort auf ihren Toni, den Vater ihres Kindes, zu warten.

Sie wartete und wartete, aber Toni kam nicht.

Sie dachte, vielleicht ist er direkt in die Locanda Samas gegangen, und so ging auch sie direkt in die Locanda Samas der Signora Vivante.

Als die liebe Signora Regina Mariute kommen sah, wunderte sie sich, sie allein und ohne Toni zu sehen, aber als ausgesprochen diskrete Person sagte sie nichts, sondern begrüßte sie sogar überfreundlich: Da ist ja unsere Rose von Saron, da ist sie ja, die ihre Brüste mit Myrrhe und Lavendel salbt . . .

Aber Anton Vitez kam nicht, und da beschloß Mariute, zur Caserma Grande zu gehen, um zu erfahren, was ihrem Toni zugestoßen sei.

Als Mariute bei der Caserma Grande ankam, entdeckte sie einen Soldaten des 97. Infanterieregiments, das den Grafen Stadion von Staribrek zum Regimentsinhaber hatte und in der Caserma Grande in Triest ständig stationiert war.

Signor soldato, sagte Mariute zu dem Infanteriesoldaten, sind alle Dragoner vom Kavallerieregiment der Sachsendragoner noch in der Kaserne?

Nein, Signorina, antwortete der Infanterist, die Dragoner sind beim ersten Morgengrauen weit von der Caserma Grande fortgezogen.

Weit fort, fragte Mariute, sehr weit fort und wohin?

Sehr weit fort, weit fort von Triest, vom Meer und vom Karst.

Und dieses Weitfort, ist es sehr, sehr weit fort, fragte fast weinend die liebe Mariute, die ein männliches Junges im Bauch hatte.

So weit fort, antwortete der Infanterist, indem er sich eine kleine Zigarette anzündete, so weit fort, daß sie alle mit dem Zug abgereist sind, die Pferde inbegriffen.

In vollster Ordnung und fahrplanmäßig.

Danke, sagte Mariute, und der Soldat des 97. Infanterieregiments antwortete: Bitte gerne, und warf den Zigarettenstummel weg.

Mariute schlug den Weg zum Haus der Signora Karamanlis ein. Sie bekam Angst. Sie bekam Angst vor ihrer eigenen Angst.

Zu sich selber aber sagte sie in ihrer schönen und kraftvollen friaulischen Sprache: La vita a è muart e vita, das Leben ist Tod und Leben, und dann: Die Angst ist der Tod, und schließlich: Der Herr sei mir gnädig.

Sie läutete, es öffnete ihr Erika, die den Sonntagsdienst versah.

Mariute ging in das Zimmer der Signora Elena, um ihr zu sagen: Ich habe beschlossen, die acht Tage nicht abzuwarten, sondern ich gehe schon heute, ich gehe heute, an diesem traurigen Sonntag.

Ganz nach deinem Belieben, antwortete die Signora Elena Karamanlis, deren Augen so violett waren wie das geflochtene Haar der liebenden Sappho.

Es war das Belieben der Mariute Moimas, in das ganz im Biedermeierstil gehaltene Wohnzimmer zu gehen. Sie streichelte den runden, auf einem Bein stehenden Tisch, sie hätte gerne einmal einen solchen in ihrer Wohnung gehabt, dann nahm sie einen Schaukelstuhl, stellte ihn zum Fenster, schlug die bestickten Vorhänge mit den langen Fransen auseinander und warf sich rücklings in die Tiefe.

Im ärztlichen Befund wurde unter anderem festgestellt, daß die obgenannte Mariute Moimas schwanger war, und daß sich in ihr ein Fötus männlichen Geschlechts entwickelt hatte.

VI.

Ein chiffriertes Telegramm trifft ein

Das chiffrierte Telegramm traf beim Kommando des Kavallerieregiments der Sachsendragoner Großherzog Friedrich von Baden am Samstagmorgen um neun Uhr ein.

Es wurde dem diensthabenden Offizier Oberleutnant Peter Frankopan übergeben, der es sofort zum Rittmeister Graf Otto Knoll-Larisch brachte.

Als rangältester Offizier (der Regimentskommandant hielt sich gerade dienstlich in Sankt Pölten auf) öffnete der Graf Otto Knoll-Larisch den Panzerschrank, in dem der Chiffrierschlüssel in einer großen gelben Ledermappe verwahrt wurde.

Das Telegramm wurde dechiffriert und lautete: Sofortige Abkommandierung des Regiments Sachsendragoner Großherzog Friedrich von Baden von Triest nach Pilsen zwecks Teilnahme an den Herbstmanövern, anschließend Abkommandierung nach Wien zwecks Teilnahme an der Frühjahrsparade.

Das stand in dem chiffrierten Telegramm, das vom Rittmeister Graf Knoll-Larisch gemeinsam mit dem Oberleutnant Peter Frankopan dechiffriert wurde.

Meine Herren Offiziere, sagte der Rittmeister, vor allem ist eine sofortige Ausgangssperre zu verfügen, und alle Schwadronen haben sich unverzüglich in der Mitte des Kasernenhofes Nummer 3 zu vergattern.

Der Kasernenhof Nummer 3 war mit Bäumen umfriedet, und ihr Laubwerk warf seine Schatten auf die verschiedenen Proviantdepots, auf die Hufschmiede und auf die Furageabteilung.

Als erste liefen die Trompeter in die Mitte des Hofes, ihre Trompeten und Jagdhörner, geschmückt mit Quasten und

Schnüren in den Regimentsfarben blau-rot und schwarzgelb, blitzten und glitzerten.

Und schon bliesen Trompeten und Jagdhörner die Regimentsfanfare, die ersten Takte der *Schönen blauen Donau.* Vergatterung – Habt acht – Ruht.

Als die Dragoner von der Abkommandierung nach Pilsen erfuhren, waren sie alle hoch erfreut.

Holdrio, riefen sie und meinten, schon das Gewicht der Mädchen in den Bierkneipen auf ihren Knien zu spüren.

Halali Holdrio, und sie sahen sich schon in einem schönen Gastzimmer mit Hirsch- und Rehgeweihen an den Wänden sitzen, und Bier würde es geben, und wieder Bier, und ein Hoch auf die bärtigen und schweigsamen Bierbrauer.

Holdrio Halali, mit den Hintern auf den Eichenbänken fühlten sich die Dragoner schon wie Grafen und Fürsten.

Und dann Augen zu und gute Nacht, nachdem die Bierkrügel umgestülpt und auf die Eichentische geknallt worden waren.

Alle waren sie froh und zufrieden, nur nicht der Unterwachtmeister der Kavallerie, der Dragoner Anton Vitez, der sonst niemals fluchte.

Wie mache ich's nur, fragte er sich (die Ausgangssperre war bereits verfügt worden), meine Mariute zu verständigen?

Er ging in die Schreibstube und schrieb einen Brief.

In dem Brief erzählte er ihr alles und schloß: Meine geliebte und süße Mariute, in ein paar Monaten bin ich wieder zurück in Triest. Nach der Frühjahrsparade in Wien vor unserem geliebten Kaiser kommen ich und alle Dragoner wieder nach Triest, und dann, wohlgemerkt, werden wir heiraten.

Die Bewilligung habe ich von meinen Vorgesetzten bereits erhalten.

Die letzten Zeilen des Briefes lauteten: Nie soll Bier meine Lippen berühren, solange sie nicht von Deinen Küssen berührt wurden.

Schreibe mir sofort. Ich sehne mich nach Deinen Küssen

und danach, ein gutes Bier zu trinken, denn merke Dir, das Bier ist wie die Tugend einer Frau. Du bist eine Frau, und wir werden beides an unserem Hochzeitstag genießen. Er unterschrieb: Für immer Dein Toni Vitez, Unterwachtmeister der Sachsendragoner.

Er verschloß den Brief und versah ihn mit der Adresse der Signora Karamanlis, und auf der Rückseite des Briefumschlages schrieb er als Absendeort Pilsen und als Absender Unterwachtmeister usw. usw.

Der nach Sankt Pölten abkommandierte Oberst des Regiments war Johann Artaria, der Bruder des Kunsthändlers August Artaria auf dem Kohlmarkt in Wien.

Bei Artaria konnte man die Bilder des Görzers Giuseppe Tominz (besonders geschätzt war sein Porträt des Postdirektors Preinitsch) sowie der Triestiner Bison und Cesare dell'Acqua bewundern und kaufen.

Der Oberst Artaria war im Gegensatz zu seinem Bruder für die schönen Künste nicht besonders empfänglich.

Umso empfänglicher war er für Pferde (seine krummen Beine hatte er sich im Gestüt von Lipizza und in der Spanischen Hofreitschule in Wien erworben), nicht minder empfänglich war er für das Rascheln von Frauenröcken, und seine Lieblingsspeise waren Polpette, das sind Buletten (er sagte Fleischlaibchen) mit Kirschen, und als Beilage Erdäpfel vom Karst, in Butter geröstet, natürlich in Butter vom oberen Isonzo.

Der Oberst Artaria erteilte an der Militärschule in Sankt Pölten Unterricht im Reiten und auch in militärischem Turnen.

Er unterrichtete, wenn er dazu abkommandiert wurde, und mußte dann das Kommando des Regiments vorübergehend abgeben.

Der Oberst Artaria war glücklich, wenn er nach Sankt Pölten abkommandiert wurde, denn da konnte er über die Reitbahn und über die Geräte und Einrichtungen für das militärische Turnen verfügen.

Das Glück bestand für den Oberst Artaria aber auch in der Person der lieben und reizenden Frau Frieda, Gattin des

Hofrats in Ruhe und Ritters des Heiligen-Sixtus-Ordens erster Klasse Wilhelm Bleibtreu.

Für den Herrn Oberst Artaria war es nichts weiter als eine Liebelei, die allerdings schon mehrere Jahre andauerte.

Es mag seltsam klingen, aber gerade diese Liebeleien, diese kleinen Liebschaften, die an Mozart-Musik erinnern, sind die wahren Liebesbeziehungen von langer Dauer.

Der Oberst Artaria mietete jedesmal einen geschlossenen Landauer bei der Droschkenunternehmung Blumenstock. Der Landauer war sein Liebeswinkel.

Der Landauer wurde von zwei sogenannten Respektspferden, zwei kirschroten Füchsen, gezogen.

Respektspferde waren Pferde, die für festliche oder sonst besondere Anlässe eigens abgerichtet worden waren.

Der Oberst Artaria bevorzugte sie, denn bei ihnen war man vor Störungen sicher. Weder Trab noch Galopp, sondern eine respektvolle, vorsichtige Gangart, als befänden sich in dem Landauer zerbrechliche Personen, zerbrechlich wie Porzellan.*)

Die liebe und reizende Frau Frieda bestieg den Landauer in einer abgelegenen Straße Sankt Pöltens (ah, ihre flinken und nervösen Füßchen), setzte sich in den Liebeswinkel und küßte lange den Mund des Oberst Artaria, der bei diesen Liebesbegegnungen einen Jagdanzug aus feinem, grasgrünem Loden und dazu einen Lambertshut mit besonderen Borten und Randbesatz trug.

Keine entnervenden Umarmungen, keine aufreibenden Liebesspiele, sondern die kleinen und zarten Liebesbezeigungen, die nur die kleine große Liebelei denjenigen zu schenken vermag, die sich in der Liebe auskennen.

Und die Frau Frieda und der Oberst Artaria waren in den Künsten der Liebelei mehr als bewandert.

Herr Artaria in seiner grasgrünen Gewandung küßte die süße Frieda erst auf die Stirn, dann auf die einer Granatapfelspalte gleichenden Schläfe, hierauf küßte er ihre Nasen-

*) Tatsächlich nannte man solche Fuhren Porzellanfuhren. (Anm. d. Übers.)

spitze, in die er fest hineinbiß, und glitt sodann langsam abwärts, bis er ihren Mund erreichte, seine Lippen waren wie Honigseim, und die süße Frieda war aufgetan wie ein quellender Brunnen, wie ein Garten der Liebe.

Die Respektspferde zogen den Landauer mit größtem Respekt und äußerster Vorsicht, und der grasgrün gewandete Oberst Artaria flüsterte seiner schönen und lieben Frieda zu: Ja, meine Teuerste, diese klugen Pferde könnten selbst die klugen Pferde von Eberfeld lehren, was Klugheit ist.

Ja, sagte die ganz in aphrodisischen Schaum aufgelöste Frieda, und wenn die Welt an unserem Glück nicht teilnehmen will, so heißt das eben, daß die Welt unseres Glücks nicht würdig ist, und so wollen wir unser Glück für uns behalten, wohlverwahrt in unseren Herzen.

O wie poetisch spricht doch dieses kirschrot glänzende Mündchen, sagte der Oberst Artaria, der für die Dinge der Kunst nicht besonders empfänglich war, und schon gar nicht für Dinge der Poesie.

Der Oberst Johann Artaria las keine Bücher, las keine Zeitungen, kurz, las gar nichts außer der Militär-Zeitung, die vierzehntägig erschien und deren Inhalt durch Dekret Seiner Exzellenz des k. u. k. Kriegsministers approbiert war.

Das Blatt wurde in Wien in der Margettigasse Nr. 4 gedruckt. Frieda, Frieda, flötete Artaria in seinem Liebeswinkel im Landauer, du meine goldige Wolke, meine kleine Stute, und einem Hengst gleich versuchte er die Hürde des Mieders zu überwinden und die Brüste der Frau Frieda zu streicheln, dann sog er an ihren Brustwarzen, die er mit Rosenknospen aus Schiras verglich und mit einer bemerkenswerten Anstrengung der Phantasie auch noch jede einzelne mit einem winzigen Fez der bosnischen Regimenter.

Das waren die Gedanken und die Worte, die der Herr Oberst für die Frau Frieda aufbrachte, die Gattin des Hofrats in Ruhe und Ritters des Heiligen-Sixtus-Ordens erster Klasse Wilhelm Bleibtreu.

Eine Liebelei zu haben, war innerhalb der Grenzen des Reiches etwas nicht nur von Gott, sondern auch von der Göttin Natur Gewolltes.

Leidenschaft, Liebesglut und Eifersucht hielten einander die Waage.

Eine Liebelei, eine kaiserliche Liebelei, unterhielt die Frau Katharina Schratt mit dem Kaiser selbst.

Katharina Schratt ist die Gattin des ungarischen Adeligen und österreichischen Konsuls in Übersee, Nikolaus Kiss von Ittebe.

Der Kaiser liebte es, frühmorgens den weißen Kaffee im Salon der Frau Katharina Schratt von Ittebe einzunehmen.

Die Kipfel müssen knusprig sein, die Butter eisgekühlt und das Schlagobers frisch geschlagen.

Der Kaiser hat die Frau Schratt lieb, und die Frau Schratt liebt den Kaiser mit aller Ergebenheit.

Es ist eine Beziehung, die den Kaiser entspannt. Ihn unterhält das leichte und unverbindliche Geplauder der Frau Schratt, es unterhalten ihn die Wiener Klatschgeschichten, alles unterhält ihn, denn die Frau Schratt hat le talent de la grâce, der Kaiser weiß es und sagt es auch der Kaiserin, seiner Gemahlin.

Diese gegenseitige Gefühlsbindung sollte so lange anhalten, bis der gnädige Herr sanft entschlief und in den himmelblauen Himmel einging.

Eine Liebelei war auch die des Kaufmanns Mohorovic mit der Signora Maddalena Fabris, Gattin des gelbbehelmten stellvertretenden Gendarmeriekommandanten der gefürsteten Grafschaft Görz und Gradisca. Und schließlich gab es auch im Kreise des Herrscherhauses die Liebelei zwischen dem Erzherzog Johann Salvator und dem Fräulein Ludmilla Hildegard Stubel, zweitrangige Tänzerin an der Kaiserlichen Hofoper in Wien.

Das Ende ist zuckerlrosa.

Seine Kaiserliche Hoheit heiratet seine Milli und wird schlicht und einfach der Seekapitän Johann Orth. Es ist logisch, daß dem Kaiser diese Lösung nicht gefällt, daß sie ihm ganz und gar nicht gefällt.

Zur Frau Schratt sagt er: Die Liebe ist eine Wiese, auf der nur die Esel weiden.

Und kopfschüttelnd meint er: Der Erzherzog ein Esel, und die Tänzerin eine Erzherzogin.

So geht es auf der Welt zu, meine liebe Freundin, sagt der Kaiser, und knabbert genußvoll an einem reschen Kipfel.

Aber diese Liebschaften waren eben auf unerforschliche Weise von der Heiligen Dreifaltigkeit wie von der Göttin Natur gewollt.

Sie hielten wie ein Waagebalken die Leidenschaften im Gleichgewicht und schlossen die Eifersucht aus.

Nachdem der Unterwachtmeister Anton Vitez den Brief an seine Mariute zugeklebt hatte, fluchte er zum zweiten Mal in seinem Leben und rief Sakrament und hundsföttische Sauerei.

Er fluchte, weil er die Caserma Grande nicht verlassen konnte, weil Befehl Befehl war, und über Befehle gibt es nach der militärischen Logik keine Diskussion.

Die Liebe, sagte Vitez, ist wirklich Dunst und Rauch, aus Seufzern gebildet, aber auch der Rauch kann einen sengen, und die Seufzer können einen verzehren.

Vitez zündete sich eine Virginia-Zigarre an, dieselbe Zigarrensorte, die der Kaiser stets rauchte, namentlich in besonderes schwierigen und heiklen Momenten.

Während von der Virginia-Zigarre ein schöner blauer Rauch aufstieg, so blau wie die porzellanblauen Augen des Kaisers, kam ein Soldat des 97. Infanterieregiments vorüber, er stammte von der Küste Istriens, und sein Name war Piero Fontanot.

Seine Aufgabe war es, die Briefpost und die schriftlichen Befehle auszutragen.

Hallo Mensch, rief Vitez.

Zu Befehl, Herr Unterwachtmeister, sagte Fontanot, stand stramm und salutierte, wie sich's gehörte. Womit kann ich Ihnen dienen?

Sind Sie frei, und wann, fragte Vitez.

Heute nachmittag um fünf. Was steht zu Diensten?

Sie müssen mir einen Gefallen tun. Bringen Sie diesen

Brief noch heute nachmittag und so rasch wie möglich an die hier angegebene Adresse.

Die Adresse war die der Signora Karamanlis, bei der die Signorina Mariute Moimas als Hausgehilfin tätig war. Wird geschehen, sagte der Infanterist Fontanot, nahm den Brief entgegen und tat ihn, nicht aus Zerstreutheit, sondern aus Gewohnheit, in die große gelbe Ledertasche, die mit einem schönen Schloß zu schließen war, und in dieses war der Doppeladler eingeprägt, und in auslaufenden Schnörkeln stand Viribus Unitis.

Fontanot begab sich in die Schreibstube seines Regiments, sie war vom Sonnenlicht hell durchflutet, in ihrer Mitte stand ein großer Eichentisch, und an einer Kante dieses Tisches saß der Obergefreite Angelo Rizzi, der diese Verteilerstelle der täglich einlangenden Post eingeführt hatte.

An diesem Eichentisch hatte der Obergefreite die unbestrittene Kompetenz in der Verteilung der ein- und ausgehenden Briefe und schriftlichen Befehle des in Triest stationierten 97. Infanterieregiments.

Ah, da sind Sie ja, sagte Rizzi, als der Infanterist Fontanot die Schreibstube betrat.

Viel Post und viele Befehle.

Ja, Herr Obergefreiter, antwortete Fontanot und öffnete die Tasche: Viele Briefe und wenige Dienststücke.

Kaum hatte Fontanot die Schreibstube verlassen, da bemerkte er, daß er, Kruzifix noch mal, den Brief für die Signorina Mariute Moimas auf dem Tisch zurückgelassen hatte.

Ich werde ihn mir morgen früh wieder holen, ohne daß er's bemerkt.

Er zündete sich eine Zigarette an. Er verließ die Kaserne durch ein Seitentor und dachte: Angesichts der Ewigkeit und der Dauer des Militärdienstes ist ein Tag früher oder ein Tag später weniger als ein halber Augenblick, das reine Nichts. Er schloß mit einer unehrerbietigen Aufforderung an diesen Schweinehund Rizzi.

Der Obergefreite Angelo Rizzi haßte die Pferde und infolgedessen sämtliche Kavallerieregimenter der Monarchie, ob es sich nun um die schwere oder die leichte Kavallerie handelte.

Ganz besonders haßte er das Regiment der Sachsendragoner Großherzog Friedrich von Baden.

Das sind keine Soldaten, sagte dieser Schweinehund, der Obergefreite Rizzi, die taugen bestenfalls für einen Operettenchor.

Rizzi war überzeugt, daß nur der Infanterist ein wahrer Soldat ist, und daß nur die Infanterie imstande ist, die Monarchie, den Kaiser und die Welt zu verteidigen und im Falle eines Krieges, den Gott verhüten möge, der Monarchie und dem Kaiser zum Sieg zu verhelfen.

Gott erhalte, Gott beschütze unseren Kaiser, unser Land.

Schau, schau, sagte Rizzi, als ihm der an die Signorina Mariute Moimas adressierte Brief in die Hände geriet.

Da schickt man sich wieder Brieflein zu, wie zur Zeit der Marketenderinnen.

Die Tätigkeit der schönen Marketenderinnen aber wurde gleich nach der Schlacht von Solferino abgeschafft.

Er drehte und wendete den Brief und las den Namen des Absenders Anton Vitez, Unterwachtmeister der Sachsendragoner. Die haben nix wie Pferde und Weiber im Schädel.

Und mit einem ganz besonderen Genuß zerriß, ja zerfetzte er den Brief und warf ihn kopfschüttelnd und belustigt in den Abfallkorb.

Lustige Koriandoli für einen kommenden Fasching.

Nie erfuhr der Obergefreite Angelo Rizzi, den die Soldaten einen Schweinehund nannten, daß er der Hauptschuldige am Tod der aus dem Friaul stammenden Reichsitalienerin war.

Er hatte sie umgebracht. Er hatte dem Kaiser einen jungen Sachsendragoner vorenthalten.

Er hatte das Mädchen um ihr Liebesglück gebracht, um das Glück, einmal einen runden Tisch mit einem Bein zu besitzen, wie den in der Wohnung der Signora Karamanlis, der Schönsten der Schönen von der Insel Thera.

Um fünf Uhr morgens verließen die Schwadronen der Sachsendragoner unter Trompetenschall und Trommelwirbel und dem munteren Gewieher der Pferde die Caserma Grande durch das Haupttor.

Sie ritten durch die Via di Carinzia über die Piazza dei Carradori zur Riva delle Poste und schließlich entlang der Riva Grumula, die zum damaligen sogenannten Staatsbahnhof Transalpina führte.*)

Sie ritten in einer geschlossenen Formation von vollkommener Vollkommenheit. Die Fuhrleute, die längs der Riva darauf warteten, für den Transport von Waren außerhalb der zollfreien Hafenzone gemietet zu werden, sahen diesem militärischen Ausritt von vollkommener Vollkommenheit bewundernd zu.

In Triest ist das Fuhrwerksgewerbe hochgeschätzt, so sehr, daß die Stadt einen Platz nach ihm benannt hat, die Piazza dei Carradori, Platz der Kärrner. In seiner Mitte steht ein schöner und monumentaler Brunnen mit Trinkbekken für Menschen und Pferde.

Schaut nur, schaut, wie schön die im Trab reiten, sagten die Fuhrleute.

Tatsächlich trabte das Regiment der Sachsendragoner Großherzog Friedrich von Baden in einwandfreier Weise Richtung Bahnhof.

Die Dragoner träumten von den in Liebe aufgelösten böhmischen Mädchen auf ihren Knien und spürten schon in ihren Schnurrbärten den Schaum des Pilsner Biers vom Faß.

Schütte, o Dragoner, das erste Krügel in dich hinein und bestelle dann sofort das zweite, und während du auf dieses wartest, könntest du gar keinen besseren Einfall haben, als noch ein drittes zu bestellen.

Im Bahnhof lief der Stationsvorsteher erster Klasse, Herr Herrenstein, auf dem Bahnsteig Nummer drei hin und her, von dem aus die Militärtransporte abgingen.

Herr Herrenstein hatte alles pflichtgemäß angeordnet, der Zug für die Beförderung des Regiments der Sachsendragoner Großherzog Friedrich von Baden war fahrbereit.

*) Der andere Bahnhof und heutige Hauptbahnhof in Triest gehörte der seinerzeitigen Südbahngesellschaft. (Anm. d. Übers.)

Als das Regiment im Bahnhof eintraf, zogen sich die Offiziere in den Wartesaal erster Klasse zurück und warteten hier, bis alles vorschriftsmäßig zur Abfahrt fertig war.

Dann erschien der Stationsvorsteher erster Klasse in der Tür des Wartesaals erster Klasse und sagte: Meine Herren Offiziere, alles ist zur Abfahrt bereit, alles wie befohlen.

Ausgezeichnet, ganz ausgezeichnet, sagt der Rittmeister Graf Otto Knoll-Larisch, er drückt dem Stationsvorsteher erster Klasse, Herrn Herrenstein, die Hand und fügt hinzu: Ich gratulier' Ihnen zu Ihrer vorzüglichen Dienstleistung, dann schlägt er die Hacken zusammen, sagt Servus und begibt sich, gefolgt von den übrigen Offizieren, elastischen Schrittes zum Zug, die Sporen klirren, die Helme blitzen.

Herr Herrenstein bläst in die Trompete.

Die Trompete hat den schmachtenden Ton einer Tiroler Hirtenflöte. Die Lokomotive antwortet mit einem Pfiff, es ist wie das Zischen einer weißen Riesenschlange. Es geht los, es geht los.

Triest Hurra, Pilsen Hurra.

Die Kolben setzen sich mühsam in Bewegung.

Der Dampf aber wirbelt immer lustiger, und von den Kolben her klingt es wie besser-besser.*) Der Zug ist in Fahrt.

Der Stationsvorsteher erster Klasse, Herr Herrenstein, geht elastischen Schrittes zum Gleis Nummer eins, wo in einer Stunde der Zug Budapest – Wien eintreffen soll.

Herr Herrenstein hat den elastischen Schritt des Kaisers. Er hat Seine Majestät, den Kaiser, mehrmals elastischen Schrittes aus dem Hofzug steigen gesehen, und so hat auch er den elastischen Schritt des Kaisers angenommen, nur daß sein elastischer Schritt auch den Gummiabsätzen Palmer zu verdanken ist.

Alle haben sie den elastischen Schritt. Alle Briefträger haben den elastischen Schritt, sie haben den elastischen Schritt des Kaisers.

*) Deutsch im Original. (Anm. d. Übers.)

Alle Amtspersonen, sei es im Ruhestand, sei es im aktiven Dienst, haben den elastischen Schritt.

Den elastischen Schritt, dank den Gummiabsätzen Palmer.

Herr Herrenstein ist leicht erregt.

Alles ist vorgesehen, alles genau angeordnet.

In einer Dreiviertelstunde trifft Seine Kaiserliche und Königliche Hoheit Erzherzog Carl Ludwig ein.

Die Kaiserliche und Königliche Hoheit ist der zweite Bruder des Allerhöchsten Herrn.

Gesegnet der Schoß der Erzherzogin Sophie, gesegnet die Manneskräfte des Erzherzogs Franz Carl.

Dank dem Willen Gottes und ihrem hochedlen Beischlaf wurden dem glorreichen Haus Habsburg-Lothringen vier männliche Nachkommen geschenkt, der Kaiser Franz Joseph und die Erzherzöge Maximilian, Carl Ludwig und Ludwig Victor.

Auch der Herr J. Alexandre Chev. de Goracuchi, docteur Médecin, ist leicht erregt.

Der Chevalier und Doktor der Medizin de Goracuchi ist leicht erregt, weil er Seiner Kaiserlichen und Königlichen Hoheit, dem Erzherzog, sein Buch *Attraits de Trieste* untertänigst zu Füßen legen will. Das Buch wurde vom Chevalier de Goracuchi nicht nur verfaßt, sondern auch auf seine Kosten herausgebracht.

Es ist ein prachtvoller Band, in rotes Maroquinleder gebunden und mit Verbrämungen in Blattgold.

Was aber zählt und worauf es ankommt, ist die vom Chev. de Goracuchi verfaßte Widmung an den Erzherzog Carl Ludwig.

Der Chev. de Goracuchi hat täglich an ihr gebosselt und je Tag nicht mehr als zwei oder drei Zeilen hervorgebracht.

Nach einem Monat war die Widmung vollendet, sie war perfekt.

Sie war perfekt, nicht etwa, weil der Dr. de Goracuchi überzeugt gewesen wäre, etwas Perfektes geschaffen zu haben, sondern weil die Freunde vom Schiller-Verein und die Kellner vom Caffè della Sanità, vor allem aber die

Mitglieder der griechisch-orthodoxen Gemeinde und an ihrer Spitze der Archimandrit Spiridion Xilachi erklärt hatten, daß die Widmung etwas Perfektes sei. Außerdem war sie in der schwungvollen, eleganten und heroischen Sprache geschrieben, als welche die französische ist.

Frans chevalers dist l'emperere Charles
Car m'eslisez un barun de la marche
Qui a Marilie me portast mun message.

So wartete auch der Chev. de Goracuchi leicht erregt auf die Ankunft des Zuges Budapest – Wien, der in einem Sonderwagen den Erzherzog Carl Ludwig nach Triest bringen sollte.

Er öffnete noch einmal das Buch, las noch einmal die Widmung und fand sie nun auch perfekt, zumal sie ja schon der Archimandrit Spiridion Xilachi für perfekt befunden hatte.

Ja, sie war wirklich perfekt, und er konnte das Buch ohne Bedenken Seiner Kaiserlichen und Königlichen Hoheit Erzherzog Carl Ludwig untertänigst zu Füßen legen. Hier der Text der perfekten Widmung.

A Son Altesse Impérial et Royal
Le Sérénissime Archiduc
CHARLES LOUIS
Esprit Sublime

Protecteur Magninime des Sciences des Arts du Commerce et de l'Industrie sous les auspices duquel a été inaugurée l'Exposition Industrielle et Agricole Trieste. L'an MDCCCLXXXII cinquième centenaire de la dédition de la Ville à l'Auguste Maison d'Autriche. L'Auteur avec la plus vive reconnaissance et le plus profond respect a dédié ces pages dictées par le souvenir d'un passé riche de succès et par l'espérance d'un heureux avenir.

Als Herr Hinzelmann, Kobold von Beruf, seine Benommenheit überwunden hatte, stand er sofort auf und fühlte im selben Augenblick einen Schmerz im Rückgrat und ein Ameisenlaufen in den Arschbacken.

Konnten auch Kobolde von Paralyse befallen werden?

Er tat einen Schritt vor und gleich darauf zwei zurück und verspürte Schmerzen in den Füßen, verspürte Schmerzen in den Händen.

Sollte es die Gicht sein? dachte Herr Hinzelmann. Es konnte die Gicht sein, es konnte irgendeine Störung der Körpersäfte sein, irgendeine Verdickung, die die Gelenke in ihrer Bewegung hemmte.

Die Salernitanische Schule sagt: Quaeta non movere et mota quaetare.

Also blieb Herr Hinzelmann stehen.

Er rief Apollo an, den Erwecker, den Erfinder der Medizin. O Apollo, rief der Kobold Hinzelmann, du heilender Gott, ich flehe zu dir, rufe alle Götter und alle Göttinnen zusammen, und dazu den Hippokrates, damit sie mich je nach ihren Fähigkeiten von meinen Leiden befreien und wieder gesund machen.

Hinzelmanns Anruf blieb ohne Antwort.

Er blieb ohne Antwort, denn Hinzelmanns Leiden waren keine wirklichen Leiden, die mit Medizinen zu heilen gewesen wären, sondern es waren eingebildete Leiden, reine Hirngespinste.

Das heißt Leiden, entsprungen einer überreizten Phantasie, Leiden, die sein Geist erfunden hatte.

Herr Hinzelmann hatte sich nämlich genau auf den Pflasterstein gesetzt beziehungsweise hingekauert, auf dem Mariute Moimas, werdende Mutter eines k. u. k. Dragoners, nach ihrem Todessturz zerschmettert liegengeblieben war.

Auf diesem Pflasterstein und in der Luft haftete noch etwas von ihren Todesqualen.

Hinzelmann fühlte sich nicht mehr als Hinzelmann, er fühlte sich nicht mehr als Kobold, er fühlte sich als gar nichts.

Er tat einen Schritt vor und blieb stehen. Er wollte zwei Schritte zurück tun und kam nicht vom Fleck.

Da ließ sich die Stimme des Großen Pan vernehmen.

Es war eine jugendliche und aufmunternde Stimme, eine vom Großen Pan eigens für Hinzelmann abgestimmte Stimme.

Damit er sich ermanne.

Hören Sie mich, Hinzelmann? Halali, halala, ich bin der Große Pan. Stürzen Sie sich nicht in Melancholie, vergiften Sie sich nicht durch eine hypochondrische Verzweiflung.

Sie werden in Triest bleiben. Sie werden, wenn Sie es wünschen, Ihren ständigen Wohnsitz in dieser Stadt nehmen, in diesem Triest, das der Nabel der Welt ist.

Geographische Lage 45° 38′ 5″ nördlicher Breite und 11° 26′ 17″ südöstlicher Länge. Im gesamten Mittelmeer die Stadt, die dem Zentrum Europas am nächsten liegt.

Die Stimme des Großen Pan fuhr fort: Hinzelmann, sehen Sie nur, was ich für Sie tun will.

Für Sie als Hinzelmann, für Sie als Kobold, für Sie als sehr geehrten Abenteurer.

In der breiten Corsia Chrön gab es ein lebhaftes Kommen und Gehen von Menschen aller sozialen Schichten.

Hochgestellte Personen, solche des Mittelstandes und solche der unteren und untersten sozialen Schichten.

Aber keiner von ihnen sah das, was in diesem Augenblick unser lieber Herr Hinzelmann sieht.

Er sieht drei große gelbe, von schwarzen Dreiecken umrahmte Standarten.

Sie leuchteten wie entfaltete Fahnen auf einem Feld des Friedens.

Der Glanz, der von ihnen ausging, war wie eine flakkernde Glut.

Und als Herr Hinzelmann all das Gelb und Schwarz in soviel Glorie sah, erinnerte er sich gewisser Verse, die er während eines kurzen Ferienaufenthalts im Wiener Arbeitszimmer Grillparzers, des Dichters, Dramatikers und Hofrates, auswendig gelernt hatte.

Schwarzgelb war ich einst selber
Doch scheu ich Pech und Harz
Ich bin nur noch ein Gelber
*Seit unsre Fahne schwarz.**)

Nein, sagte Hinzelmann, dieses Epigramm stimmt nicht mehr, zumindest nicht für mich, denn ich bin mit jedem Tag mehr und mehr schwarzgelb.

Er sagte es in lustigem, fast witzigem Ton, aber wer ein feines Gehör hat, konnte einen gewissen bitteren Ton heraushören, der allen echten Schwarzgelben seit jeher eigen war, von den Generälen bis zu den Schauspielern, den Komödianten.

Jede der drei Standarten trägt eine Inschrift. Und jede der Inschriften ist in einer anderen Schrift verfaßt.

Die eine in Lateinschrift, die zweite in gotischer Schrift und die dritte in der überaus malerischen und dekorativen cyrillischen Schrift.

Damit beweist der Große Pan, daß Triest wirklich der Nabel der Welt ist, und dies nicht nur in bezug auf die Schriftzeichen. Die drei unterschiedlichen Schriftzeichen.

Auf der ersten Standarte ist zu lesen *Borgo Franceschino* (Franzens-Viertel), auf der zweiten *Borgo Teresiano* (Theresianisches Viertel) und auf der dritten *Borgo Giuseppino* (Josephinisches Viertel).

Das Regiment der Sachsendragoner Großherzog Friedrich von Baden traf in Pilsen um fünf Uhr nachmittag ein.

Es wurde sofort in der Kaserne Tiho Brahe einquartiert, und die Dragoner erhielten freien Ausgang bis um acht Uhr abend.

Kornette und Jagdhörner verkündeten den freien Ausgang. Auch die ersten Takte der *Schönen blauen Donau*, die Regimentsfanfare, wurden geblasen.

Alle hatten in den vielen Kneipen ihre Plätzchen gefun-

*) Eine Anspielung auf die Konkordatsverhandlungen 1855. (Anm. d. Übers.)

den. Ein angenehmes Plätzchen oder ein verschwiegenes, und die Kellnerinnen trugen in ihren kräftigen Händen zehn Krügel zugleich. Die Dragoner tranken mit Bedacht das helle und das dunkle Bier.

Sie tranken mit Bedacht und kosteten den Duft und den Geschmack nach Hopfen und Malz aus.

Und mit geschlossenen Augen träumte der eine von der ungarischen Pußta, der andere von den Ebenen der Bukowina und wieder ein anderer von den weiten Wäldern der Windischen Mark.

Und wieder andere von den Karst-Plateaus, vom Meer, von Triest und von Cattaro.

Der Kommandant des Regiments, Oberst Johann Artaria, erreichte Pilsen zwei Tage nachdem sein Regiment in der Kaserne Tiho Brahe ein bequemes Quartier gefunden hatte.

Nach einer ersten raschen Inspektion des Regiments begab sich der Oberst Artaria ins Kasino Kaunitz.

Hier boten ihm die Offiziere ein Nachtmahl, das in der Hauptsache aus Fleischlaibchen mit Kirschen bestand.

Die Lieblingsspeise des Herrn Oberst.

Beim vierten Fleischlaibchen erinnerte sich der Herr Oberst der süßen Frau Frieda, der Gattin des Hofrats in Ruhe und Ritters erster Klasse Wilhelm Bleibtreu.

Er erinnerte sich der süßen Frieda, seiner ständigen, wenn auch nicht stetigen Liebelei, als er mit der Gabel (die er mit dem in Triest erlernten Dialektwort griechischer Herkunft Pirón nannte) das Fleischlaibchen zerteilte und in dessen Innerem auf eine Kirsche stieß, die völlig den beiden Kirschen glich, die die süße Frieda in ihr Mieder zwängte, dem sie ihre Wespentaille verdankte.

Er schnürte es auf und küßte die Brustwarzen, die die Farbe des von der kaiserlichen Post verwendeten Siegellacks hatten.

Er verschluckte das halbe Fleischlaibchen und nach kurzem Zaudern auch die Kirsche.

Hatte er nun die stets frische und feste Brustwarze im Mund oder die Kirsche, wie sie sich die Natur für die Frau Frieda zum Vorbild genommen hatte?

Er erkannte sofort, daß die Kirsche eine Kirsche war, und er schluckte sie, mit etwas Fleisch vermengt, genußvoll hinunter.

Und dachte nicht mehr an die Frau Frieda, die Gattin des Hofrats Ritter von Bleibtreu.

Meine Herren Offiziere, ich schlage vor, wir stoßen auf das gute Gelingen der Herbstmanöver und der Frühjahrsparade in Wien an.

Als der Oberst Artaria sein Glas geleert hatte, schleuderte er es gegen die Wand.

Alle Offiziere folgten seinem Beispiel.

Das bringt Frohsinn, das bringt Glück.

Am nächsten Morgen inspizierte der Oberst Artaria die Kaserne Tiho Brahe genau wie es im Büchel steht.

Alles war richtig an seinem Platz, und jeder Platz war richtig gewählt.

Er betrat die gedeckte Reitbahn Nr. 2.

Hier traf der Oberst Artaria den Rittmeister Graf Otto Knoll-Larisch und den Unterwachtmeister Anton Vitez an.

Lieber Knoll-Larisch, sagt der Oberst Artaria, gibt's was Interessantes?

Interessant ist, daß heute der Vitez die Pferde zureitet. Er ist der geborene Zureiter.

Sehen Sie, Herr Oberst, sehen Sie, obwohl das Pferd einsackt, gelingt es dem Unterwachtmeister in glänzender Weise, jeden Stoß aufzufangen. Sie werden sehen, in ein paar Wochen trägt dieses Pferd den Sattel.

Brav, wirklich brav, sagt der Regimentskommandant Artaria, er ist ein richtiger Kavallerist, er hat die richtige begnadete Hand.

Schade nur, sagt der Graf Knoll-Larisch, daß er kein wirklicher Mensch ist.

Kein Mensch?

Ja, sagt der Graf Knoll-Larisch, er ist wohl ein Mensch, aber kein Mensch, der ein wirklicher Mensch ist. Darf ich den Herrn Oberst daran erinnern, daß der Fürst Clemens Lothar Metternich in seiner rheinländischen Weisheit zu Recht gesagt hat: Der Mensch beginnt beim Baron.

Der Unterwachtmeister aber wußte nicht, daß er für den Grafen Knoll-Larisch ein Mensch war, der kein Mensch ist.

Er wußte nur, daß er ein besonders tüchtiger Dragoner war.

Er wußte auch, daß er in seinen Hosen aus himmelblauem Tuch mit Goldverschnürungen ein männliches Glied besaß, das Leben zu schenken vermag, und daß dieses Leben ihn eines Tages Vater nennen konnte, und eines Tages auch Großvater.

Vitez hatte für sein Verhalten im Dienst wie außer Dienst die Bewertung Nummer eins mit entsprechender Auszeichnung erhalten.

Sein Gesicht war immer das Gesicht eines Unterwachtmeisters, sowohl im Dienst wie außer Dienst.

Aber hinter diesem Gesicht gab es das Gesicht des Menschen Vitez, und in ihm drückten sich Sehnsüchte aus und düstere Ahnungen. Eine Begräbnismiene.

Mariute Moimas hatte auf seinen Brief nicht geantwortet.

O diese flatterhaften Italienerinnen, sagte sich Vitez, sie sind genauso wie es in ihren Opern heißt: La donna è mobile qual piuma al vento! O wie so trügerisch sind Frauenherzen!

Er stellte sich vor, wie sie mit irgendeinem Infanteristen in der Lindenallee spazierenging.

Er glaubte und glaubte wieder nicht an das trügerische Herz Mariutes.

Er wartete auf ihren Brief, und in dieser Wartezeit hatte er, so wie versprochen, mit seinen Lippen noch kein Bierkrügel berührt.

Das Wort eines Dragoners ist das Wort eines Dragoners, und basta.

Oft träumte er sie nackt in einem riesigen Bierkrügel, wobei sie die Hände durch den Bierschaum herausstreckte.

Er wartete auf ihren Brief, und seine Lippen berührten kein Bierkrügel.

Mariute aber zählte bereits zu den Beweinten, doch das konnte Vitez nicht wissen.

Herr Hinzelmann, Kobold von Beruf, betrachtet die drei gelben Standarten, die im Winde wehen.

Für die Menschen aber, die durch die Corsia Chrön gehen, herrscht Windstille. Sie spüren keinen Wind, weder Bora noch Tramontana, noch Westwind und auch nicht die frische, fast zärtlich streichelnde Brise, die vom Meer kommt.

Sie können keinen Wind spüren, denn es ist ein Wind, der nur für Herrn Hinzelmann weht, vom Großen Pan sozusagen in der Retorte künstlich erzeugt, damit Herr Hinzelmann deutlich lesen könne, was auf den durch den vom künstlich erzeugten Wind entfalteten Standarten zu lesen ist.

Eine Schrift auf den Standartenstoff wie auf ein Blatt Papier geschrieben, und die Standarte selbst ist von einem Lichtschein erhellt, damit Herr Hinzelmann ja mit aller Deutlichkeit lesen könne, was er lesen soll.

Erst ein Lichtschimmer, dann ein grelles Aufleuchten und schließlich ein strahlend helles Licht.

Der Stoff der Standarte wird zu einem Blatt aus Licht.

Nur Hinzelmann spürte den Wind, nur Hinzelmann sah das Licht.

Die Passanten in der Corsia Chrön spürten nichts und sahen nichts.

Es ertönt die Stimme des Großen Pan: Dank dir, Balder, Odins Zweitgeborenem, für das Licht auf den Standarten. Deine Augen, o Balder, sind durchdringend wie die Strahlen der Sonne, und deine Augenbrauen werden zu Recht als die weißesten aller Gräser bezeichnet.

Die weiterhin jugendliche Stimme des Großen Pan fährt fort: Hinzelmann, betrachten Sie in aller Ruhe die Standarten und wählen Sie dann ohne Hast Ihren ständigen Wohnsitz. Ich habe den Wind gesandt, ich habe Balders Licht herbeigeholt, jetzt liegt es an Ihnen, mein Kobold, die endgültige Entscheidung über Ihren Wohnsitz zu treffen.

Hinzelmann betrachtete aufmerksam die schwarzen Schriftzeichen auf den gelben Standarten.

Auf der Standarte des Josephinischen Viertels sind folgende Kaffeehäuser aufgezählt: das Café Borgo Giuseppino, das Café Transalpina, das Café Griot, das Café All'Aquila Nera (Zum Schwarzen Adler) und das Café Murat.

Im Franzens-Viertel befinden sich die Kaffeehäuser Borgo Franceschino, Alla Barriera und All'Ussaro (Zum Husaren).

Das Josephinische Viertel erachtete Herr Hinzelmann als das aufgeklärte Viertel eines aufgeklärten Fürsten: Alles für das Volk und nichts durch das Volk.

Das Franzens-Viertel gefiel dem Kobold ganz und gar nicht. Nichts als Zollschranken, Pinien und Linden und der Lärm rollender Karren, die vollbeladen mit Kohle und Brennholz vom Tschitschenboden kamen.

Aber als Herr Hinzelmann seinen Blick auf die Standarte des Theresianischen Viertels richtete, wurden seine Augen feucht, denn es ist jenes Viertel, das durch den huldvollen Willen der Kaiserin Maria Theresia ehrfurchtsvollen Angedenkens entstanden ist, der Tochter Karls VI., des Kaisers, der auf der Piazza Grande ganz in Stein gehauen auf steinerner Säule steht.

Und hier in diesem Viertel, im Maria-Theresianischen Viertel, sind die Kaffeehäuser tatsächlich von theresianischem Rang, und Hinzelmann erkannte sogleich, daß sie auch dem Rang eines Kobolds entsprachen.

Auf der Standarte des Theresianischen Viertels fanden sich wunderbare Kaffeehäuser aufgezählt, so die Cafés Miramar, Alla Stazione und Flora, ferner die Cafés Adriatico und Greco hinter der Portiza*), aber auch das Café Albero oder das Café Tomaso. Besonders gefiel ihm seines Namens und seiner Lage mit Blick auf den Canal Grande wegen das Café Stella Polare (Polarstern).

Die Triestiner Kaffeehäuser. Die liebenswerten, heimeligen, wohligen, entspannenden, stillen Triestiner Kaffeehäuser.

Sie erreichten zwar nicht die Vollkommenheit der Wiener Kaffeehäuser, aber sie konnten ruhig von sich behaupten, die engsten Verwandten der Wiener Kaffeehäuser zu sein.

*) Ein kleines Tor, das vom Börsenplatz in die Altstadt führt. (Anm. d. Übers.)

Und doch gibt es einen Unterschied zwischen der inneren Atmosphäre der Wiener Kaffeehäuser und der inneren Atmosphäre der Triestiner Kaffeehäuser.

Manche Gerüche sind beiden gemeinsam, ein Geruch jedoch ist sozusagen das Monopol des Triestiner Kaffeehauses und unterscheidet es vom Wiener Kaffeehaus.

In Wien der Süßwassergeruch der schönen blauen Donau, in Triest hingegen riechen alle Kaffeehäuser nach dem salzigen Meer, nach Algen, nach den von den Stößen der Bora aufgewühlten Wellen.

Dann die Tabaksgerüche.

Es riecht nach den Zigaretten Memphis und Le Favorite, nach den Zigarren Coronas, Rositas, Virginia und Regalitas, nach dem Rauch, der von den Pfeifentabaken Caballero und Derby aufsteigt, das alles trägt zur Kaffeehausatmosphäre der Handels- und Hafenstadt bei.

Dann der Geruch nach Druckerschwärze.

Die Zeitungen sind zur Bequemlichkeit des Lesers alle in Zeitungshalter, die aus aus dünnen Bambusstäben angefertigt sind, gespannt.

Wenn der Leser das Blatt wendet, dann gleicht das Blatt einem von der Seebrise gebauschten lateinischen Segel.

Die Kellner in Frack sind lauter Gentlemen, wie durch Zellspaltung vermehrt.

Jedes Kaffeehaus hat sein besonderes Publikum und seine Stammkundschaft.

Das Café New York befindet sich in der Via del Torrente, ganz nahe der Caserma Grande.

Es wird von Offizieren besucht, sie sind alle elegant eingeschnürt in ihre gut sitzenden Uniformen.

Die Schneiderei des Signor Neumann ist aber auch auf Abend- und Gesellschaftsanzüge von erstklassiger Qualität spezialisiert.

Der erste Zuschneider der Schneiderei des Signor Neumann war ein gewisser Franzele, der schon seit dreißig Jahren der Gewandmeister des 97. Infanterieregiments in der Caserma Grande war.

Die Schneiderei des Signor Neumann zählt alle Offiziere

und Kadetten der Garnison zu ihren Kunden, einschließlich des Kommandanten Oberst Julius von Penecke.

Zu ihren Kunden zählte auch der gesamte Stab des 61. ungarischen Infanterieregiments, zählten die Offiziere des 22. dalmatinischen Infanterieregiments, ferner die Offiziere der Artillerie und der Krainer Dragoner. Viele Kadetten ließen hier die Uniformen, die ihnen vom Uniformdepot zugeteilt worden waren, für ihren Körper zurechtschneidern. Zu den Kunden zählten aber auch die Marineoffiziere und die Kontreadmiräle Anton von Wipplinger und Markus von Florio.

Ein besonderer Anziehungspunkt für die Herren Offiziere im Kaffeehaus ist das sogenannte Säbeltrio, bestehend aus dem Major Arturo Petazzi, dem Hauptmann Otto Sachs und dem Oberleutnant Miro Sustercic.

Der Major ist ein unermüdlicher Erzähler von Witzen und Bonmots, von kleinen Anekdoten, die umso mehr belacht werden.

Da erzählt Petazzi: In einem sehr exklusiven Wiener Klub fragt Herr Markoff, ein Junggeselle, den Präsidenten, ob er auch seine Geliebte in den Klub mitbringen könne. Aber gewiß, antwortet der Präsident, vorausgesetzt, sie ist die Gattin eines unserer Mitglieder.

Der zweite in diesem Trio, der Hauptmann Otto Sachs, ist bekannt für seine regelmäßigen Räusche von wissenschaftlicher Methodik.

Der Hauptmann Sachs sagte: Ich besauf' mich nie, ich trinke mir höchstens einen Schwips an. Ich marschier' dann in Dulliöhstimmung. Schön, schön, schon gut, fuhr der Hauptmann Sachs fort, ich besauf' mich aber mit Könnerschaft.

Zur richtigen Zeit und am richtigen Ort.

Wenn es mir im Fechtsaal gelingt, meinen Gegner zu schlagen, dann besauf' ich mich aus Freude über meinen Sieg.

Soll man am Trinken Vergnügen haben, dann muß man immer die Regeln befolgen.

Nur dann, wenn einer in der Armee Offizier ist und

beschließt, sich zu besaufen, muß er, und das sagen auch die gebildetsten und höflichsten aller Zopfträger, die Chinesen, ununterbrochen Flasche auf Flasche bestellen, damit zu seinen höheren Ehren ohne Unterlaß die Fahne weht.

Solches ließ der Oberst Sachs von sich hören, und alle Offiziere baten, rechtzeitig verständigt zu werden, wann sich der sympathische Sachs das nächste Mal besaufen werde.

Der dritte im Säbeltrio war der Oberleutnant Miro Sustercic. Der Oberleutnant Miro Sustercic gehörte den Krainer Dragonern an.

Ein junger Mann mit den besten Aussichten. In Skofja Loka (Bischofslack) geboren, entstammte er einer begüterten Bürgerfamilie, die überaus kaisertreu und bis in die Knochen schwarzgelb war.

Der junge Sustercic liebte die Pferde, liebte die Helme, liebte das Schach- und das Tarockspiel.

Er war sehr stolz auf seine slowenische Abstammung, es handle sich, so sagte er, um ein großherziges Volk, es war tapfer, ohne wild und grausam zu sein.

Ein Volk, das den Gesang liebt, das gute Essen und die Gastfreundschaft hochhält.

Seiner großen Gastlichkeit wegen gehörte er zum Säbeltrio.

Seiner Freigebigkeit wegen, den Kollegen und den Vorgesetzten gegenüber, proklamierte man ihn feierlich und noch dazu auf französisch als den véritable Amphitryon.

Reiten, lieben, trinken und essen, das mußte man im Leben*) können.

So sprach der Oberleutnant Sustercic von den Krainer Dragonern.

Der Großvater des Dragoners Sustercic aber, der Starosta der Familie Sustercic, sagte, nicht ohne ein Quentchen nachsichtigen Stolzes: Was für ein Pech, einen Dragoner zum Neffen zu haben, der von der Sucht zur Gastlichkeit besessen ist.

*) Im Original heißt es deutsch: Im Laufe der Zeit. (Anm. d. Übers.)

Ich aber will, so antwortete der Dragoner Sustercic, daß meine Gastlichkeit der ganzen Welt als Beispiel diene.

Servus, Herr Großvater Starosta.

Herr Hinzelmann, Kobold von Beruf, hat seinen Entschluß gefaßt, sein ständiger Wohnsitz soll von nun an das Café Stella Polare sein, dessen Scheiben mit den Häusern und der malerischen serbisch-orthodoxen Kirche am Canal Grande eine Front bilden.

Ich habe eine gute Wahl getroffen, sagt Hinzelmann zu sich selbst, der Große Pan aber hört ihn, er ist ja nicht umsonst der Große Pan, und er sagt: Gut Hinzelmann, ausgezeichnet, Ihre Wahl ist optimal, und jetzt folgen Sie mir, ich geleite Sie zum Café Stella Polare.

Hinzelmann sah den Großen Pan nicht, denn der Große Pan wollte sich nicht zeigen, Hinzelmann aber hörte seinen Schritt, den Schritt eines Bockes, es gab einen Klingelton, und Hinzelmann folgte ihm überglücklich.

Das Geklingel als käme es von einem Leitbock setzt in der Corsia Chrön ein, Hinzelmann folgt ihm durch die Via del Torrente, es erklingt besonders lebhaft in der Via dei Corradori, hört dann plötzlich auf, und Herr Hinzelmann steht unmittelbar vor der Eingangstür zum Café Stella Polare.

Sie sind angekommen, sagt die Stimme des Großen Pan.

Alles Gute und einen angenehmen Daueraufenthalt in diesem Kaffeehaus.

Adieu, Hinzelmann, adieu, der Große Pan ist nicht tot, wie manche meinen.

Adieu, adieu Hinzelmann, ich gehe jetzt zu meinem lieben Dionysos dort oben auf den Hochebenen des Karst.

Ach die herrlichen Verse des unbekannten Dichters Bacchus, der zum Ruhme der Dolinen des Karst in die Hirtenflöte bläst.

Und merken Sie sich, Hinzelmann, daß Denken stets gefährlich ist.

Wenn du denkst, können sie dich rädern, hängen, vierteilen, einkerkern, und das alles zur höheren Ehre der Ordnung und der Disziplin.

Ehre Gott und die Mächtigen.

Das Café Stella Polare ist ein Café für die gehobenen gesellschaftlichen Schichten. So sehr, daß es sich fast, fast als einen Bruder der gehobenen Kaffeehäuser auf der Wiener Ringstraße bezeichnen könnte.

Es ist ein sehr großes Kaffeehaus mit geräumigen Sälen, in denen man Billard, Schach, Domino und Karten spielen kann.

Die runden, grün bespannten Tische gleichen grünen Drachenaugen und stehen bereit für Mauscheln, Poker und Tarock.

Für Johann Strauß Sohn war das Tarock wichtiger als die Musik.

Strauß, der von seinen Wiener Freunden schlicht Schani genannt wurde, sagte eines Morgens zu seiner lieben Freundin Katharina Schratt: Außer mit Tarock befasse ich mich auch noch mit Musik.

Es wird mit 78 Karten gespielt, das heißt zu den 56 normalen Karten kommen noch 22 eigene Tarockkarten hinzu.

Mond, Pagat, Sküs . . .

Das Kaffeehaus hat auch gesonderte Lesezimmer, hier liegen Zeitungen, Zeitschriften und Illustrierte auf.

Im Kaiserreich werden offiziell dreizehn Sprachen gesprochen.

Und dann gibt es im Café Stella Polare natürlich die eigentlichen Kaffeehausräume für den türkischen und den weißen Kaffee. Das Frühstück besteht aus Butter, Marmelade und Honig, dazu Kipferln und Kaisersemmeln, das Gebäck ist knusprig und noch ein wenig warm.

Und die Täßchen aus Porzellan und die Untertäßchen aus Silber und das Gold des Honigs und das Rosa der Preiselbeermarmelade und das frische schneeige Weiß der Butter vom oberen Isonzo.

Es wird viel, sehr viel gelesen, und wenn die Besucher gleichzeitig die Seiten wenden, dann ist es, als würde ein feines Lüftchen die zwölf Flammen des zwölfarmigen holländischen Kronleuchters ganz leicht bewegen.

Herr Hinzelmann schickt sich an, das Café Stella Polare zu betreten.

Es ist ein feierlicher Augenblick, nicht nur für ihn, sondern Tag für Tag auch für die Besucher des Kaffeehauses, wie etwa für den Doktor Teofilo Koepl, Professor, Gynäkologe und hervorragender Operateur.

Um in das Kaffeehaus zu gelangen, muß man erst zwei Stufen aus Nabresina-Marmor hinaufsteigen.

Die Stufen hatten aber auch eine symbolische Bedeutung. Sie sollten besagen, man steige in der gesellschaftlichen Achtung zwei Stufen höher.

Hinzelmann öffnete die Schwingtür des Cafés Stella Polare.

Trat ein. Er erstieg kaiserlich-elastischen Schrittes die zwei Stufen, es war zugleich ein tänzerischer Schritt, wie zu einer Polka von Johann Strauß.

Ein verlockender Kaffeegeruch umfing ihn und verfing sich auch in den breiten Krempen seines Nissehat.

Duft von Kaffee aus Portoriko, aus der Levante oder von Moka.

Ein Geruch freilich fehlte, der nach sogenanntem gespritzten Kaffee, das heißt nach Kaffee mit einem Schuß Alkohol.

So etwas wurde im Café Stella Polare nicht serviert, es war hier einfach nicht existent.

Es war ein sehr matinales Café, nur besseren Leuten vorbehalten, Leute aus den unteren sozialen Schichten träumten nicht einmal davon, ihren Fuß je auf die zwei Stufen aus Nabresina-Marmor setzen zu können.

Hinzelmann sah sich genau alles an, was zu sehen war. Als er seine Neugierde befriedigt hatte, wählte er zu seinem ständigen und endgültigen Wohnsitz den Raum mit den drei großen Fensterscheiben, durch die man einen wunderbaren Blick auf den Canal Grande genießen konnte.

Und hier wählte er den rechten obersten Winkel der dritten Fensterscheibe, wo er hinter den zwölf Armen des holländischen Kronleuchters halb verborgen blieb.

Der Oberst Artaria traf unerwartet aus Pilsen in Triest ein. Er begab sich sofort ins Offizierskasino, wo sich, wie er wußte, der ihm gleichrangige Oberst Andreas Stubel vom Schachtisch nicht trennen konnte.

Servus Kollege, sagte der Oberst Artaria.

Servus Kollege, sagte der Oberst Stubel, erhob sich vom Schachtisch und reichte ihm die Hand.

Ich komme aus Pilsen, muß aber morgen in Wippach sein, ich bin dort beim Grafen Lantieri eingeladen.

Ah, der Graf Lantieri, sagt der Oberst Stubel, das ist doch der, der eine ganze Kollektion seltener und köstlicher Tropfen besitzt.

Jawohl, sagt der Oberst Artaria, und noch dazu den Kindermacher.*)

Ein klarer Tropfen, der kräftigt altersschwache Hoden.

Und wie geht's in Sankt Pölten, fragt Stubel.

Endlich zufriedenstellend, antwortet Artaria.

Da wächst ein tüchtiges Geschlecht von Soldaten heran. Gute Reiter, ausgezeichnete Turner, alles in bester Ordnung.

Es wird, mein lieber Stubel, streng gesiebt, ehe sich die Tore der Anstalt in Sankt Pölten öffnen.

Das ist gut, das ist richtig.

Einen Georges Goulet, Kollege?

Gute Idee, sagt Artaria, der sonst keine anderen Ideen hat als die, die in der Militär-Zeitung stehen und die ihm in der ersten Zeit seiner Liebelei mit der süßen Frieda eingegeben worden waren.

Du bist meine Stute, und ich reite auf dir. Ich bin dein Reiter, dein Bespringer, und ich springe, meine Allersüßeste, durch den Venusberg und gelange in deinen feuchten und frischen Garten der Liebe.

Für Frau Frieda, Gattin des Hofrats in Ruhe und Ritters

*) Der Wein dieses Namens wird von Carlo Goldoni in seinen Memoiren erwähnt, als der Dichter in jungen Jahren Gast des Grafen Lantieri in Wippach war. (Anm. d. Autors.)

erster Klasse Wilhelm Bleibtreu, war der Oberst geradezu ein Ausbund in den Künsten der Liebe.

Ich umflattere dich, ich küsse dich, ich umhülle dich, ich presse dich an mich. Ich bin dein Schmetterling, ich umkreise dich, ich flattere fort und wieder zurück und umflattere dich wieder und wieder.

Das sagte die süße Frieda zu ihrem Ausbund in den Künsten der Liebe, während sie sich in Orgasmen wand, die ihr Gatte, der Hofrat Wilhelm Bleibtreu, mit dem besten Willen eines Ritters erster Klasse ihr nicht zu verschaffen vermochte.

Militärische Ideen, Liebesideen kleinbürgerlichen Ausmaßes.

Bürgerlich ist, wer klein denkt.

Der Goulet geht in Ordnung, und sie stießen an. Prost, prost.

In dem kleinen Konversationszimmer stecken sich die beiden Kollegen ihre Virginia-Zigarren an.

Dieselbe Zigarrensorte, die der Kaiser raucht.

Auf der Stirnwand hängt das Porträt des Kaisers. Der Kaiser in Tiroler Tracht.

Die beiden Obersten rauchen ihre Zigarren in etlicher Entfernung vom Bildnis des Kaisers.

Sie rauchen Virginia-Zigarren. Der Kaiser raucht Virginia-Zigarren.

Und doch kann es keinen Vergleich geben zwischen dem Rauch, der von den Virginia-Zigarren der beiden Obersten aufsteigt, und dem Rauch der Virginia-Zigarre des Kaisers.

Die Nase des Allerhöchsten Herrn, wenn auch in Öl gemalt, könnte sich vom Rauch der beiden Obersten belästigt fühlen.

In einer Ecke des Konversationszimmers steht ein kleiner Biedermeiertisch und darauf die Photographie des ungarischen Ministerpräsidenten Graf Julius Andrássy mit einer handschriftlichen Widmung an die Kadetten der liebenswerten Stadt Triest.

Das feste Tor der Anstalt in Sankt Pölten öffnet sich also nur mit einem schmalen Spalt?

Und das sehr langsam, denn die künftigen Offiziere Seiner Kaiserlichen und Königlichen Majestät . . .

Müssen alle aus einem Guß sein, schließt der Oberst Stubel.

Fünf Uhr. Das Zimmer betritt der Oberleutnant Giulio Tonetti.

Er ist ein gutgebauter junger Mann, er stammt ja aus Cormons im österreichischen Teil Friauls.

Er hat seine Ausbildung als Kadett in Sankt Pölten erhalten, der Oberst Artaria war sein Reit- und Turnlehrer gewesen. Der Oberst Artaria aber muß sein Gedächtnis sehr anstrengen, um sich seiner zu erinnern. Tonetti ist ein intelligenter und feinsinniger junger Mann. Die Schule hat er mit Vorzug absolviert. Er liest nicht nur die Militär-Zeitung, sondern interessiert sich auch für Literatur und Theater. Er liebt das Theater, nicht aber die Schauspieler, er hält diesen Beruf für minderwertig und verächtlich.

Da ist ja unser Tonetti, sagt der Oberst Stubel.

Kommen Sie, kommen Sie nur, Tonetti, sehen Sie nur, vor wem Sie stehen.

Der Oberleutnant Tonetti steht vor dem Obersten Artaria.

Er schlägt die Hacken zusammen und stellt sich vor: Oberleutnant Tonetti vom 97. kaiserlich-königlichen Infanterieregiment in Triest.

Tonetti, sagt Artaria, Oberleutnant Tonetti, nur kommod, ah, jetzt erinnere ich mich, Tonetti, alles mit Auszeichnung, hervorragender Reiter, vortrefflicher Turner und Herzensbrecher.

Dann sagt er: Wie kommt es, daß ein so ausgezeichneter Reiter bei der Infanterie ist und nicht bei den Dragonern, oder wenigstens bei den Husaren, oder wieso nicht bei einem Pandurenregiment.

Ich habe, Herr Oberst, die Infanterie gewählt, weil sie in Triest stationiert ist und ich so nicht weit von Cormons bin, wo meine Familie lebt.

Gut, gut, sagt Artaria, und zu Stubel gewendet: Ich schlage eine neue Runde Georges Goulet vor.

Nun, Herr Oberleutnant, meint Artaria, indem er sich eine Memphis anzündet, obwohl Sie bei der Infanterie sind, interessieren Sie sich doch noch für Pferde.

Sicher, Herr Oberst. Aber ich interessiere mich auch für Theater und Literatur.

Irgendeine hübsche kleine Schauspielerin?

Nein, Herr Oberst, ich interessiere mich fürs Theater nicht auf der Bühne, sondern noch in Buchform.

Eben gestern habe ich die Trauerspiele von Theodor Körner zu Ende gelesen. Ganz besonders hat mir Hedwig gefallen und die Figuren der beiden Räuber Zanaretto und Lorenzo, Banditen, natürlich aus Süditalien, und dann die Persönlichkeit des Zriny Tavernicus in Ungarn und seiner Gattin Gräfin Eva Rosenberg.

Ach, Ihnen, Herr Oberleutnant, gefallen Trauerspiele, sagt der Oberst Artaria, der zum ersten Mal den Namen Körner hört.

In der Militär-Zeitung befaßt man sich nicht mit solchem Blabla.

Ach, Ihnen, Tonetti, gefällt das Trauerspiel Zriny, und es gefällt Ihnen zu Recht.

Denn dieser Zriny, der für die Deutschen so heißt und Zrinski für die Kroaten und Serini für die Italiener, war in der Tat ein großer österreichischer Held im Kampf gegen die Türken.

Graf Serin du edler Held
*Deine Faust die Feinde fällt.**)

Der Oberst Stubel ist mit dem Bildungsstand seines lieben Oberleutnants Tonetti zufrieden. An das Tischchen gelehnt, auf dem die Photographie mit der handschriftlichen Widmung des Grafen Andrássy steht, zündet er sich eine Memphis an. Er verfolgt mit den Blicken den Rauch und denkt an den Schoner, mit dem ihn sein Freund, der Graf

*) Deutsch im Original. (Anm. d. Übers.)

Ivo Vojnovic, zur Insel Lakroma im weiß und himmelblau strahlenden, sonnigen Dalmatien bringen wird.

Der kühlende sommerliche Wind, der Maestrale, schaukelt das Schiff und weht alles blau.

Die Stimme von Ivo Vojnovic: Die Dalmatiner, die sind die Hoffnung der Guten und der Schrecken der Schlechten.

Der Oberst Artaria wendet sich ironisch zum Oberleutnant der Infanterie Tonetti.

Schau, schau, wie Offiziere Seiner Kaiserlichen und Königlichen Majestät enden können, auch wenn sie ihre Ausbildung mit Vorzug abgeschlossen haben.

Romane, Gedichte, Trauerspiele, lauter Blabla, nicht würdig eines Offiziers Seiner Kaiserlichen und Königlichen Majestät.

Offiziere? Ach wo. Novizen, die ihre Blicke starr zum Himmel richten und mit weit offenen Nasenlöchern den Weihrauchduft der Kapuzinerkirche in Wien und Umgebung einatmen.

Der Oberst Artaria ist leicht verstört.

So spricht ein Oberleutnant Seiner Kaiserlichen und Königlichen Majestät, wenn auch ein Oberleutnant der Infanterie.

Das ist der Beginn der Katastrophe. Habet acht auf das Tor in Sankt Pölten. Vorsicht beim Öffnen, und Vorsicht beim Schließen.

Und wenn du müde bist, darfst du dich an keine Mauer lehnen. Die Uniform wird dich aufrecht halten. Auch wenn deine Uniform aus Tuch ist, denke, sie sei aus Stahl, und nicht, um aus dem Hinterhalt zu kämpfen, sondern offen mit blanker Waffe.

Was sagen Sie dazu, sagt der Oberst Artaria, sprechen Sie, Herr Oberleutnant der Infanterie.

Und der Oberleutnant der Infanterie sagt: Ja, Herr Oberst, ich bin mit Stahl gepanzert, das aber ist kein Hindernis, ein Gefühl für das Schöne zu haben.

Das sagt mir auch Rilke immer.

Was haben Sie da gesagt, sagt Artaria.

Ich habe Rilke gesagt, Herr Oberst.

Rilke? Dieser Schwätzer, dieses Lügenmaul, dieser Zwerg, der bis zu seinem fünften Lebensjahr nur Mädchenröcke trug? Rilke, fuhr der Oberst Artaria fort, dieser Waschlappen, der schon nach dem ersten Kurs aus Sankt Pölten hinausgeworfen wurde? Dieser Mensch, dem nichts paßte, nichts, gar nichts, nicht einmal sein Schaukelpferd.

Ja, Herr Oberst, eben dieser.

Dieser Mensch, der nach dem ersten Kurs auf elegante Weise ausgeschlossen wurde, und nie war ein Ausschluß gerechtfertigter, und der dann zu allem Dank in seinem Märchen „Turnstunde“ einen Haufen von Lügen zusammengeschmiert hat.

Aber, Herr Oberst Artaria, heute ist dieser Schwätzer ein recht beachteter Dichter, auch wenn er als Kind sein Schaukelpferd gehaßt hat.

VII.

Blatt der Verleumdung oder der üblen Nachrede auf Rainer Maria Rilke von Beruf Dichter

Er ist ein Schwein, ein großes Schwein, aber ein sehr schlaues Schwein.

Die Bezeichnung Schwein ist eine Bezeichnung, die man im literarischen Unterholz Prags hören kann.

Er ist schlauer als Hanswurst und als der Scharlatan Caglionati.

Und der zählte gewiß nicht zu den Dummköpfen, widersprechen Sie, wenn Sie's können, lieber Monsieur Jacques Callot.

Burgen und Schlösser sind seine Aufenthaltsorte. Er verkehrt und spricht nur mit authentischen Gräfinnen, er rankt sich an den Zacken der Adelskronen hoch und führt, von deren Trägern verhätschelt, ein freizügiges Leben.

Gestern war die Gräfin Gallarati Scotti an der Reihe, dann Clara Westhoff, und heute ist es Ellen Key, der die Geschichten vom lieben Gott zugeeignet sind.

Und morgen? Die Jüdin Esther, Nichte von Isaak Rosso . . .

Aber um Rilke in einen besonders schönen Rahmen einzurahmen, bedarf es des tönenden Rahmens des Baritons Primosic von der Oper in Laibach.

Nach dem Urteil der Frau Golob, Inhaberin einer Loge im ersten Rang, ist die Stimme des Primosic, dessen Wiege in Triest im Stadtviertel Roiano stand, eine Baritonstimme zwischen Tenor und nicht zu tiefem Baß.

Eine Stimme, die nur Adam und Primosic zu eigen war.

Aber ein Nebel ging auf von der Erde und feuchtete alles

Land. Und Gott, der Herr, machte den Menschen, und der Mensch wurde mit einer Baritonstimme erschaffen.

Und der Bariton Primosic sang, als wäre er ein neuzeitlicher Verwandter Adams, mit der männlich-baritonalen Stimme für den Herrn Dichter Rilke, was er so oft im Opernhaus in Laibach, aber auch in Wien gesungen hatte.

V'han contesse, baronesse,
Marchesine, principesse . . .
Se sia brutta, se sia bella;
Pur che porti la gonella,
Voi sapete quel che fa.

Ausgezeichnet, Herr Dichter und nicht sehr ehrenwerter Abenteurer Emanuele Conegliano aus dem Getto von Ceneda, der sich den bischöflich klingenden Namen Lorenzo Da Ponte beilegte.

Und quel che fa (was er tut), weiß auch der Herr Rainer Maria Rilke ganz genau.

Er hängt sich an die Frau Lou Andreas Salomé, Tochter eines russischen Generals und zugleich einer der größten Blaustrümpfe Europas.

Bettgeheimnisse. Sie will sich mit ihrem Gatten, dem überaus vornehmen Professor Andreas, nicht ins Bett legen, sondern zieht den schnauzbärtigen und sehr germanischen Professor Nietzsche vor. Bettgeheimnisse.

Als der Schnauzbärtige sich für ein Pferd hält und wie ein Pferd wiehert, sagt sie: Nein, ich mag ihn nicht mehr. Er war immer ein mieser Kerl, sein Schnauzbart war mir, wenn er mich küßte, widerlich, und meine Vagina hatte keine Zähne. Mies, mies.

Hotel des Étrangers. Derrière la commode Monsieur Frédéric Sauser-Hall, besser bekannt als der rechtshändig verkrüppelte Blaise Cendrars, schreibt auf den Spiegel des Hotels des Étrangers mit Günther-Wagner-Kreide: Quel est Amour le nom de mon amour?

Für den Blaustrumpf Lou gibt es da heute nur einen Namen, nur einen großen Namen, den Namen Rainer Maria Rilke.

Für Rainer Maria Rilke aber ist die Frau Lou Andreas Salomé nur seine hygienische Dame.

Die weißen und trockenen Hände des Kaisers sind wie die Hände des in Taubengestalt verwandelten Heiligen Geistes.

Die Hände des Kaisers mit den blauen Augen schweben über den Häuptern der Kaiserlichen und Königlichen Hoheiten des Hauses Österreich Habsburg-Lothringen mit dem Anhang d'Este.

Auch die Hoheiten haben in ihren Hosen jenes Zäpfchen, jenen Zapfen, jenen wachsenden Zapfen, der Leben spendet und Menschen hervorbringt, die die Welt gestalten.

Die Franzosen würden die hygienischen Damen Putains respectueuses, respektvolle Dirnen, nennen.

O schöne, weiße Häuser in Griechenland und in Pompei, mit den Abbildungen gewisser dekorativer lebenzeugender Glieder.

Da sprach Adam: Das ist doch Bein von meinem Bein und Fleisch von meinem Fleisch; man wird sie Männin heißen.

Adam und Eva waren nackt und schämten sich nicht.

Dann kam die Herrschaft jener verruchten Pfaffen, und alle schämten sich.

Wer die Pfaffenherrschaft nicht erlebt hat, weiß nichts von der Tyrannei, die nun gestürzt ist, weil Gott und die Menschen solch feiger Ruchlosigkeit müde geworden waren.

Ohne das Glied des Mannes und ohne den Eierstock der Frau gäbe es niemanden auf der Welt, sagen die einfach denkenden und lebenden Männer und Frauen.

Niemanden, einschließlich des Pontifex Maximus.

VIII.

Zweites Blatt der Verleumdung oder der üblen Nachrede auf Rainer Maria Rilke von Beruf Dichter

Die Verleumdung ist ein Lüftchen. Sehr richtig, Signor Don Basilio, la calunnia è un venticello und endet mit einem Donnerschlag.

Besser, man erhält einen Schlag mit der Hand, als man wird von einer Zunge verletzt.

Scharfe Zunge, böse Zunge, Lästerzunge, Meuchelzunge.

Die Herren und Damen sprechen von Dingen, die Dienerschaft spricht von Personen.

Liebe, wie heißt heute meine Liebe?

Für Frau Lou ist das keine umständliche Frage, sie hat vielmehr eine prompte Antwort bereit. Liebe, meine Liebe heißt Rainer Maria Rilke.

Frontalangriff, bis zum endgültigen Sieg Rainer Maria Rilkes mit dem Kirgisen-Schnurrbart.

Lou mit der Reitgerte in der Hand, mit dem Kokoschnik auf dem Kopf und angetan mit dem großen Kosakenmantel gleich dem des Kosaken, der den Großfürsten Konstantin Konstantinowitsch Romanow bewachte.

Der Großfürst schreibt kraftvolle Gedichte und zeichnet sie bescheiden mit K. R.

Generalangriff der Generalstochter Lou Andreas Salomé mit der weißen, leicht schneeverbrannten Haut.

Die Salons Europas öffnen weit ihre Türen dem Mann, den der Oberst Artaria einen Schwätzer, ja sogar ein Lügenmaul nennt.

In Paris, bonjour und bonsoir Monsieur Clemenceau, genannt der Tiger, aber ein Hasenfuß in Sachen der Dichtkunst. Bonjour und bonsoir Monsieur Rodin, Monsieur Marcel Proust, der in der Stille seines mit Kork abgedichteten Zimmers auf der Suche nach der verlorenen Zeit ist, und weiter treppauf und treppab.

Wichtig sind auch Chagall und Lautréamont, zwar noch nicht gar so wichtig, bald aber werden sie sehr wichtig sein.

Besonders wichtig die gewichtige Amerikanerin in der Rue de Fleurus, eine Rose ist eine Rose ist eine Rose, aber auch Three Lives. Racontez-moi-cela und expliquez-moicela.

Die Köchin Hélène ist unübertrefflich in der Zubereitung von Soufflés.

Gertrude Stein in der gewohnten Weise zu Rilke: De la part de qui venez-vous?

Nach dem Sagen-Sie-mir und Erklären-Sie-mir fühlt der Schwätzer Rilke den großen symbolischen Wert der Rose und des Fensters: Du kannst deine Prosa verschiedentlich meistern und anordnen, wie aber wirst du den Zauber einer Rose erreichen können?

Keine italienischen Salons. Frau Lou gefallen sie nicht. Nur etwas Opernmusik von Rossini, nicht aber von Verdi-Merdi, wie sie übrigens Monsieur Delacroix in Farbe umgesetzt hat.

Lou und Rainer Maria lieben die Italiener nicht, und nicht ihre Salons mit dem dumpfen Provinzgeruch. Ach, dieses Italchen, bevölkert von hysterischen, eitlen, nichtssagenden Leuten.

Auch die Kaiserin hat keinerlei Sympathien, weder für Italien noch für die Italiener.

Das sind Komödianten, dumme und oberflächliche Theaterhelden, und was sie mir noch unsympathischer macht, ist ihre inhaltsleere und hochtrabende Sprache, die ich absolut nicht aushalten kann.

Und Türen öffnen sich um Türen, wienerische, bayerische, rheinländische und triestinisch-adriatisch-duinesische.

Im Salon Bartenstein fühlt sich der Dichter wohl.

Die Schlösser in Württemberg sind wie eigens für Orpheus gebaut.

Ein reizendes Geschöpf verhätschelt ihn, verwöhnt ihn, umschmeichelt ihn. Ein reizendes Geschöpf umgibt ihn mit Zärtlichkeit im Schloß Polican.

Und was hättest du mir noch zu sagen?

Über alle Maßen wohl fühlen sich Lou und Rilke im Salon Dietrichstein, als Gäste der Fürstin Aline Dietrichstein. Hier trifft man den Grafen Kalnoky, den Kardinal Graf Schönborn, die Prinzessin Rosa Croy, den Baron Walterskirchen, die Gräfin Clam und den Prinzen Croy.

Man spricht über Jagd, man spricht über Dichtung, man unterhält sich gelöst*) und findet schließlich Gefallen an anmutigen Klatschgeschichten.

Alle sind sie schwarzgelb bis in die Knochen, Österreichs große Gesellschaft schwebt hoch in den Lüften, mit den Flügeln des rotzüngigen Doppeladlers.

Alles erstrahlt im Glanz der Kaiserzeit.**)

Dann entführt Frau Lou ihren Orpheus nach Rußland.

Schluß mit den westlichen Verhätschelungen, sagt Lou, ich ganz allein will ihn verhätscheln, meinen Dichter mit dem Kirgisen-Schnurrbart. Komm, Orpheus, ich hülle dich in meinen großen Kosakenmantel. Und Liebe und Dichtung.

Wenn du mich schwängerst und einen Sohn zeugst, der die Wasser in meinem Schoß durchbricht, werde ich ihn Hekatonchìri nennen, denn ich will, daß er hundert Hände habe und in jeder Hand eine Feder und in jeder Feder einen Tropfen Tinte für die Sonette meines Orpheus.

Und diesen meinen Sohn mit den hundert Händen werde ich in die Wasser der Moldau tauchen, in die Wasser der Donau und in die salzigen Meeresfluten Dalmatiens.

Hundert Hände, hundert Gewässer, hundert Intelligenzen, und alle fest verknotet mit den Banden der Liebe in einem einzigen Kopf.

Rilke beginnt diese Frau zu lieben, er nennt sie ein Stickwerk seiner Dichtung.

*) Im Original mißverständlich: à la Tingel-Tangel. (Anm. d. Übers.)

**) Deutsch im Original. (Anm. d. Übers.)

Im heiligen Rußland hat Rilke seine wahre Heimat gefunden.

Er empfindet sein Blut als das Blut der Rüliken, des großen böhmischen Adelsgeschlechts.

Der Cornet Christoph singt seine Weise von Liebe und Tod nicht mehr als Cornet Rilke, sondern als Pandur Rüliken.

Rußland ist kalt, Moskau ist kalt, Petersburg ist kalt.

Für Rilke ist auch die Krim kalt, und kalt auch Yalta. Das Adoptivvaterland ist kalt.

Lou nimmt seinen Mantel in die Hand und stellt fest, daß es nicht der von Wassiljewitsch Gogol ist.

Rilkes Mantel ist ein Mantel aus Fischhaut. So kauft sie für ihren Orpheus einen wärmenden Mantel aus Bärenfell.

Dann kauft sie ihm ein schönes Paar Walenki, ein Paar Pelzstiefel, die ein wunderbarer Schutz gegen die Kälte sind, gegen den Frost im heiligen Rußland.

Rilkes Ohren, Rilkes Augen sind erfüllt vom russisch-orthodoxen Osterfest.

Gesegnet die Wärme des Bettes und die Wärme des Körpers der wärmenden Lou.

Er über ihr, und sie unter ihm. Das ist der Liebeskatalog.

Im Orgasmus sagt Lou zu ihm: Mein unausstehlicher Verskünstler. Ich bin deine Mutter, deine Geliebte, deine Göttin.

Du mein Windspiel, mein Park, mein Schloß, mein Salon.

Mein Snob, mein Dandy, mein Schoßhündchen, mein Pekineser mit überzüchteten Nerven.

Du bist, sagt Lou, mein Mellors, ich bin deine Lady Chatterley, denn die Lady Chatterley c'est moi.

Dann flog das Nesthäkchen, das kein Nesthäkchen mehr war, nach Duino, dem Devin der Slowenen mit ihrer Lepa Vida.

Im Schloß Duino der Fürsten von Thurn und Taxis und Herzöge von Duino waltet die liebe und feinsinnige Fürstin Marie von Thurn und Taxis-Hohenlohe, in deren Herzen sich einem rosigen Wölkchen gleich eine zarte Neigung für den gescheiterten Zögling von Sankt Pölten verbirgt.

Rilke durchwandert die Säle des Schlosses, die Schloßgärten und das schluchtartige Innere des Schloßturms. Er durchwandert mit dem elastischen Schritt des Kaisers die kalkigen Hochebenen des Karstes mit ihrer besonderen Vegetation.

Eines Spätnachmittags kehrt er, elegisch bewegt, in das Schloß zurück.

Wer, wenn ich schriee, hörte mich denn aus der Engel Ordnungen?

Aber ich höre Sie ja, sagt die Fürstin Maria.

Und gesetzt selbst, es nähme einer mich plötzlich ans Herz: ich verginge von seinem stärkeren Dasein.

Rilke, sagt Ihre Hoheit, setzen Sie sich doch und beruhigen Sie sich.

... Ein jeder Engel ist schrecklich.

Ihre Hoheit setzt sich an den Flügel und spielt für ihn, damit er sich beruhige, die Romanze in F-Dur von Ludwig van Beethoven.

Im Café Stella Polare fühlt sich Herr Hinzelmann, der Kobold, ganz ausgezeichnet, er sagt: Hier fühle ich mich wohl, und von hier rühre ich mich nicht mehr fort.

Hinzelmann fühlt sich wohl und wird keine Koboldstreiche mehr begehen. Streiche, begangen zu einer Zeit, die ich für eine glückliche hielt, ehe ich in die liebenswerte und handelstüchtige Stadt Triest kam. Hinzelmann erinnerte sich an so manchen seiner Koboldstreiche, als hätte er ihn vor fünf Minuten begangen.

Vor langer langer Zeit war er mit dem Kollegen Kirkegrim befreundet gewesen, der sich darauf spezialisiert hatte, in den Dörfern, und später auch in den Kirchen auf Ordnung zu achten.

Er, Hinzelmann, hingegen vergnügte sich damit, den

Bauern in Jütland üble Streiche zu spielen. Einmal ließ ihn ein spitzbübischer Bierjunge einen ganzen Tag lang ohne die gewohnte Gerste, ohne die gewohnte Butter und vor allem ohne das gewohnte Bier.

Hinzelmann wartete die Nacht ab, um sich zu rächen. Und die Nacht war schwarz, sie war so schwarz wie eben eine Nacht ohne Mond und ohne Sterne. Er drang in das Zimmer ein, in dem der ungezogene Bursche schlief. Er hob ihn aus dem Bett, so nackt, wie er aus dem Mutterschoß gekommen war, und legte den immerfort Schlafenden an den Rand eines abgrundtiefen Brunnens.

Als der Bursche erwachte, erschrak er derart, daß er drei Wochen lang stotterte.

Hi-i-ilfe, schrie er, das ist die Schu-u-uld des Ko-kobolds.

Und Hinzelmann, der aus einiger Entfernung zusah, hielt sich vor Lachen den Bauch.

An diese Jugenderinnerungen erinnert sich Herr Hinzelmann nicht gerne.

Diese Jugenderinnerungen aber, an die sich Herr Hinzelmann nicht erinnern wollte, tauchten unwillkürlich in ihm immer wieder auf, besonders in den frühen Morgenstunden im Frühling, wenn der Schlaf sprichwörtlich süß ist.

April, süßer Schlaf.

Diese Erinnerungen trieben ihm die Schamröte ins Gesicht, kalter und heißer Schweiß befielen ihn, er schämte sich wie ein Dieb, der auf einem öffentlichen Platz am Pranger steht. Heute ist das anders, heute ist Herr Hinzelmann eine ernste und gesetzte Persönlichkeit, ganz im Stil des Cafés Stella Polare, gleich den anderen ernsten und gesetzten Persönlichkeiten, die das Café Stella Polare besuchen.

Hinzelmann war glücklich, er fühlte sich wie verzaubert, er lebte wie in einer magischen Kristallkugel.

Das hatte nichts mit Hexerei zu tun, nichts mit Hokuspokus, es war einfach schön, durch die Kristallkugel zu schauen.

Hinter der großen Aussichtsscheibe des Cafés Stella

Polare schaute er liebevoll und verträumt auf *seinen* Canal Grande, auf den Kobold-Canal-Grande.

Der Canal Grande gleicht einem langen Band aus algengrünem Meereswasser, auf dem das Mondlicht quecksilbrige Pünktchen tanzen läßt. Herr Hinzelmann ließ seine Blicke über das Wasserband gleiten, und er konnte sich nicht satt sehen an den verschiedenartigen Segelschiffen der Adriafischer Tartane, Paranze, Batane, Bragozzi.

Er ließ seine Blicke schweifen, und sein Herz schlug höher, als er der Kaiks ansichtig wurde und besonders der Brigantinen und raschen Klipper.

Sie flitzen rasch dahin, vor allem, weil ihr Kiel stets sauber ist, frei vom verfluchten Schiffswurm, den verfluchten Verkrustungen und dem verfluchten Tang. Wurm und Verkrustungen verlangsamen die Fahrt der Schiffe, und vor allem der reizenden schlanken und lustigen Klipper.

Hinzelmann liebte die luftigen Segel, die Schrat-, die Rah-, die Focksegel, die Großsegel, in denen sich der Maestrale verfängt.

Das Hissen der Fahne ist für den Kobold Hinzelmann wie ein täglicher Karneval. Lustig, lustig.

Seine Lieblingsfahne aber, die Fahne, über die er herzlich lachen muß, ist der Wimpel mit seinen bunten Streifen und seinem spitzen Zuschnitt.

Herrn Hinzelmanns stets lachende Augen sehen gleichwohl alles ganz genau.

Andernfalls könnte er nicht die hocheleganten gepichten Bragozzi aus Chioggia so bewundern.

Tagediebe streichen auf und ab längs des Canal Grande, ihre Kleider riechen nach gebratenem Fisch, im Mund haben sie den Geschmack nach gebratenem Fisch, nur der gebratene Fisch selbst läßt auf sich warten.

Dem kann abgeholfen werden, sagt Pernacic, Ex-Matrose auf dem k. u. k. Kreuzer Erzherzog Franz Ferdinand, und er betritt die Petessería Pipan (o selige Pariser Pâtisserie), wo man den Petes, das heißt den Schnaps, trinkt. Hier genehmigt er sich einen Neunziggrädigen, zum Ruhme der bosnischen Pflaumen.

Herrn Hinzelmanns Augen lachen und lachen.

Bei Sonnenuntergang bietet der Ponterosso (Rote Brücke) den Anblick einer brennenden Brücke.

Von Hinzelmanns Platz aus gesehen erscheint er wie ein brennender Halbkreis und erinnert ihn an ein großes Zirkuszelt.

Ein Feuerrad, von Clown und Dummem August gehalten.

Der Clown hat das Gesicht weiß eingemehlt, und der Dumme August besteht aus lauter Flitter.

Durch das Feuerrad springt, hoppla, der Tiger und springt der Affe, und der reitet auf einer Pudelhündin, die Belphagors Visier ähnelt.

Für Herrn Hinzelmann ist das alles ein poetisches Spektakel, ein Traum im Einklang mit der Vernunft.

In der ersten Kühle der Morgendämmerung gleicht der Ponteverde (Grüne Brücke) einem Garten, einem Niederwald, einem Forst, in dem die Vöglein singen und pfeifen und mit den Flügeln schlagen.

Hinzelmann erkennt, daß er nicht mehr ohne seinen Canal Grande leben kann, der die Hauptachse des Theresianischen Viertels bildet.

Nach dem Ponteverde und dem Ponterosso richtet Hinzelmann sein fröhlich lachendes Auge auf den Hochseeschlepper Audax.

Für den Kobold war der Hochseeschlepper ein Stupor Mundi.

Der Bug des Hochseeschleppers Audax ist so stark wie das legendäre Schwert Excalibur des Königs Artus.

Er zerschneidet das Meer, er zerschneidet die felsenbrechenden Wogen.

Das Heck des Hochseeschleppers Audax hat die Form von Kamelhökern.

Zwischen den Hökern können die Rettungstaue sicher gleiten, die blanken und die geteerten, und die Ketten für die Dampfer mit Doppelschraube.

Auf dem schönen, hohen, schwarzen Schornstein der Audax ist ein roter Anker gemalt, und darunter stehen groß und in weißer Farbe die Buchstaben R. S., die besagen Rimorchio Soccorritore, Rettungs-Schlepper.

Aus dem Schornstein der Audax steigt grau-schwarz-weißer Rauch auf.

Hinzelmann ist zufrieden, Hinzelmann ist glücklich, Hinzelmann ist im siebenten Himmel.

Gestern nacht aber war Hinzelmann auf dem Olymp.

Gegen Mitternacht entdeckte er, an die Bordwand einer Barke gelehnt, die liebe, süße, zarte und schöne Lau, von Beruf Nixe. Am Heck der Barke war in griechischer Schrift der Name Muschel zu lesen.

Beim Anblick der Schönen Lau bemächtigte sich des Herrn Hinzelmann eine Vielfalt der Gefühle. Er fühlte sich zuerst rot (Zorn), dann blau (Heiterkeit), hierauf grün (Wärme) und schließlich violett (Geistigkeit).

Diese Skala der Gefühle ist dem Russen vom Schwarzen Meer Kirlian und seinem Aurogramm zu verdanken.

Hinzelmann hatte die Schöne Lau und ihre Geschichte im Hause des Pastors Eduard Mörike im schönen und romantischen gotischen Tübingen kennengelernt.*)

Hinzelmann gefiel Lau sofort, sie war zauberhaft, war einfach märchenhaft. Sie hauste im großen Kessel einer wundersamen Quelle, Blautopf genannt.

Eduard Mörike war nicht nur Pastor, sondern auch Dichter, und bei ihm verbrachten sie eine schöne Zeit.

Mörike war ein Dichter von großer Phantasie und feinstem Humor.

Mozart auf der Reise nach Prag, wo sein Don Giovanni uraufgeführt wurde, trällerte die Arien des Leporello genußvoll vor sich hin

Voglio far il gentiluomo
E non voglio più servir.

Und die Schöne Lau setzte mit zärtlicher Altstimme ein:

*) Anspielung auf Mörikes Hutzelmännlein. (Anm. d. Übers.)

Giovinette che fate all'amore
Non lasciate che passi l'età.

Und Hinzelmann stimmte zum großen Vergnügen des Pastors Mörike die vierte Arie, begleitet von zwei Flöten, zwei Oboen und zwei Hörnern, an.

Dann machte sich die Schöne Lau davon, sie war beleidigt, weil ein verwegener Hirtenknabe sie erspäht hatte, während sie der Ruhe pflog. Hei Laubfrosch! Gibt's guat Wetter?

Sie war spurlos verschwunden, so wie übrigens auch der Herr Kobold Hinzelmann spurlos verschwand.

Nach dem Hei Laubfrosch! hatte Hinzelmann die Spuren der süßen Lau verloren, und die Schöne Lau die Spuren des allerliebsten Kobolds Herrn Hinzelmann.

Gestern hatte das Schicksal oder, wenn man so will, der Zufall, den die Skeptiker den Geschäftsführer des lieben Gottes nennen, die beiden wieder zusammengeführt.

Lau im Canal Grande und Hinzelmann hinter der Aussichtsscheibe des Cafés Stella Polare, mit Blick auf den Canal Grande.

Als er die Schöne Lau erblickt hatte, vollführten in Herrn Hinzelmann Diastolen und Systolen einen wahren Trommelwirbel.

Die Nase des Kobolds wittert den Rosenduft der Morgenröte, den Duft der Brüste und des Halses der Schönen Lau, auf den er seine Lippen drücken möchte.

Er war verrückt auch nach dem Mund der Schönen Lau, der so frisch war wie perlendes Quellenwasser, leicht rosa schimmernd, mit einem Stich ins Blaue.

Hinzelmann hat sie lieb, eine Zuneigung, die sofort, fast spontan schon im Hause des Pastors Mörike in ihm erwacht war.

Hinzelmanns Zuneigung ist durchaus gerechtfertigt und so ausgewogen, daß die Apothekerwaage, die der Apotheker Martens in Tübingen unter Glas hielt, dagegen aus dem Gleichgewicht geraten schien.

Der Apotheker Martens liebte die Sonne, die Schweizer

Schokolade Tobler und die norwegische Schriftstellerin Amelie Skram und ihren Roman über die Familie Hellemyr.

Das alles mag für Herrn Martens sehr wichtig sein, aber für den Kobold Hinzelmann ist es nichts als Schall und Rauch. Und da nun beginnt der Mitternachtsmonolog des Kobolds Hinzelmann, der sich fragt: Wie soll ich sie ansprechen? Nixe oder Signorina? Wenn ich sie Nixe nenne, besteht die Gefahr, daß man sie als besondere Fremdenattraktion ins Aquarium steckt. Wenn ich sie Signorina nenne, dann besteht die Möglichkeit, daß irgendein Tagedieb vom Canal Grande sich in sie verliebt, sich ins Wasser stürzt und ersäuft.

Ich will weder Anlaß zu einer Fremdenattraktion geben noch einen Toten im salzigen Wasser haben.

Ich könnte eine Art sprachchirurgischen Eingriff vornehmen, wie der verrückte Irländer und Wahltriestiner, der Schulmeister, Didaktiker und Sittenschilderer vom Ponterosso.

Hinzelmann erinnert sich, daß dessen Bruder Stanislaus ihm alles über seinen Bruder erzählt hatte, über seine kulturellen Bloomsday-Tricks, seine sprachlichen Nähte und Bandagen, über seine Volten auf dem Trapez der Grammatik ohne Sicherheitsnetz.

Stanislaus war ein reizender Professor, der sich ganz den Büchern, der Schule und der Familie gewidmet hatte.

Sein Bruder James hingegen war immer ein Trallala gewesen.

Er trieb sich mit wenig vertrauenswürdigen Leuten herum, wie dem Maurer Tim Finnegan in Dublin.

Und ich sagte zum Professor Stanislaus Joyce: Erzählen Sie mir alles, so als wäre ich eine Anna Livia Plurabelle, denn ich will alles erfahren, ich will alles wissen, und so rasch wie möglich.

Haarsträubende Sachen, antwortete der Professor Stanislaus. Haarsträubende Sachen.

James, der au bout de l'anglais angelangt war, besoff sich mit Tim. Und das stets in dem berühmten Bierhaus Dayry Birness.

Sie soffen wie zwei Strolche. Kein Vergleich, sagte Hinzelmann, mit der Art des Biertrinkens, wie der Gendarm Milanovic sie billigte. Der fügte in seine Rede immer wieder die Worte ja hat, ja hat*) ein, deren Bedeutung ich nie ergründen konnte: Ja hat, ja hat, sagte der Gendarm Seiner Kaiserlichen und Königlichen Apostolischen Majestät.

Haben Sie eine Ahnung, sagte der Gendarm Milanovic, wie man im alten Restaurant Europa Bier trinkt.

Welche Kultur des Trinkens, und dann die würdevollen Kellner und der würdevollste von allen, der monumentale Ober.

Die Temperatur des Biers mußte meteorologisch abgestimmt sein, und alle besseren Herren tauchten ihr kleines persönliches Thermometer, das in einem Gehäuse aus Eichenholz steckte, in das Bierglas, um festzustellen, ob das Bier die richtige Temperatur im Einklang mit dem Klima und den richtigen Druck hatte. Es kam ja nicht darauf an, es einfach in sich hineinzuschütten, sondern es genießerisch in kleinen Zügen zu trinken.

So trank es der Kaiser. Zuerst ein langer Zug und den Rest in kleinen Zügen, und nach jedem Zug galt ein heiteres Lächeln der Befriedigung dem hellen oder dem dunkeln Getränk.

Zum Bier konnten die Herren auch ein Gulasch bestellen, das auf ungarisch Pörkelt heißt, und wenn das Gulasch nicht gut war, dann flüsterten die Herren dem Ober auf ungarisch zu: Das ist kein Gulasch, sondern Kürülek, was in die elegante und klare französische Sprache übersetzt soviel bedeutet wie das weibliche Hauptwort Merde. Das Gulasch wurde von den Kellnern mit zitternden Händen in eigenen zweihenkeligen Tontöpfchen serviert, die braun waren wie der Kaffee aus Costarica.

Die Muskelstückchen waren weich wie Butter, und wenn jemand eine Portion Butter bestellte, um sie auf eine Scheibe Kornbrot zu streichen, dann sagte er: Diese Butter ist so weich wie das Gulasch.

*) Sic im Original. (Anm. d. Übers.)

James Joyce aber war ständig in Gesellschaft dieses Finnegan, der mit Mörtel und Ziegeln zu tun hatte, und als Tim starb und er ihm die Totenwache hielt, war er stets verschlafen, eben infolge der Totenwache, die er schwarz auf weiß festhalten wollte, er kämpfte mit dem Schlaf, er durfte ja nicht schlafen, denn *Work in Progress* sollte ein Nachtstück werden, ein Buch geschrieben weiß auf schwarz, und das war sehr schwer.

Hier endet der Monolog Hinzelmanns, der beschließt, die Nixe einfach die Schöne Lau zu nennen.

Hinzelmann schöpft Atem, und mit einer kräftigen, aber wohlklingenden Stimme ruft er: Schöne Lau, Schöne Lau, und wartet auf Antwort.

Wer ruft nach mir, sagt die Schöne Lau. Ich rufe, ich, Hinzelmann, der Kobold.

Oh làlà, antwortet die Schöne Lau mit einer lustigen Stimme, so frisch wie die Seebrise. Sind es wirklich Sie, Herr Hinzelmann, Kobold von Beruf?

Ja, meine liebe Lau, ich bin es, ich, der Kobold, den Sie im Hause des Pastors Mörike kennengelernt haben.

Oh làlà, sagt die Schöne Lau, erfreut Sie wiederzusehen . . .

Mein Kompliment, antwortet Hinzelmann.

Sie, liebe Lau, werden immer schöner, Sie werden immer mehr die Schöne Lau.

Die Schöne Lau antwortet nicht gleich. Sie schweigt, so wie auch Hinzelmann schweigt.

O Einsamkeit, o Seligkeit, aber befristet bis zum nächsten Schlag der Kuckucksuhr.

An das Heck der Barke namens Muschel gelehnt, hält nun die Schöne Lau ihren Monolog.

IX.

Das ist der Monolog der Schönen Lau gehalten um Mitternacht im Canal Grande der liebenswerten Stadt Triest

Hinzelmann, Hinzelmann, ja ich erinnere mich, es war im Hause des Pastors Mörike. Er gefiel mir, ich gesteh's. Mir gefiel seine lebensfrohe Art, das Leben zu genießen. Mir gefiel seine rote Winterkapuze, mir gefiel sein runder Hut mit den breiten Krempen, der so gut zu seinem hübschen grauen Flanellanzug mit den grünen Bändern, den Eichenblättern und den Hornknöpfen paßte.

Ja, Hinzelmann gefiel mir, es gefiel mir aber auch Mörike, wenn er die Geschichte vom alten Turmhahn vorlas.

Das Gemüt des Pastors Eduard neigte zum Phantastischen, ja geradezu Übersinnlichen. Er gefiel mir als Märchenerzähler, jedoch nicht als Pastor, mit seinen langweiligen und geschwätzigen Predigten.

Wenn ihr eine Wolke im Westen aufsteigen seht, dann sagt ihr gleich: Es wird regnen, und so ist es.

Wenn der Südwind weht, dann sagt ihr: Es wird heiß werden, und so ist es.

Hinzelmanns Liebe zu mir ist eine ausgeglichene Liebe.

Wenn ich seine Stimme höre, dann klingt es wie das Hin- und Hergleiten von Seealgen.

Hinzelmann gefällt mir aber auch, weil er küssen kann, und das gut. Das erste Mal küßte er mich hinter dem Ohr und dann im Nacken.

Er sagte zu mir und sagt es noch, ich glaube zumindest, daß er es noch sagt: Ihr Ohr, meine Schöne Lau, ist ein typisch erotisches Ohr.

Dann betrachtete er, und ich glaube, er wird es wieder

tun, mein Ohr und guckte durch das ovale Fenster auf Hammer, Amboß und Steigbügelchen, auf meine drei erotischen Gehörknöchelchen, die so elegant sind wie die geringelten Schwänzchen der Seepferdchen, beistrichförmige, fragezeichenförmige Schwänzchen.

Meine erotischen Knöchelchen brachten ihn in Festesstimmung.

Dann küßte er meinen Nabel, und ich genoß es sehr.

Er sagte: Ihr Nabel ist wie ein rundes Täßchen, in dem es nie an Labung mangelt. Und er fand in meinem Nabel stets, und ich hoffe, er wird ihn wieder finden, seinen Trank aus Gerste, Butter und aus Bier, dessen Schaum so fest ist, daß man einen Goldgulden darauflegen kann.

Hinzelmann gefiel mir, wenn er mir sagte, und er wird mir wieder gefallen, wenn er mir sagt: Ach Schöne Lau, wie flink, schmal und schlank ist doch die Fessel Ihres fischförmigen Beins.

Meines fischförmigen Beins, geschwungen wie ein Beistrich, wie ein Fragezeichen, das sich zum Rufzeichen glätten kann.

Denn ich bin die Tochter der Aphrodite, der Schönen, der Heiligen, der Kythereia.

Die Geburt meiner Mutter erfolgte, als ein abgeschnittener und ins Meer geworfener Hodensack mit einem bestimmten gekräuselten Meeresschaum zusammentraf und, halali, schon sprang sie heraus und, kaum heraußen, sprang sie in ihre Muschel-Barke, und unter ihr schwamm ein beweglicher Teppich aus blau blühenden Gräsern. Mutter Aphrodite, Mutter Philomedes, Mutter Testikel. Und Hinzelmann fuhr fort, mir den Nabel zu küssen, und dann küßte er ein kleinwenig tiefer meine kleine korallenrote Muschel in meinem aus gelockten Algen bestehenden Liebesgarten.

Die Muschel der fischgestaltigen Frau, die Muschel der Frau für den Mann, die Muschel des Weibchens für das Männchen.

Und am Anfang schuf Gott die Muschel und sagte, geh und mehre dich, und sie mehrte sich und setzte die vielen

Menschen in die Welt, die Gott der Herr die Menschheit nannte.

Und die Schöne Lau dachte an die Meeresmuscheln ihrer Kusinen, der Nereiden und der Ozeaniden, und den Muscheln entsprangen die Tritonen und andere Mischgestalten mit seefarbenen Augen und grünem struppigem Haar.

Das riesige Meer, der unermeßliche Ozean, dieser gewaltige wirbelreiche Strom, noch wirbelreicher als der wirbelreiche Nil.

O der gewaltige Strom Ozean, der die Erde umspült, der gewaltige Strom, der in sich selber mündet und in sich selber zurückfließt.

Und hier endet der Monolog der Schönen Lau, gehalten angelehnt an das Heck der Barke namens Muschel.

Hohòlololò Herr Hinzelmann, nur zu, fahren Sie fort, Nabel und Muschel zu küssen, sie ist ganz erfüllt von festlichem Schaum.

Hinzelmann ist bis in seine rote Kapuze voll Glückseligkeit, ist bis in seinen Nissehat voller Freude.

Endlich habe ich sie wiedergefunden.

Hinzelmann ist in höchster Liebeserregung.

Er dreht und dreht sich um sich selbst, mit einer Eleganz, als wäre er eine Maîtresse de ballet.

O Koboldharfen, erklinget zum Preise der hinreißenden, der wunderbaren, der anmutigen Schönen Lau.

Vor uns das blaue Auge der Adria, hinter uns die kalkigen, von der Bora bestrichenen Hochebenen, wo der Ginster blüht.

Die gelben Blüten des Ginsters, Blüten der Eifersucht, Blüten des Frühlings.

Auch die italienischen Männer sind gelb, denn sie sind immer eifersüchtig, selbst wenn sie nicht lieben.

Der Canal Grande ist bei Monden- und bei Sonnenschein ein großes Spektakel, eine Augenweide für die Schöne Lau, die aus der Muschel der Aphrodite Geborene.

Sonnenuntergang und Sonnanaufgang am Canal Grande des keltischen Triest, dieser Stadt der Schilfrohre, dieser Stadt der Freude für die glücklichen Reisenden. Bei Sonnenuntergang wird Lau den Ponterosso sich in eine Feuerrad verwandeln sehen, und der Tiger wird durch das Rad springen, und nach ihm die Pudelin, auf deren Rücken die Äffin Bertuccia reitet.

Olè, und alles ohne Sicherheitsnetz. Bei Sonnenaufgang wird die silbrigsüße Lau den Ponteverde sich in einen Forst verwandeln sehen, in einen Wald, in eine Wiese, in einen italienischen Garten.

Und alles ist erfüllt von Vogelgesang.

Es zwitschern die Schwalben, es schlagen die Finken, es trillern die Lerchen, und die Schnepfen machen Tintin.

Es ist ein Zauber, sagt die Schöne Lau mit ihrer wohltemperierten Cembalostimme.

Wunderbar, sagt Hinzelmann, und schwenkt seinen runden und breitkrempigen Nissehat.

Hurra Triest, hoch Triest.

Hinzelmann sagt mit freudebebendem Herzen: Erinnern Sie sich noch, Lau, an meinen Nackenkuß, an meinen Nabelkuß?

Lassen Sie doch den Nackenkuß, antwortet die Schöne Lau, lassen Sie den Nabelkuß, das sind im Grunde gewöhnliche Küsse, aber welch sehnsüchtiger Lustschauder, als Sie mich etwas unterhalb des Nabels küßten, als Sie einen langen Kuß auf meine kindhaft glänzende Muschel drückten.

Ach, Ihre warmen Lippen, Herr Hinzelmann, meine Muschel hat sofort wahrgenommen, daß sie nach Julegroed dufteten, nach Reis, Butter und Milch.

Ihr Kuß, Hinzelmann, ist ein echter, ein wahrhaftiger Kuß, jedenfalls für meine kleine, enge, kindliche Muschel, umkränzt von einem zarten Pelz aus Algen und Seegras.

Bei diesen Worten beginnt der Kobold lustvoll zu zittern wie eine bayerische Zither.

Er schickt sich an, diesem Wesen aus Meereswasser zu antworten.

Da ruft ein Nachtschwärmer am Canal Grande in tiefem Baß: Habt ihr euch endlich ausgequakt? Was soll diese Froschstimme in dem Tümpel da? Was soll diese andere

Stimme, die wie eine Trommel klingt, die mit falscher Eselshaut bespannt ist?

Liebe und Küsse und Nacken und Muschel, das sind ja Sachen fürs Irrenhaus.

Im Lichterspiel erschlossen sich die Herzen der Liebe, auf dem Bildschirm erscheint das Wort Ende, die Musik verstummt, und nur die Stimme des Verkäufers kandierter Früchte ist zu hören, deren Sirupsüße man von dünnen Stäbchen abschlecken kann.

Der Wachmann, der hier den Nachtdienst versieht, ist der Herr Wachmann Ferdinando Zulian, und er sagt mit erhobenem Zeigefinger: Herr Nachtwandler, seien Sie bitte still, stören Sie nicht die Nachtruhe in diesem Viertel, die Leute schlafen.

Und der Nachtschwärmer antwortet: Aber Herr Wachmann, haben Sie nicht dieses Liebesgeplapper gehört, diese Froschstimme und diese andere Stimme, die wie eine mit falscher Eselshaut bespannte Trommel geklungen hat?

Gehen Sie schlafen, sagt der Wachmann und stößt den Säbel gegen das Pflaster, und trinken Sie weniger.

Aber ich habe sie doch gehört, diese Trommelstimme und diese Froschstimme.

Stimmen, Stimmen, sagt der Wachmann, auch die heilige Johanna hat Stimmen gehört, und wegen dieser Stimmen hat man sie in einen Klumpen Kohle verwandelt.

Tok, tok, erklingt der Säbel auf dem Steinpflaster, der Wachmann setzt seinen Rundgang durch das Viertel fort, und alles ist still, alles ist in Ordnung.

Am Donnerstag, dem 2. Mai, traf der Herr Schlesinger mit Familie in Triest ein.

Die Familie des Herrn Schlesinger besteht aus seiner Gattin, der reizenden und blonden Frau Kristel norwegischer Abstammung, und seinen beiden Kindern, dem zwanzigjährigen Larsen und der sechzehnjährigen Esther.

Herr Schlesinger ist ein wohlbestallter und angesehener Fischgroßhändler aus Hamburg.

Er ist stolz, Jude zu sein, und zwar sephardischer Jude, wie er stets hinzufügt, er hat nichts zu tun mit den Aschkenasim, die von den Khasaren abstammen.

Herr Schlesinger ist sich seiner Abstammung von Abraham sicher, aber um noch sicherer zu sein, hatte er sich an das College of Arms gewendet und an die Zeitschrift *The Coats of Arms* geschrieben, schließlich auch an die Firma in Canterbury, die auf genealogische Forschungen spezialisiert und in der Lage war, Abstammungen bis auf die Urahnen zu verfolgen. Alle hatten positiv geantwortet, einschließlich der Britischen Gesellschaft für Genealogie.

So erachtete sich Herr Schlesinger auch als Nachfahre von Königen, schrieb noch einmal an die hochlöbliche, auf genealogische Forschungen spezialisierte Firma in Canterbury und bat um die Erstellung eines die entsprechenden Ahnenanteile berücksichtigenden Wappens en miniature.

Bis zu seiner Ankunft in Triest hatte Arthur Schlesinger von der auf genealogische Studien spezialisierten Gesellschaft noch keine Antwort erhalten.

In Triest stieg Herr Schlesinger im Grand Hotel Carciotti, ganz in der Nähe des Canal Grande, ab.

Er sollte sich aus geschäftlichen Gründen mit dem Venezianer Alvise Contarin treffen, der ebenfalls mit Fischen und Fischprodukten en gros handelte.

Außer einem feinen Gehör hatte Herr Schlesinger, wie fast alle sephardischen Juden, ein ungemein feines Gespür für das, was sich in einer nicht unmittelbar bevorstehenden Zukunft auf der Welt ereignen könnte.

Herr Schlesinger handelte nicht nur mit Fischen und Fischprodukten, er war auch aus Neigung darauf bedacht, seinen Geist mit der Liebe zur Literatur und den bildenden Künsten zu berieseln. Er sagte: Möge so mein Geist wachsen wie Zypergras, Narde und Myrrhe, oder eine Aloie in einem wohlriechenden Treibhaus.

Herr Schlesinger hatte eine gewisse Angst vor den unzähligen Erscheinungsformen der Stultitia, er fürchtete sich vor gewaltsamen Umwälzungen, kurz, er fürchtete sich vor jeglichem Tumultus.

Im Grunde war sein Geist erasmisch geschult.

Ich wollte herausbekommen, ob Erasmus von Rotterdam auf der Seite irgendeiner Partei stand. Einer meiner Geschäftspartner antwortete mir: Erasmus est homo pro se. Dies laut den Epistolae Obscurorum Virorum 1515.

Herr Schlesinger hatte Hamburg verlassen, als sein Gehörsinn eines Tages den tragischen, wenn auch nur leisen Zuruf aufschnappte, mit dem gewisse zweibeinige Hunde vierbeinige Hunde aufhetzten – Hepp, hepp, Jude.

Er hatte es erst leise vernommen, dann stärker, dann sehr stark, dann wieder leiser.

Hunde gegen die Juden. Heute leise, morgen stark und dann wieder leise, was aber kann daraus im Laufe der Zeit alles werden, was kann alles geschehen?

Heute ist es noch Geschwätz*), sagte Herr Schlesinger, aber morgen?

So dachte er daran, gewissermaßen in einem sportlichen Wettlauf mit der Zeit zwischen sich und seiner übrigen Familie eine gewisse Distanz zu schaffen. In Triest fühlte er sich im Grand Hotel Carciotti restlos wohl.

Vor zwei Stunden war Herr Schlesinger mit Alvise Contarin zusammengekommen. Sie sprachen über Geschäfte, und am Ende des Gesprächs teilte Herr Schlesinger dem Signor Contarin mit, daß er beschlossen habe, seine Geschäftstätigkeit nach Cherbourg zu verlegen, einen Katzensprung von den Felsen von Dover entfernt. Man kann nie wissen. Angesichts der europäischen Verrücktheiten kann eine Handvoll trennenden Wassers nicht schaden, notfalls kremple Hosen und Ärmel auf und durchquere den Ärmelkanal. Signor Contarin, der als Venezianer nur zu gut weiß, was Feuchtigkeit ist, Rheumatismus, Arthritis und Arthrose, bemerkt: Aber, lieber Herr Schlesinger, Sie wissen doch, daß Cherbourg sehr feucht ist, daß es dort fast täglich einen feinen Regen gibt, ähnlich dem Salzburger Schnürlregen, der das Weiße Rößl netzt und gleich wieder trocknen läßt, und das gilt nicht nur für das Weiße Rößl.

*) Im Original steht das deutsche Wort Klatsch. (Anm. d. Übers.)

Ja, antwortete Herr Schlesinger, ich weiß es, dafür aber gibt es in Cherbourg erstklassige Regenschirme, die berühmten Parapluies de Cherbourg.

Herr Schlesinger bewundert in Gesellschaft seiner Familie vom Balkon des Grand Hotels aus das schöne und breite blaugrüne Wasserband des Canal Grande.

Ich habe fast den Eindruck, sagt Frau Kristel, in einem kleinen Fjord in meinem Norwegen zu sein.

Richtig, sehr richtig, sagt Contarin, es sieht wirklich nach einem kleinen Fjord aus, Signora Kristel, aber nach einem mittelmeerländischen Fjord, ohne die Nebel, die sich zu Gnomen, Elfen, Kobolden und Nixen verdichten.

Übrigens, was die mediterrane Klarheit betrifft, so darf man, Signora Kristel, nicht an Phrasen glauben, wie die vom lateinischen Menschen, der ein heißes Blut und ein kühles Hirn hat, der nur an die Wirklichkeit glaubt und nicht an Mythen.

Auch der lateinische Mensch hat seine Nebel, seine Walküren und seine flöteblasenden Faune.

Schau'n Sie sich, Signora Kristel, diesen Canal Grande an, mit seinem Geschaukel von kleinen und großen Barken und Kähnen und Segelschiffen. Es ist ein wirklicher Kanal, gebildet aus der wirklichen Wirklichkeit von Steinen und Brücken. Vor einigen Wochen hat sich das Gerücht verbreitet, daß es in dem Canal Grande eine Nixe gibt.

Kommt, Kinder, sagt Frau Kristel zu Larsen und Esther, kommt und hört, was der Signor Contarin zu erzählen hat.

Und der Signor Contarin erzählt. Das Gerücht entstand auf Grund eines Berichts des Wachmanns Ferdinando Zulian auf der Piazza del Ponterosso, und zwar beim Brunnen des Bel Giovanin, eines kleinen Flußgeistes mit einem Blumensträußchen in der Hand, von hier aus verbreitete es sich bis zur Piazza della Legna, sodann entlang des Corsos bis zur Riva, und schließlich erreichte es sogar die Hochebenen des Karsts.

Es gibt Leute, vor allem einen Nachtschwärmer, die schwören, sie hätten im Kanal einen Liebesdialog zwischen einer weiblichen und einer männlichen Stimme gehört.

Und es gibt sogar Leute, die behaupten, sie hätten auf dem Heimweg und ohne Weindünste im Hirn ein weibliches Wesen von außerordentlicher Schönheit mit ungemeiner Grazie an den Bug einer Barke namens Muschel lehnen gesehen. Das Wasser rings um die Barke sei leicht bewegt gewesen, so als endete der Körper dieser Frau von außerordentlicher Schönheit in einer Art Fischschwanz.

Ein Fischschwanz, der das Wasser bewegte und die Barke namens Muschel zum Schaukeln brachte.

Der Bericht des Wachmanns Ferdinando Zulien liegt, so fuhr Contarin fort, schriftlich vor.

BERICHT DES WACHMANNS ZULIAN AN SEINE VORGESETZTEN IM POLIZEIINSPEKTORAT IN DER VIA DEL TORRENTE

Gestern nach Mitternacht schrie eine Person, die nicht zu meinem Revier gehört, am linken Ufer des Canal Grande mit lauter Stimme, so daß die Schlafenden gestört wurden: Schweig, du Frosch, schweig, du mit Eselshaut bespannte Trommel.

Ich fragte den Mann, warum er so schrie, und er antwortete, weil er es satt habe, Stimmen zu hören, die ihn bei seinem nächtlichen Spaziergang störten. Er sagte auch noch, er gehe des Nachts spazieren, weil er an Schlaflosigkeit leidet und Alkohol nicht einmal dem Wort nach kennt. Er sagte ferner, es sei sehr beruhigend und schlaffördernd, sich die Trabakel mit den eingerollten, orangefarbenen Segeln, die grün lakkierten griechischen Brigantinen und die Tartanen aus der Romagna anzusehen.

Das Geschrei dieses Individuums störte die Ruhe der Schlafenden im ganzen Viertel, und so forderte ich den Mann auf, sofort nach Hause zu gehen und sich ins Bett zu legen, und ich ermahnte ihn mit erhobenem Zeigefinger, in Hinkunft keine Petesseria mehr aufzusuchen.

Er aber ließ nicht locker, sondern sagte, wenn auch in leiserem Ton, er habe die Stimmen gehört, und ich antwortete ihm, auch das französische Mädchen in Soldatenuniform habe Stimmen gehört und sei deswegen auf dem

Scheiterhaufen geendet, und zwar auf Anordnung der Bischöfe und Kardinäle, die damals noch nicht wußten, daß sie eine Heilige war. Er aber fuhr fort zu schreien: Die Stimmen, der Frosch, die Trommel. Da hob ich noch einmal meinen Finger, worauf er still nach Hause gegangen ist, um sich ins Bett zu legen und zu schlafen.
Gezeichnet e. h.

Ferdinando Zulien, Wachmann

Immer interessanter, immer vielseitiger, dieses Triest in seiner privilegierten geographischen Lage.

Eine Stadt, vom lieben Sonnengott zwischen Ost und West emporgehoben, sagt Frau Kristel.

Adria-Stadt, mediterrane Stadt, Stadt der Kreuzwege, Stadt voller Leben mit dem großen Hinterland Mitteleuropa.

Herr Schlesinger ruft Signor Contarin zur Seite und sagt zu ihm: Ich will Ihnen etwas zeigen, das Ihnen Freude machen wird.

Auch Händler mit Fischen und Fischprodukten wie wir haben einen offenen Sinn für das Schöne, für Erlesenes, für Traumdinge.

Ich habe, wie gesagt, mit Hamburg Schluß gemacht und gründe meine Firma von neuem in Cherbourg.

Ô saisons, ô châteux
Quelle âme est sans défauts?

Es sind Verse des mir so teuren Arthur Rimbaud, der als Dichter zum Kaufmann geworden ist und in Äthiopien als Waffenhändler gute Geschäfte gemacht hat.

Sehen Sie nur, Herr Contarin, was ich unter meinen Sachen mitgebracht habe.

Und Schlesinger zeigte dem Signor Contarin ein Gemälde des verrückten und rothaarigen Malers Vincent van Gogh. Gestirnte Nacht. Ich wollte es in Triest verkaufen, aber es war nicht anbringbar, es sei, sagte man mir, eine Kleckserei. Und jetzt verhandle ich mit der Leitung des Museums of Modern Art in New York.

Es sind dumme und ungehobelte Amerikaner, sie legen die Füße auf den Tisch, sie haben viele Dollars und verstehen, was viele Europäer nicht verstehen können. Arme Europäer, ausgenommen die Herren Franzosen.

O du meine Stadt Triest, o du mein Karst, o du mein Café, lebe wohl für immer, sagt Hinzelmann mit fast tränenerstickter Stimme.

Ich wäre von dieser liebenswerten Stadt nie fortgezogen, aber wie kann ich fern der Schönen Lau leben?

Er fühlte sich durch den Vergleich seiner Stimme mit einer mit Eselshaut bespannten Trommel nicht gekränkt, wohl aber fühlte sich die Schöne Lau beleidigt, weil man ihre Stimme mit der eines Froschs verglichen hatte.

Sein Herz war jetzt ganz den Launen der Schönen Lau hörig.

So kaufte Herr Hinzelmann eine Art Zeltwagen, ähnlich den Wagen, die von der k. u. k. österreichischen Armee für den Train verwendet wurden.

Unter das Zeltdach stellte Hinzelmann ein großes Becken für die Schöne Lau, und vor den Wagen spannte er zwei prachtvolle Pferde, zwei kräftige Pinzgauer mit trommelförmigen Hufen.

Die Hufe stampften die Erde im gleichen Rhythmus wie Hinzelmanns Trommelschlag auf die alle Zaghaftigkeit besiegende, mit Antilopenhaut bespannte Trommel.

Tamtamtam, tamtamtam, tamtamtam.

Und die Trommelhufe der haarigen Pinzgauer erwidern trabtrabtrab, trabtrabtrab, trabtrabtrab.

Von Zeit zu Zeit machten Hinzelmann, die Schöne Lau und die Pinzgauerpferde halt, um zu rasten.

Und es rasteten auch die vier Räder des Zeltwagens, straßenfressende und weltbesiegende Räder.

Hinzelmann bot der Schönen Lau eine große Schüssel Julegroed an, und die Schöne Lau reichte ihrerseits mit ihren mondscheinfarbenen Händen eine noch etwas größere Schüssel Julegroed Herrn Hinzelmann dar.

Die Pferde bekamen frisches Heu, vermischt mit Gerste, und die Pferde fraßen es mit Vergnügen und stampften auf die Erde mit klingenden Hufen.

Sie rasteten aber nur kurz, denn man mußte weiterkommen, um nichts mehr von diesem verdammten Geschrei zu hören, Froschgequak, Eselstrommel.

Trabt nur, trabt, ihr Pferde, dreht euch nur, dreht euch, ihr großen Räder mit dem roten Zierstreifen auf den Speichen. Vorwärts, vorwärts, die Insel Orplid kann nicht mehr weit sein. Sie ist leicht, ist im Nu zu finden, es bedarf dazu nur eines Kompasses mit einer Nadel, die sich irr nach allen Richtungen dreht, und eines Astrolabiums, eines Sternhöhenmessers, der keine Sterne mißt.

Eine rosa Wolke, da ist sie ja, die rosa Wolke, die die Zufahrt zur Insel Orplid anzeigt.

Die Bewohner der Berge und der Hügel und der stehenden und der fallenden Wasser begrüßen Hinzelmann und die Schöne Lau mit dem alten Einsilber mi, mi, mi.

Und da ist er auch schon, der aus der rosa Wolke gebildete Schlagbaum, es ist die Einfahrt zur Insel Orplid.

Zauberinsel Orplid, hier regiert die Einbildungskraft und schaukelt sich auf dem Schaukelthron.

Orplid ist das feste Land inmitten flutender Wasser, das Land der Elfen, der Nymphen und Nixen, auch der doppelschwänzigen, der Schrate, der Kobolde, der Domowoi, der tönenden und tanzenden Goldenen Wasser, der singenden Äpfel und des flügelschlagenden Grünen Vogels, dessen Schöpfer, der herabgekommene, aber hochberühmte venezianische Graf Carlo Gozzi, hier Ehrengast ist.

Wir sind, sagt Hinzelmann fröhlich, endlich in einem anderen Land.*)

Und die Schöne Lau mit den Taubenaugen und den strichförmigen scharlachroten Lippen sagt: Du Mensch, du Kobold Hinzelmann, ich danke dir für soviel Glück. Und es ist das erstemal, daß die Schöne Lau den Herrn Hinzelmann mit dem plebejischen Du anspricht.

*) Sic im Original (Anm. d. Übers.)

Vielleicht werden wir hier auch den Märchenerzähler und Pastor Mörike antreffen und, wer weiß, vielleicht sogar den Kammercompositeur Wolfgang Amadeus Mozart.

Die Pinzgauerpferde ziehen den Zeltwagen mit den rot verzierten Speichen, ziehen Hinzelmann und die Schöne Lau, die liebevoll ineinander verschlungen sind, durch die rosa Wolke.

Alles ist verschwunden, nichts ist geblieben, nur ein sehr fernes Kreisen von Rädern wie das stille Kreisen von Planeten.

Marschieren im Gleichschritt, dann marschieren bei den Herbstmanövern und schließlich marschieren im Parade-schritt der Frühjahrsparade.

So marschiert der Gendarm Milanovic während seines Inspektionsgangs, der ihn bis zum Kastell d'Ozali der Grafen Zrinski und zum Haus der Sängerin Kuba führt.

Der Gendarm Milanovic ist leicht erhitzt.

Sein ockerfarbener Helm mit dem schönen, golden schimmernden kaiserlichen Adler ist brennendheiß und durchschwitzt.

Milanovic hört einen Gesang, kann aber die Sänger nirgends entdecken.

Eine schöne weibliche Stimme mit dem Klang eines wohltemperierten Cembalos und drei männliche Stimmen mit dem Klang von Geigen und Flöten.

Das ist, sagt der Gendarm Milanovic, verdächtig, da stimmt was nicht, das klingt nach Revolution.

Ich werde darüber Meldung erstatten, sagt der Gendarm Milanovic und stülpt sich den wie eine große Messingsonne auf ockerfarbenem Grund leuchtenden kaiserlichen Adler wieder auf.

Ja hat, ja hat, sagt der Gendarm und setzt sich in Marsch.

Ja hat, ja hat, das ist seine seltsame geheimnisvolle und unverständliche Lieblingswendung.

Vorwärts im Marschschritt auf einen anderen ockerfarbenen Helm zu, der in zwei Kilometer Entfernung auf ihn und seine Unterschrift unter den Bericht über seinen Kontrollgang wartet.

Ja hat, nichts Geheimnisvolles, ja hat, nichts Verdächtiges, ja hat, nichts Revolutionäres und nichts Subversives.

Der Kaiser weiß alles, sieht alles, kann alles, er kann auch eines Tages auf den Rock des Gendarmen Milanovic die Medaille Von Gottes Gnaden*) heften.

Beim Gedanken an die Medaille fühlt sich der Gendarm Milanovic stark und mächtig wie der Türkenturm in seinem Dorf im Karst an den Fluten des Isonzo.

Milanovic hat seinen Kollegen erreicht.

Sie unterschreiben, sie salutieren, sie schlagen vorschriftsmäßig die Hacken zusammen und – kehrt euch.

Der Kollege des Gendarmen Milanovic ist der Gendarm Giuseppe Tornut, geboren in Begliano, und wenn er auf Urlaub geht, genießt er die Protektion und die Sympathien des Signor Marchese Fabris.

O Vielvölkerstaat, o Reich der Toleranz, o Reich des Doppeladlers, Orient und Okzident begegnen einander in Triest, im Café della Caserma auf der Piazza della Caserma Grande.

Schach und Billard.

Stiller Königszug und lautes Karambol.

Der Türkenturm von Lokev und für die Feinsinnigeren und Anspruchsvolleren der Turm von Hofmannsthal.

O du glückliches, ausgleichendes Österreich.

*) Sic im Original. (Anm. d. Übers.)

X.

La vision après le sermon de Paul Gauguin
The Noble Savage

Jeremias, Sohn des Hilkias im Lande Benjamin. Zu welchem geschah das Wort des Herrn zur Zeit Josias im dreizehnten Jahr seines Königreichs.

Ich kannte dich, sagt der Herr, ehe denn ich dich im Mutterleibe bereitete.

Ich sonderte dich aus und stellte dich zum Propheten unter die Völker. Siehe, ich setze dich heute dieses Tages über Völker und Königreiche, daß du bauen und pflanzen sollst. Ach, Herr Herr, antwortet Jeremias, ich tauge nicht zu predigen; denn ich bin zu jung.

Der Herr aber sprach zu Jeremias: Sage nicht, ich bin zu jung, sondern du sollst gehen, wohin ich dich sende, und predigen, was ich dich heiße.

So entstanden die Jeremiaden, die Klagelieder, die Aufzählungen von Übeln. Wir waren Helden, und nun sind wir Verlorene.

Unsere Väter haben uns verlassen, sind anderen Göttern nachgegangen, haben sie verehrt und ihnen gedient.

Und ihre Söhne habt noch schlimmer gehandelt als eure Väter, in euch ist Herzenshärte und Bosheit.

Ihr werdet in wüsten und öden Städten wohnen, deren Erde von Tränen getränkt ist.

Und der Geist des vielnamigen Wesens, des Plurinomen, bewegte sich, vielmehr schwebte über der Erde und auf dem Wasser.

Vielnamiges Wesen, warum so viele Namen?

Das vielnamige Wesen hat hundertsechsundzwanzig Namen, und der im goldenen Buch der Edda verzeichnete

Name Odin ist der erste Name, den das vielnamige Wesen angenommen hat unter allen Göttern dieses Planeten.

Und es gefällt dem vielnamigen Wesen mit den hundertsechsundzwanzig Namen, immer wieder den Namen zu wechseln.

Vater der Zeiten, Gott der Winde, Gott der Raben und noch weitere hundertdreiundzwanzig Namen.

In grauer Vorzeit ließ sich das vielnamige Wesen Odin nennen.

Er war nichts als Kraft und Rastlosigkeit.

Hinunter den Olymp und hinauf nach Walhalla, Ruhepause auf dem Sand der Sahara unter dem Nom de plume Allah (Al Ilah) und dann verborgen im Dunkel (in caligine divina) unter dem Namen Jahwe und dann wieder in den Wolken Europas unter dem wohltönenden Namen Gott, unser Herr. Er hat einen merkwürdigen dreieckigen Hut ganz aus Gold (blasphemische Zungen sagen aus Tombak) in den Nacken zurückgeschoben, so wie Männer mit Alkohol im Blut und einem ausgedörrten, jederzeit trinkbereiten Mund ihren weichen Hut aus Hasenfilz.

Denn das vielnamige Wesen sagt durch die Feder von Gershom Scholem (dem Chassiden): Gott ist wie eine ganz feine Materie überall verteilt.

Odin geht auf Urlaub, um sich in seiner königlichen Residenz, der Königsburg Asgard, auszuruhen.

Als das vielnamige Wesen sich entspannt und angenehm ausgeruht fühlte, entsann es sich, auch der Gott der Adler zu sein, und verwandelte sich in einen Adler mit zwei Köpfen, den die gebildeten Leute den Doppeladler nennen.

Und als Doppeladler flog es zu den Himmeln Mitteleuropas und genau zum Himmel über dem österreichischen Imperium, einem Imperium, das der persönliche Besitz einer alten Familie, der Familie der Habsburg-Lothringen, war.

Dieses Imperium, oder besser diesen Familienbesitz, zeichneten die Geographen in der Form eines großen Tieres in den Landkarten ein, dessen Maul genau das Zentrum des alten Europa beherrscht, ja geradezu auf ihm thront.

Der vielnamige Herr landete als Doppeladler verkleidet im Gleitflug in Schönbrunn am 18. August 1830.

Und er sagte: Du sollst als Kaiser geboren werden, denn es ist mein Wille, daß du als Kaiser geboren wirst.

Denn ich kannte dich, noch ehe das aufrechte Glied deines Vaters Franz Carl sich aus der Gebärmutter deiner Mutter Sophie zurückzog. Gleich danach nahm es wieder seine natürliche Ruhelage ein.

Ich mache dich, fuhr das vielnamige Wesen fort, nicht nur zum Kaiser, sondern auch zum König von Ungarn und von Lodomerien, von Illyrien und von Jerusalem, der Heiligen Stadt Allahs, Jahwes und jenes Jünglings Jeshua, geheißen Christòs.

Namen, Namen, aber hinter all den Namen verbirgt sich stets das vielnamige Wesen, der Plurinomen.

Und Franz Joseph trat aus der Gebärmutter hervor, und es donnerten die Kanonen, und es läuteten die Glocken, und die Trompeten bliesen die schönsten Märsche, und die großartigsten Feuerwerke erleuchteten die Himmel des Reiches, und die Völker sangen die Kaiserhymne in den vielen Sprachen des Reiches *Serbi Iddio l'Austriaco Regno* und *Bog očuvaj Bog oh ràmi* und schließlich alle in der Weltsprache*) *Gott erhalte, Gott beschütze unsern Kaiser, unser Land.*

In der Wiege lag der Porphyrogenitus auf einer Matratze aus Flügelfedern der Cherubim, und außerhalb der Wiege gab es Wolken von Spitzen aus Idria, aus Burano, aus Flandern und aus Dalmatien.

Und wieder die Stimme des vielnamigen Wesens in der angenommenen Gestalt Jeshuas, des Sohns der Maria: Du wirst der liebste und der geliebteste Kaiser der Welt sein.

Deine Augen werden blau sein wie die Adria, deine Hände weiß sein wie die Felsen der Dolomiten und deine Finger lang und schmal sein wie die des Leierspielers David des Irländers.

Und wenn viele Frühlinge vergangen sein werden und viele Herbste und viele Winter, dann werde ich dich aposto-

*) Sic im Original. (Anm. d. Übers.)

lisch nennen, damit du gleich seist den Aposteln der Frohen Botschaft.

Der Porphyrogenitus in seiner Wiege, so weich wie die Flügelfedern der Cherubim und spitzenbesetzt und duftend wie die Rose von Saron und die Lilien im Tale, machte Pipi.

Der schönste Kaiser der Welt greinte. Die Freiin Louise Sturmfeder, seine Amme, wechselte die Windeln, küßte ihm das Pimperl, und dann war alles wieder still, und die Gloriette in Schönbrunn strahlte wie ein großer Diamant in der Augustsonne. Aber auf den Bergen und in den Wäldern an den Meeres- und Seeständen waren Stimmen zu hören, die man gefährlich und verschwörerisch nennen konnte.

Diese Stimmen riefen: Besinnt euch, denn es nähert sich die Katastrophe.

Diese gefährlichen Stimmen forderten Veränderungen.

Veränderungen in den einundfünfzig fürstlichen Familien, deren Besitztümer auf 456 Millionen Gulden geschätzt wurden, Veränderungen in den neunundsiebzig gräflichen und vierundvierzig freiherrlichen Familien, die über einen Gesamtbesitz im Wert von über 129 Millionen Gulden verfügten. Überspannt nicht den Bogen. Die Fürsten überspannten ihn, und es überspannten ihn die Grafen und Barone, und auch die Priester überspannten ihn, besonders die Priester mit Kordeln und Troddeln an den Hüten und den in geweihte Ringe gefaßten heiligen Reliquien, die den Gläubigen zum Kuß gereicht wurden. Die verschwörerischen und gefährlichen Stimmen machten sich mit immer stärkeren und wirksameren Argumenten geltend. Die Stimmen der Bauern sagten: Schluß mit dem der Kirche zu entrichtenden Zehent und Schluß mit der demütigenden Gehorsampflicht dem Herrn gegenüber.

Wir wollen Bauern sein, frei von chronischem Elend.

Und die lauter und lauter werdenden verschwörerischen Stimmen wurden mehr und mehr vom Getrampel der Völker auf den Straßen des Reiches begleitet. Die Stimmen wurden immer unmißverständlicher, sie wurden nicht mehr geflüstert, sondern wurden immer kühner in ihrer Forderung nach Veränderungen.

Wenn sich nichts ändert, kommt die Katastrophe.

Und zu diesen Stimmen gesellten sich die Stimmen der Handwerker, der kleinen Geschäftsleute, der Beamten und der Arbeiter.

Und die Stimmen wurden begleitet vom zornigen Schritt der Demonstranten in langen Aufmärschen gleich langen Schlangen.

Verändern, verändern, und die Veränderung wurde immer leidenschaftlicher gefordert, und die Leidenschaft ist stets gefährlich, denn sie führt zum Fanatismus und der Fanatismus zur Revolution.

Das aber wußten nicht die Herren Fürsten und nicht die Herren Grafen und nicht die Herren Barone und auch nicht die Herren Bankiers, die täglich auf die Gnade warteten, den Briefadel verliehen zu erhalten. Und auch der Kaiser wußte es nicht, er hatte von seinen Erblanden eine statische Vorstellung in alle Ewigkeit. Wohl aber ahnte es der Gendarm Milanovic und auch der Gendarm Tonut, und die ganze k. u. k. Gendarmerie mit ihrem ockerfarbenen Helm, auf dem der Doppeladler aus Messing golden glänzte, ahnte es.

Ja hat, ja hat, sagte Milanovic, das bringt nichts Gutes, dieses Verändern, das sich nicht verändern will.

Und er fuhr fort, sich mit seinem Kollegen Tonut zu treffen, um seine Unterschrift ins Inspektionsbuch einzutragen, wenn er seinen Inspektionsgang durch die Straßen des Reiches beendet hatte, und auch Tonut sagte jetzt ja hat, ja hat, da beginnt etwas, das nicht in Ordnung ist, da beginnt der Übermut der Völker.

Ja hat, ja hat, und keiner der beiden wußte, was diese Redewendung ja hat, ja hat, bedeuten oder besagen sollte.

Und auf den Straßen des Reiches bildeten sich lange Züge von Männern und Frauen und Kindern, sie marschierten auf der linken Seite, trugen in der Hand eine rote Nelke, und sie sah aus wie die Zunge eines winzigen Drachens mit winzigen Flügeln und einem winzigen Schweif.

Und sie marschierten auf allen Straßen des Reiches. Sie marschierten auf den Landstraßen, in den Straßen der Städte und in den Dorfstraßen. Und stets trugen sie in der Hand die rote Nelke, wie einen Wedel, wie eine Fahne und manchmal auch wie eine Schleuder.

Und eines schönen Tages war es so weit, daß der lange Zug der Veränderer und der roten Nelken längs der linken Gehsteige der Städte des Reichs marschierte.

Wien, Prag, Agram, Graz, Laibach, Triest, Fiume, Pola, Trient, Salzburg, bis hin zu den Städten der Bukowina und Galiziens, nicht zu vergessen die sogenannten Städte Bosniens, der Herzegowina und Siebenbürgens.

Und sie erreichten Wien, die Kaiserstadt, die Stadt der Tänzer und der Geiger.

Sie marschierten stets auf der linken Seite, und mit der roten Nelke in der Hand glichen sie einem Wanderzug von Mohnblumen, sie zogen den Ring entlang, dann durch die hochelegante Kärntner Straße, und schließlich füllten sie den Prater, wo immer noch die Bäume blühen.

Die Männer und Frauen sangen Lieder, die man nie zuvor gehört hatte, und die Kinder sangen Liedchen, die sie in der Schule gelernt hatten. *Kommt ein Vogerl geflogen* und *Alles neu macht der Mai*, aber auch solche Lieder, die sie zu Hause gehört hatten. *Mei Muatterl war a Weanerin.*

Verwundert sahen es die Wachleute, und verwundert, aber zugleich auch etwas ängstlich, sahen es die Herren in den Wagen mit Wappen auf den Wagentüren und ebenso die Herren in den Wagen ohne Wappen auf den Wagentüren und die Offiziere und die Herren Hofräte und die Veteranen mit dem Federhut und ihrer tiefblauen, aber leicht verschossenen Uniform.

Und der Herr Franz Plener, Inhaber einer prämiierten Färberei und Büglerei in der Mariahilfer Straße, war nicht nur verängstigt, sondern voller Angst beim Anblick dieses Aufmarsches von Männern, Frauen und Kindern, mit ihren Liedern auf den Lippen und den roten Nelken in der Hand.

Allen voran Herr Viktor Adler mit einer doppelten Nelke in der Hand, doppelt deshalb, weil er zu sagen vermochte, was die andern nicht zu sagen vermochten, nämlich was sie ändern wollten, aber auch, weil er nicht nur der Herr Viktor Adler war, sondern der Herr Doktor Viktor Adler.

Und der Kaiser? Er wußte nichts und er konnte auch nichts wissen, denn es war nicht Sache des Kaisers zu wissen, was auf den Straßen seiner Erblande geschieht, er konnte es aber auch deshalb nicht wissen, weil hinter seinem Schreibtisch stets der Geist Clemens Metternichs und die kompakten Körper seiner Generäle und Marschälle und Feldadjutanten und Hofräte standen, die zwar keine Kriege wollten, aber von Kriegen träumten, von Präventivkriegen, von Eroberungskriegen, von menschenmordenden Kriegen, um schöne und glänzende Medaillen zu erhalten.

Keinen Krieg, keinen Krieg, antwortete der Allerhöchste Herr.

Ich weiß, was Krieg ist.

Ich habe ihn in Solferino gesehen und geführt.

Meine Herren, denken Sie lieber an die Herbstmanöver und an die Frühjahrsparaden und daran, in dieser meiner Wienerstadt elegant aufzutreten, und vor allem denken Sie an die Wiener Spezialitäten.

Und zu den Wiener Spezialitäten zählten die Sachertorte, der Apfelstrudel, die Salzstangeln, das Gulasch, der Tafelspitz, das Wiener Schnitzel, die Burenwurst und das Kornbrot.

Der Doktor Viktor Adler hatte sich ein wahrhaft verdienstvolles Verdienst erworben indem er imstande war, vier rote Nelken gleichzeitig in der Hand zu halten. Adler erklärte, erläuterte und beleuchtete in der einfachsten Weise den Sinn der roten Nelke, und alle, die eine rote Nelke in der Hand hielten, begriffen, was es bedeutete, eine solche Nelke in der Hand zu halten. Der Doktor Adler sagte zu den Männern und den Frauen, aber auch zu den Kindern: Sage mir, was du ißt, und ich sage dir, wer du bist.

Er sagte auch noch: Wer nicht arbeitet, soll nicht essen, und dann sagte er, eine neue Sonne werde in der Zukunft aufgehen, und diese Sonne werde Güte und Gerechtigkeit ausstrahlen, kurz, es werde die Sonne einer sonnigen Zukunft sein.

Eine Sonne, auf der die Cherubim reiten.

Die roten Nelken vermehrten sich von Tag zu Tag in

beängstigender Weise. Die Herren mit Wappen wie die Herren ohne Wappen begannen sich durch einen gewissen üblen Geruch, den Schweißgeruch der Massen, belästigt zu fühlen, und zugleich fühlten sie sich verunsichert und verängstigt.

Es ängstigten sich aber auch die Krämer, die Bierbrauer und das Fräulein Erika Faidutti, von Beruf Modistin, sowie das Fräulein Wanda und ihre Kompagnonin Elisabeth, Inhaberinnen der Café-Konditorei Zur silbernen Save.

Verändern, verändern, dieses aktive, vielleicht zu aktive Zeitwort begann Furcht zu verbreiten.

Ändern, verändern, wechseln.

Das Boot wechseln, den Zug wechseln, die Zeit verändern.

Was will man wechseln, was verändern? fragte der Doktor Borkowsky, Primarius der chirurgischen Abteilung im Allgemeinen Krankenhaus in Wien.

Das Boot? Den Zug? Die Zeit?

Man will die Zeit verändern, in der wir leben, antwortete die Krankenschwester Klara, die die rote Nelke unter ihrem weiß-blauen Schwesternkittel versteckt hatte. Die Zeit, die Zeit.

Zu viel rot auf den Gehsteigen, zu viel Aktivität des gesungenen, herausgeschrieenen, herausgebrüllten, aktiven Zeitworts.

Es begannen die gefährlichen Machenschaften. Für die besonnen Denkenden begann Adler zu übertreiben.

Da hat ein Mann, ein echter Mann, mit harten Hornknöpfen und steifem Kragen eine erleuchtende Vision. Er sucht den Apostolischen Nuntius in Wien auf, und seine Vision erscheint ihm noch erleuchtender, nachdem er die harmonische und Wissen vermittelnde Stimme Seiner Eminenz, des Kardinal-Legaten, vernommen hat.

Der erleuchtete Herr mit den harten Hornknöpfen und dem steifen Kragen ist der Baron von Vogelsang, preußisch-protestantischer Herkunft.

Unser Gegenstück zu den roten Nelken, sagt Seine Eminenz, werden die weißen Nelken sein.

Wir werden im Reich noch Menschen finden, die schlicht und sanften Herzens wie die Tauben und leicht kurzsichtig sind.

Der Baron von Vogelsang begann unverzüglich mit seiner erleuchtenden Mission und sprach beziehungsweise predigte mit seiner Singvogelstimme zu den weißen Nelken.

Der Baron fand sie in reicher Zahl auf den Bergen, an den Seen, auf den Wiesen, in den Dörfern und in den Erbhöfen, die sich nicht nur der Zweitgeburt verschlossen, sondern auch dem leisesten Hauch des aktiven Verbums verändern.

Männer, Frauen, Kinder begannen mit der weißen Nelke auf den Straßen des Reiches zu marschieren. Auf den Landstraßen, auf den Dorfstraßen und in den Hauptstraßen der Städte.

So erreichten auch die weißen Nelken Wien.

Männer, Frauen und Kinder sangen Lieder, die niemand verängstigten, keinen der Herren in Wagen mit Wappen und ohne Wappen und auch nicht den Herrn Franz Plener, Inhaber einer prämiierten Färberei und Büglerei in der Mariahilfer Straße.

Sie hielten die weiße Nelke in der Hand und sangen mit Stimmen so sanft wie der Flügelschlag der Seraphim vom lieben Gott, der unser Vater ist, und von der weißen Nelke als Zeichen des Werkens ohne Klage.

Diese Gesänge gefielen allen, ganz zu schweigen von den Herren Gendarmen mit dem ockergelben Helm.

Der Baron von Vogelsang seinerseits, vier weiße Nelken in der Hand haltend, erleuchtete wie eine Gaslampe mit zahllosen Auer-Strümpfen die weißen Massen der weißen Nelken.

Vogelsang, ein echter Mann, ein echter Mensch (der Mensch beginnt beim Baron), hielt vor den weißen Nelken Reden, so inhaltsreich wie das himmlische Brot, das vom Himmel fällt und bei den Bäckern nicht erhältlich ist. Eßt davon, sagte der Baron, und ihr werdet satt werden.

Die weißen Nelken aßen kein Brot, aber klatschten in die Hände, und da schloß der Herr Baron, indem er mit den vier weißen Nelken in seiner Hand winkte, als wären sie Flügelfedern der Cherubim, seine Rede und sagte: Selig sind die Sanftmütigen und die Barmherzigen und selig die Armen im Geiste und noch seliger die Armen, die nicht befürchten müssen, ausgeraubt zu werden.

Schlecht endet, was schlecht beginnt, und der Baron von Vogelsang, preußischer Herkunft und protestantischer Deuter des Evangeliums, hatte schlecht begonnen.

Die weißen Nelken begannen auf dem rechten Gehsteig zu marschieren, dabei wurde ihr Temperament immer weniger tolerant, und dies auch infolge der Reden des Barons von Vogelsang.

Wer nicht mit uns ist, ist gegen uns, und sie sagten noch, die roten Teufel werden nicht über die engelhaften Weißen obsiegen, und wenn sie doch versuchen sollten, die Überhand zu erlangen, dann werden wir sie mitleidlos umbringen.

Eine Mentalität von Obskuranten, von Rasenden, von Gewalttätern, von Fanatikern. Der Kaiser hört sich, hinter seinem Schreibtisch verschanzt, alles an und entläßt. Dann unterschreibt er, was zu unterschreiben ist, unterschreibt mit einem Schnörkel, der nur dank der Feder Marke Adler die nötige Feinheit und Eleganz erhalten kann. Hierauf überprüft er nochmals alles, was seine Völker verändert wünschen, und er ist im Grunde einverstanden, daß es verändert werde, wenn nur alles weiter so bleibt wie zuvor.

Alles für das Volk, sagt er, aber nichts durch das Volk, und um die Wiener zu beglücken, läßt er einen Teil des kaiserlichen Parks von Schönbrunn öffnen, und zu seinem Geburtstag ordnet er eine prächtige Militärparade an, und am Abend gibt es Feuerwerk und bengalisches Feuer und fliegende, in den Himmel geschossene Sterne, die diesen zu verbrennen scheinen.

Und das alles, um wenigstens die Wiener zu beglücken.

Der Kaiser mit den roten Hosen und dem weißen Rock mit dem Goldenen Vlies kehrt hinter den Schreibtisch zurück, setzt sich und steht gleich wieder auf, er muß Audienz gewähren, zuhören und entlassen. Dann muß er noch Papiere, Protokolle und Dekrete unterschreiben.

Aber die Scharmützel zwischen den weißen Nelken und den roten Nelken dauern fort, und man fürchtet, ja man fürchtet sehr, daß der Lärm dieser Scharmützel das Ohr des Kaisers erreichen und beleidigen könnte.

Straßenkrawalle dürfen nicht bis ins Arbeitszimmer des Kaisers dringen.

Und um zu verhindern, daß diese Straßenkrawalle ans kaiserliche Ohr gelangen, gab es für die Wachleute und für die Gendarmen mit dem ockergelben Helm viel zu schaffen.

Auch der Gendarm Milanovic machte sich zu schaffen in der Hoffnung auf die Medaille Von Gottes Gnaden, und ebenfalls zu schaffen machte sich der Gendarm Tonut ohne die Hoffnung auf eine Medaille, denn in diesen Momenten, in denen es soviel zu schaffen gab, mußte man sich gemäß Nr. 53 des Dienstreglements der k. k. Gendarmerie zu schaffen machen.

Ja hat, ja hat, und beide machten sich zu schaffen, um die Krawalle zu dämpfen. Krawalle, die den Allerhöchsten Herrn belästigen könnten.

Die glanzvolle Idee, wie man die Krawalle weißer und roter Couleur dämpfen könnte, kam diesmal vom Kommandanten des in Wien stationierten Deutschmeister-Regiments, vom Major Stefan Kozian.

Der Major Kozian liebte den Kaiser, liebte sein Regiment, liebte Wien, vor allem aber liebte er die Musik und da wieder den Marsch seines Regiments, den *Deutschmeister-Regiments-Marsch*, und gleich danach den elektrisierenden *Radetzky-Marsch*.

Musikstücke wie das *Neue Pizzicato* oder den *Wiener Bonbon-Walzer* erachtete der Major Stefan Kozian als gerade gut genug für die Comtessen-Zimmer, in die sich die Comtessen nach jedem Tanzstück zurückzogen und aus denen sie erst wieder herauskamen, wenn das Orchester neuerdings einsetzte.

Es gab auch Bälle, zu denen nur geladen wurde, wer sich der unerläßlichen sechzehn Ahnenanteile rühmen konnte.

Für diese Bälle war das Protokoll äußerst streng. Ein Vanderbilt, der eine Széchényi zur Frau hatte, mußte auf das

Vergnügen verzichten, Beingymnastik bei Walzer und Polka zu üben.

Denn wenn Mister Vanderbilt auch Säcke voll Dollars besaß, so besaß er doch nicht die sechzehn Ahnenanteile.

Und gleiches galt für die mit dem Briefadel ausgezeichneten feinen Familien der allzeit getreuen und reichsunmittelbaren Stadt Triest, der Fidelissima.

Die Erleuchtungen des Majors Stefan Kozian rückten nicht nur seine Person ins Licht, sondern auch seine dekorative, wenngleich einfache Uniform, seinen wie in der Sonne blitzenden Säbel und sein in der rechten Augenhöhle stets unverrückbar festgeklemmtes Monokel.

Lassen wir, sagte der Major Kozian, sämtliche Militärkapellen aufspielen, damit die Ohren unseres Allergnädigsten Apostolischen Herrn nicht von den botanischen Straßenkrawallen zwischen weißen und roten Nelken belästigt und beleidigt werden.

Sämtliche Militärkapellen aufspielen zu lassen war keine einfache Sache. Man mußte hin und her fragen, genau überlegen, telegraphieren und ein wirklich kaiserlich-königliches Programm zusammenstellen, um zu verhindern, daß zwei oder drei Kapellen dieselben Märsche spielten oder daß gar die Kapelle der Stadt Lemberg oder Laibach in seinen geliebten *Deutschmeister-Regiments-Marsch* falsche Töne, besonders der Kornette und Jagdhörner, hineinbrachte und jene Luftpausen vermissen ließ, die erst ein schönes, gleichmäßiges Marschieren in den mit Innsbrucker Rindsleder doppelt besohlten und an den Absätzen mit einem eisernen Halbmond versehenen Stiefeln ermöglichten.

Auch dem Major Kozian schwebte etwas Ähnliches vor wie die Parallelaktion des Grafen Leinsdorf, eines Mannes von immerhin einer guten Eigenschaft.

Parallelaktion. Die erste Aktion sollte darin bestehen, etwas zur Rettung und Bewahrung der Krongüter des Kaisers zu unternehmen.

Die zweite Aktion mußte dahin gehen, Unterstützung, Zusicherung und freie Hand von seiten des Allerhöchsten Herrn mit dem Goldenen Vlies zu erhalten.

Was die Unterstützung und die Zusicherung betraf, so hatte der Major Stefan Kozian eine weitere Erleuchtung.

In Hietzing, in der Gloriettegasse 16, wohnte Frau Katharina Schratt Kiss von Ittebe, die große, diskrete und mächtige Freundin des Kaisers.

Vor dem Palais Gutenbrunn hielt der Major Kozian eine Mietdroschke an und ließ sich ohne Voranmeldung zu Frau Schratt führen. Der Major Stefan Kozian sprach mit Frau Schratt, wie er noch nie zuvor gesprochen hatte, nicht einmal zu den Offizieren seines Regiments.

Mit Ruhe und Klarheit legte er dar, was zu tun und was nicht zu tun war, damit die Parallelaktion zu einer immer größeren Festigung seines Österreich, dieses glücklichen Meilensteins Europas, führe und der Thron des Kaisers immer heller erstrahle.

Frau Schratt hörte ihm mit überaus wohlwollender Aufmerksamkeit zu. Sie bot dem Major Stefan Kozian einen gut gekühlten Georges Goulet an, denselben Georges Goulet, wie er ihrem Schani so behagte, der sich schon des morgens nicht nur für Tarock, sondern auch für das Komponieren von Musik interessierte.

Tarock, das Totentanzspiel, le jeu des cartes tarots. Achtundsiebzig Karten, die für Schani mehr bedeuteten als alle seine Walzer und mehr sogar als seine *Fledermaus.*

Haha, sagt Strauß, ich bin der Papa einer Fledermaus, aber Schani ist auch der Komponist des glanzvollen *Kaiserwalzers,* und er widmet ihn seiner lieben Katharina, die nie nein sagen kann.

Doch was zählt, ist der Mond, der Pagat, der Sküs.

Und was noch zählt, sind die Partien zu viert mit dem Kaiser, der Kathi, dem Grafen Wilczek und dem Petit Juif de la maison.

Der Kaiser war, als seine Freundin ihm die Parallelaktion des Majors Kozian vortrug, sofort einverstanden.

Die Idee, daß alle Militärkapellen seines Reiches zum Vergnügen, ja zur Wonne seiner braven und guten Völker aufspielen sollten, erfreute ihn.

Alles für das Volk und nichts durch das Volk.

Und im Geiste buchstabierte der Kaiser die fünf goldenen Vokale A. E. I. O. U.

Austriae Est Imperare Orbi Universo.

Das ist sehr schön, sagte er, das freut mich sehr.

Herr Major Kozian, sagte Frau Schratt, der Kaiser ist über Ihre Parallelaktion sehr erfreut und darüber, daß auch für Sie Österreich ein Meilenstein Europas ist.

Ich denke aber, fuhr Frau Schratt fort, indem sie sich eine Zigarre anzündete, wie es durch die häßlich-schöne Fürstin Pauline Metternich Mode geworden war, ich denke, daß wir mit dem Versuch in Wien beginnen sollten.

Wenn die Sache in Wien gefällt, wird sie im ganzen Reich gefallen.

Der Major Kozian ist im Interesse von Österreichs Zukunft sofort einverstanden, der erste Versuch wird in Wien gemacht werden.

Die Parallelaktion wird einen sanften Keil zwischen die weißen Nelken und die roten Nelken treiben, und wenn alles gutgeht, werden wir dem Doktor Adler und dem Baron von Vogelsang auf Nimmerwiedersehen sagen können.

Glauben Sie mir, Frau Schratt, sagt der Major Stefan Kozian, glauben Sie mir, liebste Gnädigste, daß alle Flüsse und Seen und Meeresfluten wieder zum zuträglichen Wasserstand zurückkehren werden, ohne irgend etwas verändert zu haben.

Zufluß und Rückfluß.

Zufluß und Rückfluß, sagt Frau Schratt, und dann Friede, Stille und die schöne, die süß-müde Beschaulichkeit eines venezianischen Tags der venezianischen fiaccona.

Das Kaffeehaus mit Pandolfo und seinen Kellnern und dem sympathischen neapolitanischen Lästermaul Don Marzio.

Und auch vor der Hintertür der schönen Ballerina strömt es nur so ein und aus, flusso e riflusso heißt es in der Komödie Carlo Goldonis, des Advokaten von Venedig.

Der großartige Plan des Majors Stefan Kozian gedieh nicht einmal bis zum Versuch in Wien.

Eine laute Stimme, eine in allen Registern der Höhe und

der Tiefe wohl geschulte Stimme, eine Stimme, die nicht von kleinen Leuten kam, von Leuten niedriger sozialer Schichten, erscholl, und sie war wie ein leuchtender Pfeil im tiefblau gefärbten Himmel.

Die Stimme, die aus der Puszta kommt, ist eine Stimme, mit der bisher Kommandos erteilt wurden, es ist die Stimme eines Mannes, der einen reich geschmückten Kalpak trägt (die ungarischen Magnaten schwenken ihren Kalpak und rufen Éljen, wenn die Königin kommt), es ist eine Stimme, die in allen Tonarten einen klaren und bestimmten Willen ausdrückt.

Ändern, verändern, wechseln, umgestalten.

Die Stimme, die aus der Puszta kommt, ist die Stimme des Mihály Károlyi, der Sozialist wurde, als er hörte, daß einige seiner jugendlichen Verwandten ihre Gouvernante fragten: Was, Fräulein, auch wir Adeligen müssen sterben?

Da wurde der Graf Mihály Károlyi Sozialist, er begriff, daß die Zeit der Kronen und Wappen auf den Wagentüren sich mit Staub und Spinnweben zu bedecken begann. Károlyi ist Sozialist der Tat und nicht der Worte. Er besitzt große Ländereien, und einen Teil davon schenkt er seinen Bauern. Er ist ein Graf mit der Grafenkrone. Ein goldener, an den Rändern mit Arabesken verzierter Reif trägt sechzehn große Perlen, die auf ebenso vielen Zacken sitzen, von denen man nur neun sieht.

Der Graf hat seine Krone mit allen Rechten, aber auf den Kopf setzt er sie sich nie, er zieht seinen praktischen, weniger schweren, geliebten Kalpak vor, von dem er sich nicht trennen kann. Éljen, éljen, und er schwenkt ihn, wenn die Bauern, zu denen er mit seiner etwas rauhen, dann wieder leisen, fast verschleierten, aber in Bann ziehenden Stimme spricht, ihm zujubelnd in die Hände klatschen.

Die Herren der ungarischen Elite, die braven Herren Madjaren nennen Károlyi den roten, verrückten Grafen oder den verrückten Grafen, der ein Roter wurde.

Für Károlyi sind sie verantwortungslose, frivole Herren.

Sie führen ein leichtfertiges und ausschweifendes Leben.

Wie, Fräulein Gouvernante, auch wir Adeligen müssen sterben?

Die Stimme aber, die aus der Puszta kommt, wird immer lauter und ätzender.

Ändern, verändern, umgestalten.

Die Nachricht, daß der Graf Károlyi genauso dachte wie der Doktor Adler, gelangte durch die Gräfin Mysa nach Wien, die den Kaiser wie sein Schatten begleitete.

Die Gräfin Mysa liebte den Kaiser und verging vor seinen porzellanblauen Augen. Die Gräfin Mysa liebte aber auch die Tiere und haßte die Jäger, die für sie potentielle Verbrecher waren. Und sie haßte den Kaiser, wenn der Kaiser seinen Jagdanzug anlegte. Kurze Lederhosen, grüne Joppe und Tirolerhut mit dem Gamsbart.

So gekleidet, zog er sich im Herbst auf seinen Jagdsitz in Ischl mit wenigen Freunden zurück. Die Gräfin Mysa liebte den Kaiser, aber sie liebte auch die Tiere. Wenn der Kaiser als Jäger gekleidet mit dem schönen Gamsbart, der im Wind wehte, zur Herbstjagd nach Pest oder in die Karpaten oder nach Zakopane oder nach Misurina oder nach Tirol fuhr, da eilte die Gräfin Mysa nach Pest, eilte nach Zakopane oder folgte ihm nach Misurina und traf noch vor ihm in Tirol ein.

Der Kaiser legte an, und sie, im Wald versteckt oder in der Wiese liegend, erzeugte einen Riesenlärm, und weg waren die Hirsche und Damhirsche und Rehe und Hasen, und auf flogen mit lautem Flügelschlag die Rebhühner und Fasane, die ja auch Geschöpfe Gottes waren, wie die Gräfin Mysa voll Schadenfreude sagte.

Der Kaiser zielte und verfehlte dank der Gräfin Mysa das Ziel. Daher haßte der Kaiser, wenn er als Jäger auszog, die Gräfin Mysa, und sie haßte ihn, wenn er auf die Jagd ging, und schmolz keineswegs vor Lust und Liebe vor seinen porzellanblauen Augen dahin.

Sie war mit ihrem von vier Lipizzanern gezogenen Wagen in Wien eingetroffen, denn die Gräfin liebte es nicht, mit der Eisenbahn zu fahren, das war ihr zu bürgerlich, roch zu sehr nach drittem Stand.

Kaum in Wien angekommen, ließ sie sich nach Schönbrunn fahren und berichtete dem Kaiser, was der verrückte rote Graf Károlyi sagte und tat. Sie sagte, man höre viel auf ihn, denn er blicke auf die wilden Eingeborenen nicht hochmütig hinab, und im Gegensatz zu den anderen Hochadeligen beherrsche er außerdem die Sprache der wilden Eingeborenen, nämlich die ungarische.

Haben Sie keine Angst, sagte der Kaiser, ich weiß, daß es drei Kranke in meinem Reiche gibt: die Galizier, die Ungarn und die Nationalliberalen in der allzeit getreuen und reichsunmittelbaren Stadt Triest.

Dann fügte er hinzu: Vergessen Sie nicht, daß Österreich nie das Ergebnis der Politik, sondern der Geographie gewesen ist.

Er entließ die Gräfin Mysa, die sich mit dem vom Protokoll verlangten Hofknicks zurückzog.

Der Kaiser begab sich zur Frau Schratt und erzählte ihr, was ihm die Gräfin Mysa berichtet hatte.

Majestät, antwortete Frau Schratt, nur keine Angst, denn die kulturellen Möglichkeiten Österreichs sind praktisch unbegrenzt, oder besser grenzenlos.

Aber kann denn, meinte der Kaiser, Kultur die Dummheit schlagen?

Ja, antwortete Frau Schratt, die Kultur kann die Dummheit schlagen, aber sie irrte sich leider.

Sie irrte sich, doch weit weniger irrte sich der Kaiser, er war sehr besorgt wegen dieses ungarischen Grafen, der die Revolution auf Taubenflügeln predigte.

Majestät, fuhr Frau Schratt fort, wenn wir das Projekt der Parallelaktion des Majors Stefan Kozian noch einmal überdenken würden?

Ihre Idee ist ausgezeichnet, sagte der Kaiser, es wäre gut, den Major Kozian wieder zu rufen.

Die Parallelaktion und der zarte musikalische Keil zwischen den roten und den weißen Nelken könnten von wohltuender Wirkung sein. Die Militärmusik ist immer noch eine Kraft.

Sie werden sehen, daß das Getue des Grafen Károlyi mit den wilden Eingeborenen zu keinem Ergebnis führen wird.

All diese Aktionen, all diese Berichte, all diese Besorgnisse ermüdeten den Kaiser.

Der Kaiser ist müde, und wenn er nicht der Kaiser wäre, würde er mit seinen guten Wienern sagen: da muß man halt fortwursteln, aber immer mit Würde.

Das möchte der Kaiser sagen, aber er kann es nicht sagen, denn er ist der Kaiser.

Der Kaiser zieht sich in seine Schlafkammer zurück. Der Diener Nehhammer hat schon die Bettdecke zurückgeschlagen und der Diener Hlocek das Kissen zurechtgerückt. Lebensgewohnheiten und Geschmack des Kaisers sind spartanisch.

Sein Bett ist ein gewöhnliches Feldbett, genau wie das im Zelt bei Solferino. Sein Speisezettel ist einfach, und die raffinierte Küche der Sacher ist gar nicht nach seinem Geschmack. In seinem Privatleben hat er stets alles Einfache geliebt.

Gute Nacht, Majestät, sagt Nehhammer, gute Nacht, Majestät, sagt Hlocek. Gute Nacht, schlafen Sie gut und träumen Sie schön, sagen die beiden Diener, entfernen sich und legen sich in ihre weichen Betten in der Mansarde.

Der Kaiser ist in seinem schmalen Eisenbett wie unterm Zelt bei Solferino bereits eingeschlafen.

Nachdem der Diener Nehhammer den Körper des Allergnädigsten Herrn gut zugedeckt und Hlocek die Kerze mit dem silbernen Kerzenlöscher gelöscht hatte, sagte der Kaiser: Ich bitte euch, mich um fünf Uhr zu wecken, denn ich habe viel zu erledigen.

Wunschgemäß wurde der Kaiser (und jeder seiner Wünsche ist ein Befehl) von den Dienern Nehhammer und Hlocek durch ein leichtes Klopfen mit den Fingerknöcheln geweckt, es klang fast, als würde eine Regimentstrommel leicht gerührt.

Majestät, es ist fünf.

Der Kaiser erwachte in rosiger Laune. Er hatte wunderbare Träume geträumt, Träume, wahrhaft eines Kaisers würdig.

Er war ein Reiter mit goldenen Sporen und ritt Engelspferde und Cherubim-Pferde und Seraphim-Pferde.

Denn er war ein Apostolischer Reiter. Dann träumte er,

daß er als Jäger durch Wälder und über Wiesen schritt, ohne daß die Baronin Mysa ihm wie ein Schatten folgte.

Er jagte Hirsche und Gemsen mit goldenen Hörnern und balzende Auerhähne und Rebhühner und Schnepfen, die alle glücklich waren, sich vom Gewehr des Kaisers töten zu lassen.

Und die Gräfin Mysa wurde in Ketten und unter Tränen von Gendarmen in die Bleikammern von Venedig abgeführt. Der Kaiser in seinen weißen Hosen und seinem weißen Rock mit dem Goldenen Vlies setzte sich mit elastischen Hinterbacken an seinen Schreibtisch und begann zu papierisieren.*)

Er las, korrigierte, studierte, unterzeichnete.

Zuletzt unterschreibt er das Dekret, mit dem die Medaille Von Gottes Gnaden dem Gendarmen Milanovic verliehen wird.

Der Kaiser schaltet eine kurze Ruhepause ein. Um sich zu erfrischen, trinkt er ein Glas Pfefferminzsaft.

Dann zündet er sich eine seiner langen und schmalen Virginia-Zigarren an, die dank der Schachtel aus Sandelholz, in der sie aufbewahrt werden, stets frisch und aromatisch bleiben.

Ein Geschenk seiner lieben Freundin, Frau Schratt.

Der Heldenplatz. Das große Einfahrtstor. Die Höfe der Hofburg. Stille. Es ist eine wahrhaft kaiserliche Stille, eine Stille, wie sie dem Kaiser gefällt.

Um zehn Uhr hat der Allergnädigste Herr die Fürstin Pauline Metternich, die schöne Häßliche, wie sie in Wien genannt wird, in Sonderaudienz empfangen.

Sie hat um Sonderaudienz angesucht, um sich beim Kaiser über den Verfall und die Arroganz der heutigen Dienerschaft zu beschweren.

Sie sagt: Majestät, meine Kammerzofe hat es an Respekt fehlen lassen. Ich weine den Zeiten meines Schwiegervaters Clemens Metternich und seines Kammerdieners Giroux nach.

*) Erledigung von öffentlichen und privaten Akten. (Anm. d. Autors)

Als dem Grafen Metternich der Fürstentitel verliehen wurde, fragte ihn sein getreuer Giroux, um zu wissen, welchen Anzug er bereitlegen solle, wortwörtlich: Vôtre Altesse mettra-t-elle l'habit que Son Excellence portait hier?

Und heute, antwortete der Kaiser, wollen sie alles ändern, alles verändern, und er sagt kopfschüttelnd: Ah, diese roten Nelken, ah, diese weißen Nelken. Ah, diese Leute, die mit Nelken nichts gemein haben, und schon gar nicht den Geruch.

Ändern, verändern, mögen sie doch verändern, sagt der Kaiser, wenn nur alles so bleibt wie es ist, denn so wie es ist, ist es gut, und wir haben es seit Jahrhunderten erprobt.

Die Audienz ist beendet. Ihre Durchlaucht Pauline Metternich vollführt den vom Protokoll vorgeschriebenen Hofknicks, und der Allergnädigste Herr begleitet sie bis zur Mitte des kaiserlichen Arbeitszimmers.

Der Kaiser ist ein Kavalier, er ist ein liebenswürdiger Herr und empfänglich für das Rauschen von Frauenröcken.

Das hat, verehrter Signor Lorenzo Da Ponte, nichts mit Ihrem jungen Kavalier und liederlichen Frauenhelden zu tun und mit seinem Diener Leporello, der sich wie ein Edelmann aufführen und nicht mehr dienen möchte.

Nein, nein, der spindeldürre Nehhammer und übrigens auch Hlocek wollen ihrem Herrn dienen, ihrem Kaiser, ohne den teuflischen Gedanken zu hegen, eines Tages Edelleute zu werden.

Jeder an seinen Platz, und Platz für jeden gemäß seiner gesellschaftlichen Stellung.

Mit ihrem Wetterbericht Nr. 39 sagt die Meteorologische Anstalt in Pola die Wetterverhältnisse für die nächsten achtundvierzig Stunden vorher. Tiefblauer Himmel, besonders über Dalmatien und den dalmatinischen Inseln. Leicht bewegtes Meer. Schwache Brise.

Blauer Himmel mit einem weißen Schäferwölkchen mitten über der Hofburg. Auch über der liebenswerten, allzeit getreuen und reichsunmittelbaren Stadt Triest ist der Himmel von adriatischem Blau, einem Blau, das an das Blau der porzellanblauen Augen des Kaisers erinnert.

In einer Sondermeldung kündigt das Ozeanographische Institut in Salzburg die Zusammenballung von Wolken aller Art auf sämtlichen Himmeln, oder besser auf dem Himmel des gesamten Reiches an.

Diese Wolken bringen nichts Gutes, sagt die Frau Jetti, Handleserin, Bleigießerin, Kartenaufschlägerin und strohblonde Kokette.

Wolken, die den Himmel verdüstern. Immer dichter werdende Federwolken, hohe, aus Eisnadeln gebildete Wolken kündigen den Sturm an, dann Haufenwolken und spinnennetzförmige und kugelförmige und rötliche und solche, die magisch wirken, sie segeln in getrennten, fast militärischen und zum Angriff bereiten Formationen dahin.

Bei der Hofpost treffen Telegramme ein, die unverzüglich dem Kaiser übermittelt werden.

Die Telegramme bringen fast immer schlechte Nachrichten, es ist ja dem Apostolischen Herrn nie etwas erspart geblieben.

Vom k. u. k. Hof-Telegraphen-Amte.

An Seine Kaiserliche u. Königliche Apostolische Majestät.

Was melden diese Telegramme? Sie melden Seiner Majestät, daß in Prag die schwarz-gelben Fahnen heruntergerissen und verbrannt wurden, und daß in Laibach lange Züge von Adlern, die nichts als Schnabel und gesträubte Federn sind, aus ihrem großen Adlernest Orel heraus zum Angriff ansetzen.

Anerkennung der Nationalitäten, schreien sie in den Straßen, wir wollen Karantanien und ein Stück Meeresküste, damit wir endlich unsere eigenen Boote auf einem eigenen Stück Meer schaukeln lassen können.

Blau-rot-weiße Fahnen werden geschwungen, und die Kapellen spielen Märsche und Lieder, die sie vorher nie gespielt haben.

Auch wir, als Adler verkleidete Männer, Frauen und Kinder, brüllen, auch wir wollen auf dem Molo San Carlo in

Triest (na molu na molu svet Carlo) fröhlich die Sonne aufgehen sehen.

Wir sind nicht nur Nummern
Wir sind Menschen.

Weitere Telegramme besagen, daß in Prag wie in Agram lange Züge von Falken mit hartem Schnabel und in stillem Flug ohne Haube bereit sind, aus dem großen Falkennest Sokol hervorzubrechen und sich in die Beute einzukrallen.

Die Kroaten lassen ihre Tomislav und Kresimir und Zvonimir hochleben.

Die Böhmen verherrlichen ihren großen Ottokar und die Slowaken ihren František Palacky.

Und vor den Bannern der nationalen Rechte marschiere ich, Petr Bezruč aus Tesin, Wandermusikant und irrer Fiedler, närrischer Rebell und satter Barde, düstere Eule auf dem Kirchturm von Tesin, und singe und spiele, während die Hämmer von Vitkovice, von Frydlant, von Lipiny und bald auch die taufeuchten Sensen erklingen.

Der Kaiser öffnet und liest die Telegramme, die die Statthalter von allen Statthaltereien des übernationalen Reiches gesandt haben. Die Mitglieder des Reichsrats lesen ihrerseits die Telegramme und schütteln den Kopf.

Auch in Wien haben die Großdeutschen vor der Universität die *Wacht am Rhein* gesungen und alle jene verprügelt, die nicht mitgesungen haben, und sind dann in Hurrarufe auf die Hohenzollern ausgebrochen.

Die verhaßten Preußen, die verfluchten Pickelhelme, die Todfeinde der Habsburg-Lothringen.

Aus Triest berichtet der Statthalter Prinz Hohenlohe in einem langen Telegramm, daß die Stadt im wesentlichen ruhig ist, abgesehen von einer kleinen Gruppe von Individuen, die sich als liberalnationale Irredentisten und Kinder der Großen Mutter Italien, der Gran Madre Italia, bezeichnen.

Sie sind ziemlich gewalttätig gegen die Slowenen, die sie als Küchenschaben beschimpfen, und gegen die getreuen und ergebenen Untertanen Habsburgs, die sie Tellerlecker nennen.

Meine Herren Mitglieder des Reichsrats, sagt der Kaiser, die Gefährlichkeit dieser Manifestationen, nennen wir sie nachsichtig so, möchte ich zwar noch nicht als katastrophal bezeichnen, aber als besorgniserregend.

Es beginnen die Zeiten der Unordnung, des Überwiegens der Unordnung über die Ordnung. Majestät, sagt der Baron Waj, Mitglied des Reichsrats, die Hauptschuld trifft die Leute mit der roten Nelke in der Hand.

Eine weitere Schuld trifft die Leute mit der weißen Nelke in der Hand.

Die Hauptschuldigen, die auf Änderung, Veränderung drängen, sind meiner Meinung nach der Doktor Adler und der Baron von Vogelsang. Sie müssen zurechtgewiesen und gerüffelt werden, aber nicht mit Gefängnis bestraft.

Vergessen wir nicht, daß wir uns noch in der Felix Austria befinden.

Und ehe er seine Rede schloß, erinnerte Baron Waj, der im Privatleben Arzt war, an den Spruch der Salernitanischen Schule: Quaeta non movere et mota quaetare.

Der Kaiser und die Mitglieder des Reichsrats schütteln den Kopf.

Jemand sagt, er habe das Gefühl, daß das Zeitalter der Nationalismen angebrochen sei.

Worauf der Baron Waj erklärt, die Zukunft werde eine vie en merde sein, und er sagt es auf französisch, weil die französische Sprache, auch was die merde betrifft, weit, weit eleganter und absolut weniger ordinär ist als alle anderen Sprachen dieser Welt.

Da erhob sich der Fürst Alexander Rudnicki, polnischer Abstammung und wie alle Polen Sohn seines Volks der weiten Ebene.

Majestät und meine Herren des Reichsrats, sagt der Fürst Alexander, erlauben Sie mir, daß ich Ihre Aufmerksamkeit jetzt nicht auf die roten oder auf die weißen Nelken und auch nicht auf die Parallelaktion des Majors Kozian lenke, sondern auf die Welt der Slawen.

Allergnädigste Majestät und meine Herren Mitglieder des Reichsrats, ich bitte Sie nochmals, Ihre wohlwollende Aufmerksamkeit der Kraft des Panslawismus zu widmen.

Die Welt der Slawen ist wie ein großer Strom, der stets Hochwasser führt. Er ist wie ein Meer, wie ein Ozean, wie ein großer Ozean unter den großen Ozeanen, größer noch als sämtliche großen Ozeane zusammengenommen.

Denken Sie an die Masse der Ostslawen, an die Großrussen, an die Kleinrussen, an die Ukrainer, an die Weißrussen.

Denken Sie an die Westslawen, an die Polen, an die Tschechen, an die Mähren, an die Lausitzer.

Denken Sie an die Südslawen, an die Slowenen, an die Kroaten, an die Serben. Zählen Sie die Massen dieser geduldigen und friedfertigen Rasse zusammen, dann gleicht sie einer Hochflut, die nicht nur unser geliebtes Reich, sondern unser ganzes altes und kurzsichtiges Europa mit sich fortreißen kann.

Immer mehr und immer dunklere Wolken bedecken die kaiserlichen Himmel. Die Handleserin Jetti, die Kartenaufschlägerin und Bleigießerin, hatte recht, wenn sie sagte: Hm, hm, diese Wolken können nichts Gutes bringen, besonders diese spinnenförmigen und rötlichen Wolken, und diese in militärischen Formationen dahineilenden Wolken, die den Himmel verfinstern, verheißen Böses.

Der Kaiser schüttelt den Kopf, und alle Mitglieder des Reichsrats schütteln den Kopf.

Wir alle sind Tote, dachte der Kaiser, während er die Mitglieder des Reichsrats betrachtete.

Wir alle sind Tote auf befristetem Urlaub. Um zu überleben, müßte man lügen, aber ich, der Kaiser, kann nicht lügen, denn es ist nicht des Kaisers, Lügen zu erzählen wie irgendein Schneidergesell.

Der Kaiser fährt fort, den Kopf zu schütteln. Sie glauben, ich sei schon kindisch geworden. O nein, ich sehe weit voraus, und obwohl ich weit voraussehe, möchte ich jetzt sehr gerne ein Glas Bier trinken, ein Glas gutes Pilsner Bier, das aber ist mir vor den Mitgliedern des Reichsrats nicht möglich.

Ich höre, sagt der Kaiser, ich höre das Heranrollen der slawischen Hochflut, und ich ahne die Gefährlichkeit ihrer Geduld und ihres Pazifismus.

Wie, wenn eines Tages Geduld und Pazifismus überfließen? Die Dummheit der Menschen wird von Tag zu Tag gefährlicher. Der Fanatismus ist eine Eigenschaft der Dummen, und die Dummheit führt zu Gewalt, zur Grausamkeit, zum Krieg.

Der Krieg ist die große Sache des Vaterlandes, der Ruhm der Nation.

Majestät, sagt der Fürst Alexander Rudnicki, ich schlage vor, die Sitzung des Reichsrats für eine halbe Stunde zu unterbrechen.

Einverstanden, Durchlaucht, antwortet der Kaiser, er erhebt sich und geht elastischen Schrittes in sein Privatappartement, wo er endlich mit einem ersten langen Zug ein Glas gutes, frisches Pilsner Bier genießen kann, das der Diener Hlocek für seinen Allergnädigsten Herrn schon bereitgestellt hat.

Der Kaiser blickt um sich, trinkt das Bier und sagt mit inniger kaiserlicher Befriedigung: Gott sei Dank, daß sich hier nichts verändert hat und nichts verändern darf. Auch der Diener Hlocek ist einverstanden, daß sich nichts ändere, verbeugt sich und trägt das leere Glas hinaus, aus dem der Kaiser das gute und frische Pilsner Bier getrunken hat.

Die Gewalttätigkeit unter den Wolken, die Gewalttätigkeit auf den Straßen, die Gewöhnung an die tägliche Gewalttätigkeit.

Die roten Nelken sind zu Stöcken geworden.

Die weißen Nelken sind zu Stöcken geworden, aber sie riechen nach dem Weihrauch der Frohen Botschaft.

Die Falken und die Adler haben Gewehre, Säbel und Messer.

Man beginnt das Verbum schlagen zu konjugieren.

Ich schlage, du schlägst, wir schlagen.

Tote, Verwundete, Krankenbahren und Krücken, alles zur Ehre und zum Ruhm der Nationen.

Die Wachleute haben die Säbel aus der Scheide gezogen,

die Gendarmen marschieren in die Städte, und die Soldaten in den Kasernen sind in Alarmbereitschaft. Gleich darauf rücken die Soldaten aus den Kasernen aus, drei Trompetenstöße, und die Gewehre beginnen zu schießen.

Gute Geschäfte für die Fabrikanten von Krankenbahren, zahlreich sind die Verwundeten und zahlreich die für ihr Leben Verkrüppelten.

Gute Geschäfte für die Fabrikanten von Krücken und Rollstühlen für die Menschen ohne Beine.

Beine, geopfert für den Ruhm und die Ehre der Nationen.

Trommelwirbel, Trompetengeschmetter und Fahnengeflatter, töte, damit ich dich töten kann.

Der Lärm ist so laut und unerträglich geworden, daß das vielnamige Wesen, der Plurinomen, der auf dem Olymp der Ruhe pflog, sich von seinem Eichenthron erhebt und eine Wolke beiseite schiebt, um zu sehen, was dieser Höllenlärm, der ihn belästigt, zu bedeuten habe.

Auch der heilige Adler zu Füßen des Throns ist erregt.

Der Plurinomen schiebt erst eine blaue Wolke beiseite und dann eine rosige Wolke, so rosig wie die rosenfingrige Morgenröte, und blickt hinab.

Und er sieht im Zentrum Europas jenes große Tier mit dem stolz erhobenen Haupt, so wie die Geographen sein geliebtes und ihm wohlgefälliges österreichisches Imperium eingezeichnet haben, das im magischen Kreis einer höheren, der Humanität dienenden Idee geboren wurde.

Von Humanität durch Nationalität zur Bestialität, heißt es bei Grillparzer. Jene Lehrmeister des Ostens, jene Menschenrasse, die mit Recht und Vernunft ihr Sacrificium Nationis erbracht hatte, war im Begriffe, von einer reißenden Schlammflut besiegt zu werden, von ruchlosen Menschen, die ihrerseits siegreich blieben, nicht in der Begegnung, sondern im Zusammenprall der Rassen, der drei großen Rassen, der lateinischen, der germanischen und der slawischen. Eine Welt war im Untergehen, eine höhere Ordnung wich einer niedrigen. Fledermäuse, sogenannte Totenköpfe, flattern mit plumpen, hakentragenden Flügeln durch die kaiserlichen Himmel.

Nationalstaaten sind im Entstehen, teuflische Gebilde.

Diesem furchtbaren Lärm und Geschrei gegenüber vermeint der Plurinomen an Macht und Ansehen einzubüßen.

Er dachte daran, sich Zeus zu nennen, um Mut und Weisheit zu gewinnen, nicht nur als Vater aller Götter, sondern auch der kaiserlichen, schwarzgelben Menschen.

Was aber konnte er unter der Maske des Zeus tun? Er erkannte, daß er wenig tun konnte angesichts der Dummheit und der reißenden Grausamkeit der ruchlosen Nationalmenschen.

Er erinnerte sich, daß er auch der Herr der Blitze war, und da jagte er auch schon einen gewaltigen Blitz vom Olymp herab, mit dem Ergebnis, daß der furchtbare Lärm des Ich-töte, Du-tötest noch zunahm.

Der Plurinomen verabschiedet in ungnädiger Weise den Pegasus, weil der Ärmste ihm außer den Blitzen auch noch den lauten und grollenden Donner gebracht hat.

Der Plurinomen war voll Zorn und Wut.

Der Plurinomen fragt sich, ob es auch in den anderen Teilen der Welt einen derartigen wüsten Hurenhauslärm gibt.

Und er begibt sich sogleich in das Land Morija, um zu sehen, ob dort Frieden herrscht, wo Abraham seinen Sohn Isaak opfern wollte.

Und das vielnamige Wesen, das sich im Land Morija als Jahwe zu erkennen gegeben hatte, sah, daß alles ruhig war, und nur ein Widder begrüßte es und sagte: Mächtiger Jahwe, die Bosheit der Menschen und der Nationen ist groß im Zentrum des Kontinents.

Jahwe, rotte sie aus, die Menschen mit den Fahnen in den Händen und den Messern in den Händen, die Menschen, die innerhalb der engen Mauern ihrer teuflischen Festungen leben wollen.

Ja, antwortete das vielnamige Wesen, das sich im Lande Morija als Jahwe zu erkennen gegeben hat, ja, ja, ich werde diese Menschen, die einer reißenden Schlammflut gleichen und voller Bosheit sind, ausrotten, und ich bedaure es, sie geschaffen zu haben. Hier aber war noch Friede und Stille.

Das Gewiege der Juden vor der zerstörten Mauer ... und Seelenfrieden herrschte in allen beim Gesang der levitischen Kantoren, und alles war wie in eine Wolke gehüllt, und in der Wolke wirkte die Kraft der Vernunft.

Und als das vielnamige Wesen dies sah, fand es daran großes Wohlgefallen. Und während das vielnamige Wesen in poetischen Kadenzen dachte und zu sich selber sprach, setzten sich die Raben Hugin und Munin auf die Schultern des vielnamigen Wesens und krächzten: O mächtiger Odin, König der Raben und Vater der Zeiten, wir melden dir, daß, o Jammer, die Menschen des Reiches besiegt wurden, sie wurden besiegt von den Leuten mit der roten Nelke und von den Leuten mit der weißen Nelke, und auch die Leute des Majors Kozian von der Parallelaktion wurden besiegt.

Halali, halala, halalo, schrie Odin verzweifelt auf, und schon erschien vor ihm sein achthufiges Roß, der rasche Sleipnir. Odin bestieg das Roß, setzte sich fest auf seine Kruppe und jagte es in Windeseile hinauf nach Walhalla zum wendigen Thor, dem Besitzer des gewaltigen Hammers.

Die Walküren in leuchtenden Harnischen und mit Haaren wie Sonnenstrahlen boten ihm Wein dar, und der Plurinomen, stets zum Trunke bereit, trank ihn in einem Zug.

Wo ist Thor mit dem langen Bart, fragt Odin.

Ist er in den 500 Zimmern Walhallas?

Nein, antwortet die Walküre Hild, er hat sich in seinen Palast in Trudwanger zurückgezogen, um sich vor dem Terror zu schützen.

Das achthufige Roß, der mächtige Sleipnir, galoppiert gen Trudwanger. Thor sitzt im Saal Nr. 499, dem vorletzten seines Palasts, und gedenkt, ein wenig Donner, ein wenig Wind und ein wenig Regen in irgendeinen Teil der Erde zu entsenden, ehe sie in ihr ursprüngliches Chaos zurückkehrt. Thor, sagt das vielnamige Wesen, das sich jetzt Odin nennt, leihe mir deinen Hammer, und Thor leiht ihm den riesigen Hammer.

Da stellt sich der Plurinomen genau in die Mitte Europas und holt zu einem gewaltigen Schlag aus gegen das Tier mit dem stolz erhobenen Haupt, wie die Geographen das österreichische Imperium in den Atlanten für Schulen und gebildete Menschen eingezeichnet haben. Es ist ein vernichtender Schlag, ein Erdbeben, ein Meerbeben, eine Erschütterung der Himmel.

Die Sonne weiß nicht wohin, sie weiß nicht, ob sie noch leuchten und den Mond beleuchten soll, und der Mond weiß nicht, ob er noch Flut und Ebbe bewirken soll, und auch die Sterne, sogar die hellsten, erzittern und verbergen sich im Dunkel.

Es ist ein gewaltiger Schlag, ein erdezertrümmernder Schlag.

Die Kraft des Plurinomen ist die vereinte Kraft Sibus, Allahs, Jahwes und Peruns und des Zeloten Jeshua, des gekreuzigten Aramäers.

Der Schlag war furchtbar, das Tier mit dem stolz erhobenen Haupt wurde zertrümmert, und aus den Trümmern entstanden die Nationalstaaten, die teuflischen Staaten, verurteilt zu elendem Leben.

Und schon gab es Stacheldrähte und Zollschranken und Grenzbalken und zahlreiche Hindernisse für den freien wirtschaftlichen und kulturellen Verkehr zwischen den lateinischen, germanischen und slawischen Völkern.

Der echte Österreicher, der geeichte Österreicher nannte sein Land ein Land, das an Vielfalt seiner Schönheiten vergleichslos auf der Erde war.

Und siehe, gleich nach der Katastrophe wurden Stimmen der späten Reue laut.

So die verspätete Stimme Masaryks, der mit trauerumflorter Stimme sagt: Jetzt, wo wir den Staat der Böhmen, der Mähren und der Slowaken haben, den wir Tschechoslowakei nennen, beginnen die Schwierigkeiten, und er fügt mit unendlicher und kindischer Dummheit hinzu: Nun, da Österreich klein geworden ist, erlangt es seine Bedeutung als östlicher Staat wieder.

Das Reich ist untergegangen in Trostlosigkeit und Blut.

Der Plurinomen läßt seinen letzten mächtigen Ruf erschallen, halali, halala. Die beiden Raben fliegen auf seine Schultern. Der Rabe Hugin sucht seinen Geist zu ermuntern und der Rabe Munin sein Gedächtnis. Dann erscheint eine Standarte, von den Schnäbeln der Raben triumphierend hochgezogen.

FINIS AUSTRIAE

Die Dummheit und die Bosheit der Menschen ist grenzenlos.

Ihr alle werdet verwelken wie Sauergras.

Von Humanität durch Nationalität zur Bestialität.

Die Katastrophe ist vollkommen. Und nun betrinkt euch im Weinberg von Baalhamon, denn die Völker haben keinen Verstand.

XI.

Der Kaiser-Komplex

Kann Mitteleuropa nach dem Zerfall des österreichischen Kaiserreiches zu seiner eigenen Entwicklung finden?

Wenn ja, dann könnte sich auf solche Weise der alte Leitspruch der Habsburger, *Austria Erit In Orbe Ultima*, bewahrheiten.

Die optimistischere Auslegung der Vokale A.E.I.O.U. ist freilich endgültig verstummt. Sie ist verstummt, als hätte es sie nie gegeben.

Das Reich ist tot, es war ein großes Reich, nicht so groß, um sich mit den großen Reichen vergleichen zu können, aber auch nicht so klein, um den Vergleich mit größeren Reichen scheuen zu müssen.

Das Kaiserreich ist tot, und tot ist auch der Kaiser.

Der Allergnädigste Herr konnte den Zerfall seines Reiches nicht überleben.

Er ist tot.

Sie trugen ihn in einem großen und schönen Sarg aus Zedernholz vor das Kapuzinerkloster in Wien.

Denn der Kaiser mußte, wie übrigens alle österreichischen Kaiser, hier in der Gruft bestattet werden, die sich in der Obhut der Kapuziner des Minoritenordens befindet, jenes Ordens, der von dem Sohn des Kaufmanns Pietro di Bernardone gegründet worden war, dem hirnrissigen Franziskus, als welcher sich während der ganzen Fastenzeit nur von einem halben Stück Brot ernährte.

Das Tor der Klosterkirche ist geschlossen. Ein Herr, der Erste Hofzeremonienmeister Fürst Neipperg-Montenuovo, nähert sich und schlägt mit einem Stab aus Ebenholz, dessen Bernsteinknauf mit Arabesken und Silberintarsien verziert ist, an das Tor und sagt: Öffnet, wir müssen den Kaiser begraben, und mit klarer, fester, ein wenig herrischer Stimme sagt er den vollen Titel des Kaisers auf, einschließlich den eines Herrn auf der Windischen Mark, von Cattaro und von Triest.

Triest, die liebenswerte, handelstüchtige, allzeit getreue, reichsunmittelbare Stadt.

Der Mönch hinter dem Kirchentor antwortet, nachdem er all die Titel vernommen hat: Ich kenne ihn nicht.

Da schlägt der Hofzeremonienmeister mit seinem Stab ein zweites Mal an das Tor: Öffnet, wir wollen den Kaiser begraben, und er sagt nun den Kleinen Titel, eine verkürzte Fassung des vollen, des Großen Titels des Kaisers auf, ohne dabei den eines Herrn von Triest auszulassen, der dem Kaiser besonders teuer war.

Der Mönch antwortet: Ich kenne ihn nicht.

Nun klopft der Fürst Montenuovo zum dritten Mal an das Tor, diesmal aber mit seinem Fingerknöchel und sagt: Wir wollen einen armen Sünder begraben, und der Mönch antwortet: Diesen kenne ich, und er öffnet das Tor, und der Kaiser wird in seinem schönen Sarg aus Zedernholz, flankiert von Kerzen und Fackeln, in der Gruft der Kapuziner des Minoritenordens beigesetzt.

Dann verlassen alle die Kirche, und zum letzten Mal defilieren die Schützen, die Leopardenfelle der ungarischen Magnaten, die silbergeschmückten weißen Mäntel der kaiserlichen Leibgarde, die Ulanen, die Husaren, die Panduren und der gesamte Hofadel am Sarg vorbei.

Dann löschte die Nacht alles aus, ein paar Sterne erstrahlten, und der Kaiser ruhte bei seinen Vätern.

Und die Zeit seiner Regierung dauerte achtundsechzig Jahre, und er saß auf dem Thron seiner Väter, die alle in Purpur geboren waren.

Doktor Kerzl und Professor Ortner stellten im amtlichen Totenschein fest: Der Kaiser starb an Lungenentzündung, die mit Bronchitis, Husten und Fieber begann.

Und das Alter des Kaisers? Der Kaiser konnte kein Alter haben, aus dem einfachen Grund, weil er ein Kaiser war und dies von Gottes Gnaden.

Das Amt des Kaisers ist ein sehr, sehr mühsames Amt. Es ist ein Amt, oder wenn man will, ein Beruf, den ausschließlich die Gnade Gottes nur wenigen auserwählten, geliebten und seinem Herzen nahen Kindern zuteilt.

Um ein wahrer Kaiser zu sein, mußte man von einem Kaiser abstammen, und Napoleon war zwar ein Kaiser, aber ein Emporkömmling, ein Parvenü.

Wer bestimmt ist, Kaiser zu werden, muß von Kindheit an ein hartes Leben führen, voll schwerer Müh.

Der Kaiser war ein sehr tüchtiger, um nicht zu sagen perfekter Kaiser. Mit Stolz sagte er von sich, er betrachte sich als den ersten Beamten des Staates.

Schon um sechs Uhr früh saß er an seinem Schreibtisch, auf dem, wie im ganzen Reich, die allergrößte Ordnung herrschte.

In der Mitte des Schreibtisches stand ein großes Tintenfaß mit Kristallschälchen für die schwarze und für die rote Tinte, Marke Pelikan.

Vor dem großen Tintenfaß, das eine Muschel darstellte, lagen drei Federhalter aus polierter Eiche.

Der erste Federhalter aus polierter Eiche mit einer Schreibfeder Marke Adler war für die schwarze Tinte bestimmt, der zweite Federhalter, ebenfalls mit einer Schreibfeder Marke Adler versehen, für die rote Tinte, und der dritte Federhalter mit einer Stahlfeder Stollwerk Nr. 3 war für die Rundschrift vorgesehen. Die Schreibfedern wurden jede Woche zweimal gewechselt.

Auf der linken Seite des kaiserlichen Schreibtisches lagen, für den Allergnädigsten Herrn genau aufgereiht, drei Bleistifte der Marke Hardtmuth, zwei Kopierstifte und ein Farbstift, zur Hälfte rot und zur Hälfte blau, griffbereit.

Die drei Bleistifte hatten Schutzhülsen aus blankem und festem Stahl. Und so wie der Schreibtisch des Kaisers waren auch alle anderen Schreibtische geordnet, und nicht nur die kaiserlichen oder königlichen und die kaiserlich-königlichen, sondern auch die Schreibtische der privaten Unternehmer, die Schreibtische der Kaufleute, der Rechtsanwälte sowie die Katheder der Lehrer und Professoren in den

Volksschulen, in den nautischen Schulen, in den Gymnasien und Realschulen und in den Handelsakademien.

Auch in Triest, der liebenswerten und handelstüchtigen Stadt, waren die Schreibtische so geordnet wie der Schreibtisch des Kaisers und Herrn von Triest. Das galt nicht nur für die Schreibtische in der Stadt selbst, sondern im ganzen Territorium von Triest.

Denn in diesem Reich wurde alles im voraus bedacht und berechnet, nichts wurde dem Zufall überlassen, den die Skeptiker den Geschäftsführer des lieben Gottes nennen.

Aus einem mit Dekret des hochlöblichen k. k. Ministeriums für Kultus und Unterricht in Wien vom 14. Juni 1897, Z. 15459, genehmigten Text konnten schon die Schüler in den städtischen Schulen erfahren, wie Eingaben, Schuldverschreibungen, Wechsel und Telegramme abzufassen waren.

Beispiel. Gesuche mußten auf einem doppelten Kanzleibogen geschrieben werden. Der Bogen war in der Mitte zu falten, und die Anschrift in einem Abstand von sechs Zentimetern vom oberen Rand anzubringen. (Hochgeschätzte k. k. Finanzdirektion, Hochlöbliche Statthalterei usw.)

Das Schreiben selbst mußte weitere vier Zentimeter tiefer mit eingezogenem Absatz auf der rechten Seite beginnen. Name und Zuname waren rechts unter den Text zu setzen und links das Datum. Links von der Anschrift war eine Stempelmarke von einer Krone anzubringen. Jedes dem Gesuch beigefügte Dokument mußte, falls nicht schon gestempelt, mit einer Stempelmarke von dreißig Hellern versehen werden.

Auf der letzten Seite des Bogens mußten unter der eigenen Adresse der Zweck des Gesuches in wenigen Worten und die Anzahl der Beilagen angegeben werden.

So mußten alle im Reich eingebrachten Gesuche nach dem in einer der dreizehn im Reich gesprochenen Sprachen vorgedruckten Muster verfaßt werden.

Denn das Reich der Welt von gestern war ein übernationales Reich, und alle hatten das Recht, ja die Pflicht, sich in der Sprache auszudrücken, die ihre Mutter ihnen in den

Mund gelegt hatte, dann aber auch in der Amtssprache, die die deutsche war und als eine Art Esperanto angesehen wurde, kurz als eine Art Weltsprache.

Das Reich war ein übernationales Reich, aber kein internationales. Denn übernational sein ist etwas ganz anderes als international.

Diese beiden Begriffe schließen einander aus, wie der Graf Arthur Polzer-Hoditz erklärte.

Die Übernationalität schätzt und schützt jeden individuellen Charakter und verlangt, daß er bei allen Völkern geschätzt und geschützt werde. Der Internationalismus hingegen stellt sich über die nationalen Eigenschaften und sucht sie auszulöschen. Der Übernationalismus ist gegen alle Gleichmacherei im nationalen wie im internationalen Sinn. Ein Volk wird seine Sprache und seine Eigenschaften intakt erhalten, wenn es den anderen Völkern denselben Respekt entgegenbringt, den es für sich beansprucht und wenn es den nationalen Rechten der anderen in demselben Maß Rechnung trägt, in dem es die eigenen beachtet wissen will.

Der Internationalismus ist die äußerste Vortäuschung von Gleichartigkeit und bezieht sich auf eine gleichförmige Zivilisation, die das Produkt des internationalen Hochkapitalismus ist, eine Pseudozivilisation, aber er ist zugleich das eintönige Grau des Proletariats, gesehen mit den Augen eines Marxisten.

Der Übernationalismus ist, ganz im Gegenteil, die Suche nach der individuellen nationalen Verschiedenheit. Ich sage Suche, denn die wahre Kultur kann ihre Wurzeln nur im Volke haben und in seinen Eigenschaften.

So argumentierte und schrieb sehr richtig der Herr Graf Arthur Polzer-Hoditz, der sich nach der Katastrophe hinter seinen Schreibtisch in Baden zurückgezogen hatte.

Die ruchlosen Menschen, die die Schlammflut ausgelöst hatten, wollten all die kulturellen Möglichkeiten Österreichs ersticken, die praktisch unbegrenzt waren.

Für drei Generationen von Großvätern, Vätern und Söhnen war der Kaiser eine Art märchenhafte Dimension der Vertrautheit und zugleich der Unerreichbarkeit.

Der Kaiser, das ist Zurückhaltung, er darf öffentlich nie eine Meinung aussprechen, Interviews geben, er muß allein spazierengehen, der Erste unter all denen, die gleichfalls elastischen Schritts spazierengehen.

Majestät gehen ganz allein?

Nein, ich gehe in Gesellschaft meines Säbels.

Der Kaiser muß stets das Maß für alles und für alle haben.

Der Kaiser hatte dieses Maß, und alle bewunderten es und versuchten es nachzuvollziehen, und alle erblickten im Kaiser ein echtes und authentisches österreichisches Weltwunder, einen Stupor des Mundus Austriacus.

Achtundsechzig Jahre Regierung, achtundsechzig Jahre, die eine Epoche bedeuten, einen Lebensstil von äußerster Feinheit und von edler geistiger Tragik.

Es war ein ständiges Ineinander-Übergleiten von Hochadel und bürgerlichem Dekorum, einem Leben als Künstler und einem Leben als Bohemien.

Und hoch oben im Himmel, so blau wie die Augen des Kaisers, der sechsstrahlige Stern des Reiches, das aus vierundzwanzig Ländern, dreizehn Völkern und dreizehn Sprachen bestand, dazu die Dialekte, und unter ihnen vor allem das ausdrucksstarke und melodische Jiddisch. Wie es auf den Brettern der Habimah erklingt.

Unius linguae uniusque moris regnum imbecille et fragile est, sagte der ungarische König Stephan der Heilige.

Schwach und zerbrechlich ist ein Reich, in dem es nur eine einzige Sprache und ein einziges Gesetz gibt.

Der Lebensstil des Kaisers formte den Lebensstil des ganzen Reichs.

Die Dienstpragmatik. Ein weiterer sechsstrahliger Stern, der auf allen Himmeln der vierundzwanzig Länder und dreizehn Völker mit dreizehn Sprachen erglänzte, zu schweigen von den Dialekten und dem, der auf den Brettern der Habimah erklingt.

Die Dienstpragmatik, das war die perfekte und ehrliche Verwaltung von Mein und Dein.

Die Dienstpragmatik, das war eine ungemein praktische, einfache und wendige Bürokratie.

Ihr Beispiel ist noch immer gültig in ganz Europa und Umgebung. Der Stil des Kaisers, das war Österreich, und Österreich war der Stil des Kaisers.

Es gab einen Stil, wie man in einen Zug, in einen Wagen, in eine Straßenbahn einstieg und wieder ausstieg.

In der Art, wie man sich, je nach sozialer Stellung, begrüßte.

Wie man sich von Personen verabschiedete: Bitte, empfehlen Sie mich Ihrer Frau Mama und Ihrem Herrn Papa.

Danke gleichfalls, ich werde es nicht verabsäumen.

In den Geschäften begrüßten einen die Verkäufer und Verkäuferinnen mit: Was steht zu Diensten, womit kann ich dienen, und wenn man seinen Wunsch geäußert hatte und bedient worden war, gab es wieder Komplimente und Vielen Dank.

Es war absolut unfein, die Preise der in den Auslagen ausgestellten Waren anzugeben.

In fast allen Geschäften war, gut sichtbar, auf einer Glastafel mit Goldbuchstaben auf schwarzem Grund zu lesen: FESTE PREISE

Wer in einem Hause, welcher sozialen Schicht auch immer, zu Gaste und ein Raucher war, bat um die Erlaubnis, eine Zigarette oder Zigarre rauchen zu dürfen, keinesfalls aber wurde Pfeife geraucht.

Stört Sie der Rauch? Nein, bitte, im Gegenteil, der Tabakgeruch ist mir angenehm.

Diese Zeremonie wiederholte sich nach jedem Mittagessen und nach jedem Abendessen.

Und alle in Österreich bemühten sich, große Herren in gutem Benehmen zu sein, oder als solche zu erscheinen.

Auch die dreizehn im Reich gesprochenen Sprachen unterschieden sich von den gleichen in den teuflischen Nationalstaaten gesprochenen im Tonfall, in der Wort- und Satzbildung und durch eine schöne und frische Erfindungsgabe.

Das Kaiserdeutsch war nicht das Deutsch der Deutschen in Piefkinesien, es war ein österreichisches Deutsch, so wie das Slawische nicht das Slawisch in den slawischen Ländern war, sondern ein österreichisches Slawisch, und in Triest sprach man, was immer auch die liberalnationalen Hitzköpfe daherschwätzen mochten, ein österreichisches Italienisch mit eigenen Kadenzen und eigenem Rhythmus. Complimenti e mi ricordi alla sua signorina sorella. E la me lassi a saludar sua moglie. (Mein Kompliment, und empfehlen Sie mich bitte dem Fräulein Schwester. Und gestatten Sie mir einen Gruß an die Frau Gemahlin.)

Was Triest anlangt, die liebenswerte, handelstüchtige und reichsunmittelbare Stadt, so war es vergnüglich, in ihren Gassen und Straßen zahllose Doppelgänger des Kaisers zu sehen, zahllose Franzjosephe.

Wenn aus den Toren der Hauptpost die Briefträger ausschwärmten, dann war es, als schwärmten aus der Hofburg ebensoviele Kaiser aus, und alle hatten sie natürlich den elastischen Schritt.

Die Briefträger in ihren tadellosen Uniformen trachteten, ihrem erlauchten Kollegen mit den roten Hosen und dem Goldenen Vlies möglichst zu ähneln.

Auf den schönen und starken Ledertaschen, die sie umgehängt trugen, waren zwei Kopierstifte mit den entsprechenden Schutzhülsen befestigt, und auf den Klappen, die mit glänzenden Messingbeschlägen gut verschließbar waren, prangte der kaiserliche Adler mit seinen zwei gekrönten Köpfen und roten Zungen. Auch viele der Herren Wachmänner und besonders die Rayonsinspektoren trugen Schnurrbart und Bart nach Kaisers Art. Ebenso glichen die Gesichter fast aller Gendarmen mit dem ockergelben Helm dem des Kaisers.

Alles war vorausbestimmt und im voraus geordnet.

Man baute Häuser nach menschlichem Maß für die Kinder und Kindeskinder, und Rechte und Pflichten wurden durch das Parlament genau bestimmt. Oberflächlichen Menschen mochte das alles altmodisch, starr, antiquiert erscheinen.

Aber wieviel Modernität hat man doch nach der Katastrophe in diesem antiquierten, starren alten Reich entdeckt, eine Modernität, die die oberflächlichen Menschen nicht wahrnehmen wollten, denn es war ein langsamer, vorsichtiger, aber ständiger Fortschritt.

Das österreichische Kaiserreich war ein Reich der Sicherheit und des langsamen Fortschritts zu gemäßigten modernen Lebensformen.

Es gibt nur noch wenige Überlebende, und sie sind dauernd unglücklich.

Eine große geistige Welt ist endgültig tot, und nur die wenigen überlebenden Schwarzgelben bilden sich, wie in einen Schleier der Maja gehüllt, ein, es könne noch fortleben.

Komplex ist ein männliches Hauptwort, das alle Dinge umfaßt, von denen die Rede ist, oder die Zusammenfassung mehrerer gleichartiger Dinge.

Der Kaiser-Komplex ist sowohl äußerlicher wie innerer Natur. Äußerlich erkennt man ihn an der Art sich zu kleiden und zu benehmen und an der liebenswürdigen Art, mit der die schwierigsten und gröbsten, aber auch die banalsten und kleinlichsten Dinge behandelt werden können.

Den inneren Komplex kann man nicht sehen, und man kann ihn unmöglich erklären. Denn er ist in seiner Subtilität unbestimmbar, unbetastbar und einer ständigen schmerzlichen Prüfung ausgesetzt.

XII.

Aus den Erinnerungen eines aufgeklärten Haushofmeisters und eines Geschäftsmanns aus dem ehrbaren Kaufmannsstand in Triest sowie eines schreibenden und konservativen Barons und gewissenhaften Archivars

Auch 1921 war das nicht mehr reichsunmittelbare Triest noch eine liebenswerte und handelstüchtige Stadt.

Von da an begann sie langsam zu einer südlichen Provinzstadt abzusinken.

Triest, Welthandelsplatz, Triest, Schilfrohr und Freude des Reisenden, Triest, die Meere bemeisternd, Triest, werkend zu Land und zur See.

Triest, Nabel der Welt.

Eitelkeit aller nationalen Eitelkeiten, die nichts ist als Eitelkeit.

In den Triestiner Kaffeehäusern ist die Luft immer noch erfüllt von wohltemperierten mitteleuropäischen Gerüchen.

Die k. k. Kapellen spielen nicht mehr auf den Plätzen der Stadt.

Auf der Piazza Grande gegenüber dem Café degli Specchi spielt nicht mehr die Kapelle des 97. Infanterieregiments Baron von Waldstätten unter der Leitung des Maestros Toply. Die Liebhaber der Platzmusik denken immer noch mit Nostalgie an seine Programme zurück, die mit großer Einfühlung zusammengestellt waren.

Die Triestiner Kaffeehäuser waren nicht mehr reichsunmittelbar, aber es umwehte sie noch der Hauch der großen Handelsstadt und die nostalgische Faszination mitteleuropäischer Kultur.

Das Café alla Stazione ist immer noch ein großes und

schönes Kaffeehaus, seine gepolsterten Sitzbänke sind mit braunem Leder überzogen, auf den Thonet-Sesseln sitzt man bequem, die großen rechteckigen, runden und ovalen Tischplatten aus weißem Marmor ruhen auf gußeisernen, silbergestrichenen Fußgestellen.

Der sozialen Stellung der Gäste wurde immer noch der größte Respekt entgegengebracht. Man unterschied immer noch zwischen distinguierten und gewöhnlichen bis ordinären Leuten.

Die distinguierten Personen besuchten die Restaurants, die Bierstätten und die Kaffeehäuser, die für distinguierte Personen bestimmt waren, die ordinären Personen hingegen besuchten ihre Kaffeehäuser niedriger Kategorie, ihre Osterias oder Beiseln und ihre Schnapsbuden, genannt Petesserie, wo sie den Schnaps, die Grappa, den neunziggrädigen Petes in sich hineinschütten konnten.

Und es ist nie vorgekommen, daß eine distinguierte Person ein ordinäres Lokal besucht hätte, oder eine ordinäre Person ein distinguiertes Lokal.

Jeder an seinen Platz und für jeden der richtige Platz. Das Café alla Stazione war bestimmt und eingerichtet nicht nur für distinguierte, sondern für höchst distinguierte Personen.

Und alle diese distinguierten Personen bewahrten äußerlich und innerlich den Lebensstil des Kaisers.

Sie setzten sich mit Distinktion, schlugen fast nie die Beine übereinander und konsumierten langsam und mit Distinktion, was sie mit Distinktion bestellt hatten.

Man las die in den wichtigsten Sprachen des Kaiserreichs geschriebenen Zeitungen, man kommentierte flüsternd die Lebensverhältnisse nach der Katastrophe, man schüttelte maßvoll den Kopf, man hob den Blick zum Himmel, der kein Himmel war, sondern eine prachtvolle, mit Zedernholz aus dem Libanon getäfelte Decke.

Der Kaffeehausbesitzer Signor Lorenzo Mocchiati erschien stets in einem silbergrauen Gehrock, er war überaus stolz auf seine distinguierte Kundschaft, er kannte aber auch die Welt und ihre Schwächen, und so ließ er in all sein Besteck die Schrift eingravieren: Gestohlen im Café alla Stazione.

Dies nicht aus Mißtrauen gegen seine distinguierte Kundschaft, sondern um zu verhindern, daß die etwaige Sammlerleidenschaft des einen oder anderen seiner Gäste, wie es leicht möglich sein konnte, in die abscheuliche Krankheit ausarte, die man Kleptomanie nennt.

Was den Kaffee selbst betrifft, so wußte der Signor Lorenzo Mocchiati alles über den Planeten Kaffee. In seinem Café alla Stazione wurde der Kaffee stets mit kochendem Wasser zubereitet, und die Herren Gäste hatten die Wahl zwischen einem Kaffee Bourbon oder aus Martinique oder aus der Levante oder aus Portorico oder aus Moka.

Der Signor Mocchiati wußte alles über den Kaffee und die Zubereitung des Kaffees. Des starken und kräftigen ebenso wie des schwachen, und er verstand es, mit Meisterschaft Kaffee und Milch so zu mischen, daß daraus der berühmte schmackhafte und zarte Milchkaffee entstand, der den Gästen mit Butter aus dem oberen Isonzo und mit Wiesenhonig aus Krain serviert wurde, dazu gab es noch etwas warme und knusprige Kipfel und Kaisersemmeln.

Genauso wie der Kaiser sie liebte.

Im Jahre 1921 war Triest noch eine liebenswerte und handelstüchtige Stadt, aber schon 1922 begann sich etwas zu ändern, und natürlich zum Schlechteren.

Als bewährter Kaffeehausbesitzer kannte der Signor Mocchiati das Gesetz über die öffentlich zugänglichen Lokale, nie aber hätte er sich vorgestellt, daß sein Kaffeehaus, obwohl eine öffentlich zugängliche Stätte, je auch der Gewalt und dem organisierten Verbrechertum zugänglich sein würde.

Sich als ordinäre Menschen gebärdend, leiteten Anfang 1919 jugendliche Hitzköpfe, die in Wahrheit Söhne distinguierter Mütter und Väter waren, das Zeitalter der Anmaßung und der Gewalt ein.

Die Anmaßung in den Augen, die Gewalt in den Händen.

Eines Nachmittags drangen mehrere jugendliche und auch einige nicht mehr gar so jugendliche Personen in das Café alla Stazione des Signor Mocchiati ein. Sie waren mit Spazierstöcken bewaffnet, deren Enden mit irgendwelchen

Bolzen, die sie in den Hangars des Alten Hafens gestohlen hatten, verstärkt worden waren.

Die Drehtüre drehte sich, wie von einem Wirbelwind erfaßt, gestoßen von gewalttätigen Händen, in denen die Bora zu wüten schien, und Stimmen voller Arroganz schrien: Es lebe Italien, es lebe der König, Tod den Tellerleckern, den leccapiatini.

Durch einen merkwürdigen Zufall befand sich an diesem Donnerstag nur ein Bruchteil der ständigen Gäste im Kaffeehaus.

An seinem Stammtisch sitzend, erklärte der Professor Giuseppe de Lugnani, ehemals Lehrer an der k. k. Akademie für Handel und Nautik, gerade einem der Zahlkellner die Bedeutung des Wortes Tycoon, das sich aus dem japanischen Taikun herleitet und soviel heißt wie Fürst oder Großer Herr.

Antwortet der Zahlkellner: Somit, Signor Professore, war auch der Kaiser ein Tycoon, wie der Präsident Lincoln, den die Amerikaner liebevoll Tycoon nannten.

Aber nein, sagt der Professor de Lugnani. Sie müssen wissen, daß unser Kaiser hunderttausendmal mehr Tycoon war als sämtliche Tycoons dieser Erde.

Überlassen Sie die Bezeichnung Tycoon ruhig dem amerikanischen Präsidenten, der die Füße auf den Schreibtisch legt, und allen Bonzen und Tycoons der Welt.

Dann bat er einen rangniedrigeren Kellner, ihm die Neue Freie Presse zu bringen, die der Professor de Lugnani als ein Blatt von hohem Niveau und von vornehmer politischer, wissenschaftlicher und kultureller Haltung ansah. Im Café war es still und friedlich.

Gegenüber dem Professor de Lugnani, emeritiertem Lehrer an der k. k. Akademie für Handel und Nautik, die seinerzeit durch den Willen der Kaiserin Maria Theresia ehrwürdigen Angedenkens gegründet worden war, gegenüber dem Professor de Lugnani also saßen an einem Tisch mit rechteckiger schneeweißer Marmorplatte auf solidem, schlankem, gußeisernem Gestell die Signori Bamboschek und Sedmak, beide pensionierte Inspektoren des k. k. Küstenzollamtes.

Sie tranken gerade ihr gutes und geliebtes Löwenbräu aus ihren persönlichen Kristallkrügen, auf deren Zinndeckel in gotischen Buchstaben die Namen Bamboschek und Sedmak tief eingraviert waren.

Das Bier, sagt Bamboschek zu seinem Kollegen, macht den Menschen liebenswürdig, höflich und tolerant. Und worauf es ankommt, meint Sedmak, ist stets der erste lange Schluck.

Im Laufe der Zeit hat die Zeit ihren Lauf in den Triestiner Kaffeehäusern etwas verlangsamt, und besonders im Café alla Stazione. Es war weniger ein Lauf als ein gemächlicher Spaziergang durch die Kaffeehausdämmerung. In diesem Augenblick wird die Drehtür aufgestoßen, sie dreht sich wie irrsinnig und speit ein Dutzend anmaßender und gewalttätiger Jugendlicher aus, bewaffnet mit Spazierstöcken, deren Zwingen mit Bolzen verstärkt waren, die man in den Hangars des Alten Hafens gestohlen hatte.

Hereinstürmend schreien sie: Es lebe Italien, es lebe die Freiheit, und: Tod den Tellerleckern, den leccapiatini.

Mit ein paar technisch perfekten Schlägen zertrümmern sie einige Marmorplatten der Tische mit den festen silbergestrichenen gußeisernen Fußgestellen.

Die Rowdies gehen auf den Professor de Lugnani zu, reißen ihm die Zeitung aus der Hand, zerbrechen ihm die Brillen, und ein besonders vaterländisch gesinnter Bursche verunstaltet ihm den Kaiserbart mit einer Nagelschere.

Den Signori Bamboschek und Sedmak schütten sie den Rest des guten und fast zärtlich geliebten Löwenbräu-Biers über den Schädel und entfernen sich dann mit den Rufen: Es lebe Italien, es lebe die Freiheit, und: Schluß mit den Schwarzgelben, Schluß mit den leccapiatini. Die Drehtür dreht und dreht sich, wie von Händen gestoßen, in denen der Borasturm tobt.

Signor Mocchiati versuchte, sich diesen Gewaltakten zu widersetzen, aber er bekam zum Ruhme der Freiheit zwei Ohrfeigen und sein perlgrauer Gehrock einen Riß.

Die Kellner und Zahlkellner und die beiden Piccolos machten sich unter den Anweisungen des Signor Mocchiati sofort daran, das Lokal wieder in Ordnung zu bringen.

Der emeritierte Professor de Lugnani und die Signori Bamboschek und Sedmak saßen still und starr auf ihren Plätzen, wie die Wachsfiguren des Herrn Anton Kratky-Baschik, der im Wiener Prater eine Wunderschau betrieb und seinerzeit von der jungen Frau Schratt, der Freundin des Kaisers, sehr geschätzt wurde.

Der Professor de Lugnani winkt einen Piccolo herbei und sagt: Ruf mir bitte eine Droschke.

Der Piccolo holt die Droschke, den Brum, der Professor de Lugnani besteigt ihn und läßt sich nach Hause in die Via della Sanità fahren, wo er mit seiner Schwester wohnt, die auf den finnischen Namen Laila hört und eine alte Jungfer, aber eine vorzügliche Köchin und Hausfrau ist.

Die Signori Bamboschek und Sedmak hingegen gehen zu Fuß nach Hause. Ein paar Schritte können nicht schaden.

Die Kleider sind beschmutzt, macht nichts, man muß auch diese widerliche Episode der Gewalt mit Würde und gemessener Ruhe ertragen.

Sie begeben sich zu ihren Wohnungen, die beide am Corso liegen und zwar auf Nr. 34 und Nr. 37. Sie gehen elastischen Schrittes und mit kaiserlicher Würde. Der Professor de Lugnani legte sich, als er daheim angekommen war, zu Bett, denn er fühlte sich fiebrig. Ein kleines Nervenfieber.

Er hörte oder vermeinte freche Stimmen zu hören, die das Zimmer erfüllten, er spürte oder vermeinte zu spüren, wie gewalttätige Hände ihm die Brille zerbrachen und wie andere gewalttätige Hände seinen schönen und sorgsam gepflegten Kaiserbart verunstalteten. Das Nervenfieber stieg und stieg wie ein Feuerwehrmann auf der Rettungsleiter.

Man rief die Sanitätswache, und die riet der Signorina Laila, den Hausarzt zu holen. Der Hausarzt Doktor Seunig wurde geholt, und der meinte: Ein gewöhnliches Nervenfieber, und empfahl einen Kamillensud.

Das Fieber stieg und stieg wie ein Feuerwehrmann auf der Rettungsleiter. Der Professor de Lugnani phantasierte.

Er sah die Sansculotten, angeführt von Carlino Altoviti,

in Venedig die byzantinischen Pferde stehlen, und er hörte die Stimme des Dogen Manin: Heute nacht sind wir nicht einmal im eignen Bett sicher.

Freiheit, Gleichheit, Brüderlichkeit.

Das Fieber stieg immerzu. Und der Professor de Lugnani phantasierte immerzu in seinem Nervenfieber. Er sah den Doktor Seunig bald als Raben, bald als Eule, bald als Sprechende Grille.

Seine Schwester Laila war seine Blaue Fee. Und er selber war niemand anders als die Marionette Pinocchio mit der langen Nase und dem Hut aus Brotkrumen. Der Professor de Lugnani ist an gebrochenem Herzen gestorben, aber seine tränenlosen Augen besagten, daß er froh war zu sterben. Und während er auf den Tod wartete, hielt er in der geschlossenen Faust die Goldmedaille, die seine Schüler in der Akademie für Handel und Nautik ihm geschenkt hatten, als er in den Ruhestand trat.

Aus war es mit dem alle Grenzen überwindenden Übernationalen. Eine höhere Ordnung war einer niedrigen Ordnung zum Opfer gefallen.

Das Bürgertum hatte gesiegt, wenn bürgerlich ist, wer klein denkt, und in der Stadt gab es viele, die klein dachten.

Die Episode der Anmaßung und der Gewalttätigkeit, wie sie sich im Café alla Stazione abgespielt hatte, war kein Einzelfall.

Andere Kaffeehäuser, Restaurants und öffentliche Lokale wurden zu Schauplätzen der Anmaßung, der Flegelei und der Gewaltanwendung, weil sie Treffpunkt österreichisch Gesinnter waren, sogenannter Austriacanti, kurz, nostalgischer Tellerlecker und unverbesserlicher Schwarzgelber.

Trupps von Patrioten drangen unter Sprechchören *Stringiamoci a coorte siam pronti alla morte l'Italia chiamò* (schließen wir die Reihen, wir sind zum Tode bereit, Italien ruft) bis in die Dörfer des Karstplateaus, um die Tschuschen, die keine Erziehung genossen hatten, zur Italianität zu bekehren. In Klanec bekehrten sie den Doktor Valentin Kukanja, der außer seiner Erziehung auch noch das Doktordiplom besaß.

Die jungen Leute bekehrten ihn mit Stockhieben zu ihrer zweitausendjährigen Zivilisation, und während der Doktor Kukanja den letzten Hieb mit einem Eisenstück auf den Kopf bekam, sagte er, ehe er blutüberströmt zu Boden sank, zu seinen Zivilisierern: Ihr wollt uns verschlingen, aber werdet ihr uns auch verdauen können?

Zu diesen Missionaren eines krankhaften, niedrigen und teuflischen Supernationalismus zählten auch die beiden Vettern Voltidia, deren Familie mit den Brettauers, den Sinigaglias und den de Parentes verwandt war.

In der schönsten und jüngsten Synagoge Europas, die von den Engeln Gottes aus Syrien über die Furt von Jaboc nach Triest gebracht worden war, wiegte der Oberrabbiner Signor Emmanuel Porto (er hörte es gerne, wenn man ihn Menachem Zion Porto nannte) den Kopf und hob den Blick zu den wunderschönen Lichtern vor dem Tabernakel.

Der Oberrabbiner wiegte den Kopf und sagte: Nein, es gefällt mir gar nicht, vielmehr ich bin ganz und gar untröstlich, daß auch die Vettern Voltidia zu dem Rudel gehören, das ein Rudel reißender Wölfe im Schafspelz ist.

Die Voltidia tun es, weil sie die Geschichte nicht kennen.

Der Rabbiner Emmanuel Porto hingegen kannte die Geschichte, und zwar sehr gut.

So wie er sich auch in Mathematik und Astronomie gut auskannte. Er hatte sogar ein Buch verfaßt, *Der astronomische Hafen.*

In Wien hatte der Rabbiner Emmanuel Porto an der Universität einen schönen und interessanten Kurs über das Zurückweichen der Sonne unter dem König Ezechias und über deren Stillstand im Tale Gabaon unter Josua abgehalten.

Für seine Lehrvorträge hatte ihm der Kaiser die Medaille Pro Virtute et Merito in Gold verliehen.

Auf diese Medaille war der Rabbiner Emmanuel Porto überaus stolz.

Wenn er aber an die Vettern Voltidia dachte, wiegte der Signor Rabbiner den Kopf und sagte: Sie kennen die Geschichte nicht.

Tatsächlich hatten die Vettern Voltidia keine Ahnung von der Geschichte der israelitischen Gemeinden im Kaiserreich.

Denn das Bürgerglück war stets in den Ländern Seiner Kaiserlichen und Königlichen Majestät beheimatet.

Keine gelben Sterne und andere Abzeichen auf unserer Brust, und keine besonderen Hüte auf unserem Kopf.

Dank dem Kaiser Ferdinand und dank der Kaiserin Maria Theresia glücklichen Angedenkens.

Denn die Gewalt ruft die Gewalt hervor, und die Anmaßung fordert die Anmaßung heraus. Seid auf der Hut, Vettern Voltidia, seid auf der Hut, junge Juden. Heute schlägt man die Tschuschen, die keine Erziehung haben, sie dürfen ihre Sprache nicht sprechen, die, wie die Schläger sagen, nichts ist als ein formloses kindisches Gestammel oder bestenfalls eine bäuerliche Mundart.

Heute schlägt man sie, morgen schlägt man uns.

Die Ohren des Rabbiners Porto hörten aus weiter, weiter Ferne das Bellen vierbeiniger Hunde, die von zweibeinigen Hunden aufgehetzt wurden: Hepp, hepp, Jude.

Nebel senkten sich auf Triest, die nicht mehr liebenswerte und handelstüchtige Stadt, und verschleiert vom Dämmer des Untergangs vollzog sich langsam, aber berechenbar, ihr Niedergang von einem Welthandelsplatz zu einer südlichen oder levantinischen Provinzstadt.

Heute, bei diesem windigen und regnerischen Novemberwetter, fühlt sich der Signor Mocchiati, Inhaber des Cafés alla Stazione, tief bedrückt, und bedrückt fühlen sich auch seine Kellner und Zahlkellner und sogar die Piccolos.

Gestern hat man auf Veranlassung der Behörden, aber welcher Behörden, das Monument wenn auch nicht zerstört, so doch abgetragen, das genau gegenüber dem Café alla Stazione des Signor Mocchiati zu Ehren der lieben, geliebten und unglücklichen Kaiserin Elisabeth errichtet worden war, der süßen Sisi, der fast wilden Reiterin, die Unterwäsche aus Damhirschleder trug.

Und auf der Piazza Giuseppina, dem Josefsplatz, weg mit dem Denkmal Maximilians von Österreich, des Kaisers im wilden Mexiko.

Dabei muß man wissen, daß Maximilian von Österreich die Handelsmarine förderte, großherzig die Armen unterstützte und mit der Errichtung des Schlosses Miramar seine Wahlheimat Triest verschönte.

Weg mit allem, weg, sie müssen ausgelöscht werden, die sechshundert Jahre der Prosperität und des Glücks, der religiösen und politischen Toleranz und Verpönung der satanischen Rassentheorien. Ich bin weißer als weiß, und du bist schwärzer als schwarz.

Selbst das Statthaltereipalais blieb nicht von den teuflischen Tilgungsversuchen verschont.

Die wunderschönen Mosaiken wurden verändert. Ein historischer Betrug.

Man ersetzte die österreichischen Erzherzöge und habsburgischen Wappen durch Porträts savoyardischer Fürsten und Grafen, mit den entsprechenden weißen Kreuzen im Wappen des Hauses Savoyen.

Nicht nur der Signor Mocchiati war bedrückt, sondern alle wahren und getreuen Bürger der allzeit getreuen und nicht mehr reichsunmittelbaren Stadt Triest waren es.

Trost fand Signor Mocchiati im Gespräch mit einem neuen Gast im Café alla Stazione.

Der neue Gast war der Fregattenkapitän der Königlichen Italienischen Marine, Signor Alvise Tron, ein Venezianer, der ein wirklicher Venezianer war, im Palazzo Tron am Canal Grande geboren wurde und dort aufwuchs.

Der Kapitän Alvise Tron verstand den Signor Mocchiati und alle Mocchiatis in Triest.

Er konnte mit ihnen fühlen, denn auch sein Herz hing noch an der Republik Venedig, der Serenissima.

Ich verstehe, sagte der Fregattenkapitän Alvise Tron, ich verstehe alles, lieber Signor Mocchiati, denn genau besehen denken Sie so wie ich, und ich denke so wie Sie, Mocchiati. Sehen Sie, sagte der Fregattenkapitän der Königlich Italienischen Marine, die piemontesischen Schwärmer mit leicht lombardo-venetischem Einschlag haben mit ihrem Immerdrauf-los und Noch-einen-Schritt-weiter zwar die Einigung Italiens geschaffen, nicht aber die der Italiener.

Die Italiener, sagt der Fregattenkapitän Alvise Tron, haben noch das Temperament eines Waldkindes.

Sie haben noch das Temperament von Vasallen, das Temperament von Hysterikern, von hochfahrenden und wankelmütigen Menschen.

Die Italiener, nicht alle Italiener versteht sich, müssen sich von ihrer schrecklichen Manie befreien, die andern lehren zu wollen, was sie selbst lernen müßten.

Das sagte der Fregattenkapitän Alvise Tron zum Signor Mocchiati an einem der Tische mit weißer Marmorplatte und silbergestrichenem gußeisernem Gestell im Café alla Stazione.

Der Fregattenkapitän Alvise Tron war ein direkter Abkömmling der Edelfrau Tron.

Jener Edelfrau, von der es hieß, daß sie für einen Logenplatz in ihrer Mona (ihrer Vagina) den Höchstpreis verlangte.

Mit Stolz und Hochschätzung sprach er von seiner Ahne, die zu sagen pflegte: Mich kostet's nix und ihm macht's eine Riesenfreud. Er sprach das bewußte weibliche Hauptwort mit dem größten Respekt aus, mit einer Nuancierung der Stimme, die eine innige Kenntnis des Venezianischen verriet, wie man es nur früher einmal hören und genießen konnte, als man den neuen Dogen mit den Worten vorstellte: Questo xe missier lo doxe se ve piaxe. (Das ist der Herr Doge, wenn's euch beliebt.)

Sie haben recht, Signor Capitano, sagte der Signor Mocchiati, Sie haben vollkommen recht, ohne das Ding, von dem Sie sprechen, wäre die Welt eine leere Wüste, ein erstorbener Planet wie der Mond.

Das, wovon Sie sprechen, fuhr der Signor Mocchiati fort, ist der Motor der Welt, ist der schönste und deliziöseste Liebesgarten, den man kennt.

Wie Kolibris streifen wir durch seine zarten Grashalme, wir ruhen auf dem Venusberg aus und schnäbeln zwischen den großen und den kleinen Lippen.

Ja, ja, antwortete der Fregattenkapitän Alvise Tron, es ist genauso wie Sie sagen, und dann sagte er in streng vertraulichem Ton: Stellen Sie sich nur den Liebesgarten meiner Ahne vor, die so elegant war wie die Piavola de Franza, oder den Ihrer Majestät, der großen Maria Theresia.

Aber der meiner Kaiserin, schnitt der Signor Mocchiati kurz ab, war ein Liebesgarten, dazu geschaffen, sowohl eine Kaiserkrone wie eine Königskrone zu tragen.

Nach dieser Plauderei, die man als wissenschaftlich galant und amourös bezeichnen kann, bietet der Signor Mocchiati dem Kapitän Tron, zu dem er sich wahlverwandtschaftlich hingezogen fühlt, ein Gläschen Maraschino an.

Sehen Sie sich doch dieses Juwel eines Bahnhofs an, den die neuen Behörden wohl hoffentlich nicht verschwinden lassen wollen.

Er wurde vom Kaiser selbst eröffnet, an dessen Seite kein Geringerer stand als der Graf von Wimpffen, Statthalter in Triest und Militärkommandant des österreichischen Küstenlandes.

Und das, was das Volk beklatschte und mit lauten Hochrufen und Österreich-Begeisterung begrüßte, können Sie, Signor Capitano, auf dieser Gedenktafel lesen, bevor die neuen Autoritäten sie ins Meer werfen.

Die Inschrift lautet in deutscher Übersetzung

Sieg, Glück, viele Jahre der Herrschaft
Unserem erhabenen Kaiser Franz Joseph I.
Christus, Gottes Sohn, stehe Ihm zur Seite,
Beschütze Ihn und erhalte Ihn heil.
Fülle des Friedens, Eintracht der Völker
Dem Österreichischen Kaiserreich.
Heilige Maria, Beschützerin des Reiches,
Sei unseren Wünschen gnädig.
Segen, wachsender Wohlstand, immerwährender
Bestand dieser Stadt.
O heiliger Justus*), sei Fürsprecher deiner Heimatstadt.

*) San Giusto – der heilige Justus – ist der Schutzheilige der Stadt Triest. (Anm. d. Übers.)

Dann kamen die roten Nelken und die weißen Nelken, dann die Adler und die Falken und die teuflischen Nationalismen, und schließlich der Haß, der Krieg und seine überflüssigen Grausamkeiten.

Höllenfinale, die Katastrophe.

Signor Capitano, noch ein Gläschen von dem echten dalmatinischen Maraschino aus Zara.

Ja danke, gerne, sagte der Fregattenkapitän der Königlichen Italienischen Marine, Alvise Tron. Ja danke, der richtet einen wirklich wieder auf, und gute Nacht den sogenannten Besiegten.

Wehe den Besiegten, sagte der Signor Mocchiati.

Er sperrte die Drehtür ab, die Piccolos ließen die Rouleaux herunter, das Café wurde geschlossen, und der Signor Mocchiati ging nach Hause.

XIII.

Das Territorium von Triest

Am 8. März 1884 übergab der hochwohlgeborene Signor Ettore Generini der Verlagsdruckerei Morterra & Comp. sein Buch zum Druck, das den Titel trägt *Curiosità Triestine – Trieste Antica e Moderna* (Triestiner Kuriositäten – das Alte und das Neue Triest oder Darstellung und Ursprung der Bezeichnung seiner Straßen, Höfe und Plätze).

In der Einleitung schrieb der Signor Generini: Es mag von einigem Interesse sein, etwas über das alte Triest zu erfahren und zu wissen, von dem das heutige so verschieden ist und in dem sich gleichwohl Ideen und Geist jener Zeit widerspiegeln und die Gewohnheiten jener Menschen, die uns auf der Lebensbahn vorausgegangen sind. Glücklicher Mann.

Und alle lebten glücklich bis zum Jahr 1914, dann allmählich weniger glücklich und nach 1918 ganz und gar nicht glücklich.

Ganz und gar nicht glücklich, weil die neuen Autoritäten versuchen, die Ideen und den Geist der kaiserlichen Zeiten und die Gewohnheiten, die den Bürgern der Stadt von jenen hinterlassen wurden, die ihnen auf der Lebensbahn vorausgingen, zum denkbar Schlechteren zu verändern.

Das Territorium von Triest erstreckt sich seit den frühesten Zeiten vom Dorf Santa Croce landeinwärts in einem Bogen bis zum Dorf Basovizza und andererseits von Grignano bis zur Mündung des Flußes Rosandra, der die ganze Meeresküste umfaßt.

Die wichtigsten Dörfer sind Santa Croce, Prosecco, Contovello, Opcina und Banne, weiters die Dörfer Padriciano, Groppada, Basovizza, Longera und Servola.

Dazu kommen mehr als zwölf Weiler oder Marktflecken.

Dieses alte Territorium von Triest wird von acht Gebirgsbächen und von einem einzigen kleinen Fluß, der Rosandra, durchflossen, deren Quellgebiet sich bei San Michele unter dem Fünfberg östlich von Triest befindet und die nach einem gewundenen Lauf von ungefähr drei Meilen in der Bucht von Muggia bei den Salinen von Zaule mündet.

Opcina, so stellte der hochwohlgeborene Signor Ettore Generini fest, hatte die größte Bevölkerungszahl und die kleinste hatten Padriciano und Lipizza mit seinem staatlichen Verwaltungshaus mitten im Wald und seinen Stallungen, mit den dort Bediensteten und den Angestellten im staatlichen Verwaltungsgebäude.

Viele Triestiner wählten Lipizza zu ihrem Aufenthaltsort, auch deshalb, weil sie die dummen und bösartigen Verfügungen der neuen Autoritäten nur schwer ertragen konnten.

In Lipizza herrschte noch die Atmosphäre der Kaiserdämmerung.

Hier gab es noch einen richtigen Wald und den Duft von Linden, Eichen, Ahornen, Hagebuchen und Eschen.

Und den Wohlgeruch der österreichischen Strandkiefer, die in den salzigen Winden der Adria ausgezeichnet gedeiht.

Noch pfiffen die Amseln und klopften die Spechte gegen die Baumstämme im selben Rhythmus wie die Steinmetze in den Steinbrüchen von Nabresina.

Schöner weißer Stein, schon den großen römischen Baumeistern bekannt.

Der hier gewonnene hippuritische Kalkstein läßt sich auf Hochglanz schleifen und wird daher nicht ganz richtig als Marmor bezeichnet.

Fülle glänzenden Marmors in Aquileja und in der Umgebung des Hafens mit den großen eherenen Anlegestellen.

Und die schönen und edlen Lipizzaner-Pferde trabten und galoppierten frei und glücklich in dem Erdenparadies Lipizza.

Herrliche Pferde, aristokratische Pferde, die dunkel zur Welt kommen und im Heranwachsen ein Fell bekommen so weiß wie die Flügel der Cherubim und Seraphim.

Fröhliche Pferde, weil sie in der fröhlichen Gesellschaft ihrer Freundinnen, der Ziegen, waren, die ungemein fröhlich unter den Pferdebäuchen dahinsprangen.

Im Jahre 1919 beschlossen zwei betagte Herren, sich nach Lipizza zurückzuziehen, um nicht die Zerstörungen mitansehen zu müssen, die die neuen Autoritäten in der nicht mehr liebenswerten und handelstüchtigen Stadt Triest planten.

Sie fanden Unterkunft in der schmucken und einfachen Gostilna, die nach der Schutzgöttin der Pferde, der Esel, der Maulesel und Kärrner Epona benannt war.

Die Gastwirtschaft Gostilna Epona verfügte neben dem Restaurantbetrieb auch über fünf schöne und saubere Zimmer, in denen es nach Wald roch und nach Pferden. Besitzerin der Gostilna Epona ist die Signora Stefi Walker, Witwe nach dem Oberjagdaufseher der Landgüter des Doktors Ivan Taučar in Poljane, des ehemaligen liberalen Bürgermeisters von Laibach und gewaltigen Redners.

Seine Reden wirkten in der ruhigen und heiteren österreichischen Provinz wie ein Erdbeben, besonders wenn er in seinen politischen Programmen verkündete: Welcher politischen Richtung die Slowenen und Slawen auch anhängen mögen, so können sie doch niemals mit den Deutschen paktieren, die aus dem politischen Leben der Slowenen verschwinden müssen.

Schwarzgelbe mit einigem Spürsinn konnten da schon die ersten feinen Risse wahrnehmen, die, sich immer mehr erweiternd, schließlich zur Katastrophe des Reiches führen sollten.

Wenn der Taučar so spricht, wie werden da erst die verschiedenen Knolls und Molnars sprechen?

Wenn wir zugrunde gehen müssen, sagt der Kaiser, dann mit Würde.

Das übernationale Reich, ein unverstandenes, großes Reich.

Ja, ja, sagten die beiden betagten Herren, die beste Wahl ist Lipizza.

Die richtige Höhe für unsere Herzen, die Luft ist der reine Genuß, erfrischend auch in der heißesten Jahreszeit, und dann der Wald mit den Eichhörnchen auf den vielen Bäumen und den Fuchsbauten unter den Bäumen und der gesunde Geruch nach Stall und nach würzigen Kräutern und Gemüse.

Eine richtige Oase im wilden und dürren Karst.

Die Signora Stefi Walker war froh, die beiden betagten Herren bei sich zu beherbergen, die so distinguiert waren und die sich vor allem so liebenswürdig benahmen.

Wie zwei echte österreichische Diplomaten. Zwei Doppeladler gleichsam zwischen Ost und West.

Das, Signori, sagte die Signora Stefi Walker, sind Ihre Zimmer, und alle mit schönem Blick auf die Straße, auf der einst der Kaiser mit seinem Wagen vorüberfuhr, und in dem Wagen war auch die Signora Kaiserin, und sie waren gekommen, um zu sehen, welche Fortschritte ihre Pferde gemacht hatten, die Reitpferde und die Zugpferde, und ob die soweit seien, die kaiserlichen und königlichen Wagen bei den Paraden zu ziehen.

Die Signora Stefi Walker war auch eine hervorragende Köchin, und jeden Samstagabend veranstaltete sie im kleinen Gaststübchen ein Zitherkonzert. Die Signora Stefi spielte Zither mit der gleichen Geschicklichkeit, mit der sie gewisse mit Heidelbeeren gefüllte und auf Butter goldgelb gebackene Mehlspeisen zubereitete, die sie Palatschinken nannte.

Die beiden betagten Herren genossen die Samstagabende in dem Gaststüberl, wie man einst die Freuden genoß, die nur die kaiserlichen Provinzen in der goldenen Untergangszeit zu bieten vermochten.

Hier in Lipizza schien das Gaststüberl der Signora Stefi noch in den magischen Schleier der Maja gehüllt zu sein.

In der Gostilna Epona war zur Freude der alten und letzten Schwarzgelben die gute alte Zeit noch stehengeblieben.

Der Duft der Welt von gestern*) schwebte noch in der Gostilna Epona, hier sammelten sich die tragischen Erinnerungen an eine vergangene Welt, an eine Welt goldener Sicherheit und Stabilität, und der Kaiser war der oberste Garant dieser Sicherheit und Stabilität.

*) Sic im Original (Anm. d. Übers.)

So warteten die beiden betagten Herren mit Würde auf ihren Tod, indem sie die Stunden damit verbrachten, Erinnerungen an ihre Märchenwelt auszutauschen, in der das Wort Ehrlichkeit noch von Bedeutung war.

Die Zitherkonzerte am Samstag, wie die Signora Stefi ihre Zitherabende nannte, bestanden stets aus denselben Liedern, waren aber stets willkommen und wurden mit verständnisvollem Beifall bedacht.

Ehe sie sich gegenseitig Gute Nacht sagten, drückten sie einander die Hand, und die betagten Herren verabschiedeten sich von der Signora Stefi mit den Worten: Es war sehr schön, es hat uns wirklich sehr gefreut. Alle waren sie recht glücklich und hofften inniglich, daß die neuen Autoritäten die Oase des Territoriums von Lipizza noch nicht bemerken würden.

Sie wußten das Bier zu würdigen, das der Bierfahrer Otto Hoffmeister der Signora Stefi jeden Freitag aus Triest lieferte.

Jeden zweiten Samstag im Monat erschien in der Gostilna der Signora Stefi der Komponist Maestro Brill wie ein sehnlich erwarteter, freiwilliger himmlischer Zeitungsausträger, der für den alten Herrn die Neue Freie Presse und für den betagten Herrn Le Figaro mitbrachte und alle mit den neuesten Nachrichten versorgte, die er auf der Straße und in den Kaffeehäusern aufgeschnappt hatte.

Die Nachrichten, die auf der Straße und in den Kaffeehäusern kursierten, waren nicht sehr tröstlich und erbaulich.

Es heißt, berichtet Brill, daß die neuen Autoritäten die Absicht haben, die Familiennamen, die in ihren Ohren keinen guten Klang haben, zu italianisieren.

Sollte es so weit kommen, dann werde ich im besten Falle ein Signor Brilli oder Barilli oder Brillanti werden.

So wird auch mein Familienname ein erlöster Name sein, um in der Sprache der Irredenta zu sprechen.

Sowohl dem alten Herrn wie dem betagten Herrn, wie übrigens der ganzen kleinen Gemeinschaft, die in der Gostilna Epona Zuflucht gefunden hatte, gefielen das Adjektiv erlöst (redento) und das Substantiv Erlösung (redenzione) ganz und gar nicht, ja sie gingen ihnen auf die wenngleich beherrschten Nerven.

Erlöst und Erlösung von wem und wovon, sagte der alte Herr und glättete seinen Kaiserbart mit beherrscht nervöser Hand.

Erlöst vom Zuchthaus? Erlösung von einem Leben unter Zuhältern?

Welche Beleidigung, welche Ohrfeige mitten ins Gesicht zivilisierter Menschen, die ihr Leben als große kaiserliche und königliche und, um auch das noch zu sagen, apostolische Mitteleuropäer gelebt haben.

Ich habe gute Lust, sagte Maestro Brill, auch um dem Ganzen eine Wendung ins Heitere zu geben, eine Arie zu komponieren unter dem Titel *Wichtigtuerei und Wahnsinn der neuen Autoritäten* oder ein *Requiem auf die verlorene Freiheit und Toleranz.*

Und alle rieten dem Maestro Brill, der die Kompositions- und Musikschule der Benediktiner im Benediktinerkloster von Sopron mit Diplom absolviert hatte, sowohl die Arie wie das Requiem zu komponieren. Zu komponieren und zu schreiben, um zu beweisen, daß noch etwas lebendig war von der nunmehr erloschenen Welt, die aus einer höheren Idee geboren worden war und die durch eine niedrige Idee, die sich jämmerlicher- und dummerweise nationale Idee nennt, den Todesstoß erhalten hat.

Die Auffassungen und Entscheidungen der neuen Autoritäten sind Auffassungen und Entscheidungen wie dem Gehirn von Schneidergesellen entsprungen.

Für den betagten Herrn waren Schneidergesellen kleine Leute niedrigster sozialer Kategorie, denn der Kaiserkomplex war in ihm noch lebendig wirksam und tief verwurzelt.

Als der Kaiser erfuhr, daß sein einziger Sohn Selbstmord begangen hatte, sagte er nach einem tiefen Seufzer: Der Ärmste hat sich umgebracht wie irgendein Schneidergeselle.

Das dachte der Kaiser über den gesellschaftlichen Stand der Schneidergesellen, und das dachte auch der betagte Herr über die gesellschaftliche Kategorie der Schneidergesellen.

XIV.

Aus den Papieren des alten Herrn mit freundlicher Genehmigung der Erben des Barons von Codelli

Andrej Erdélyj (dies der Name des alten Herrn) wurde am 24. August 1860 im Banat bei Temesvar geboren.

Sein Vater Ferenc gehörte zur Klasse der Hazas, er besaß ein Haus mit dazugehörigem Grund, auf dem er Gemüse und Blumen züchtete und auf dem es auch ein Wäldchen gab.

Das einstöckige, weiß gestrichene Haus der Erdélyjs mit seinem mondgelben Strohdach war im ganzen Banat um Temesvar der roten Räder wegen bekannt, die Ferenc Erdélyj auf dem mondgelben Strohdach für die ihm so teuren Störche angebracht hatte, damit sie hier rasten und lieben konnten.

Das Haus lag hart am rechten Ufer der Maros, eines Flusses, der sich wie kein anderer in Ungarn zigeunerhaft gebärdet und dessen Rauschen keinem andern gleicht.

Der junge Andrej liebte diesen Fluß und sein kristallklares Wasser, das plätscherte und sprudelte und schäumend gegen die Ufersteine schlug.

Die ganze Familie Erdélyj liebte den Fluß Maros, dessen strömendes Wasser nie die Erniedrigung erfuhr, Mühlsteine in Bewegung setzen zu müssen.

Die Mutter Andrej Erdélyjs und Gattin des Ferenc Erdélyj war eine Slowenin aus der Gegend des Kamnikgebirges und hieß Zora Koren. Zora Koren war ein wunderschönes Mädchen, sie trug mit großer Eleganz die langen und kostbaren auf dem Kopf befestigten Schleier und unterschied sich damit von den nachbarlichen deutschen Frauen der Steiermark und Kärntens.

Ferenc Erdélyj lernte sie während der großen Kirmes zu Ehren des Bären vom Blegos kennen, beim Tanz auf dem dröhnenden und wie die Federn des balzenden Auerhahns leicht schwingenden Tanzboden.

Das Herz Ferenc Erdélyjs begann sofort heftig zu klopfen, der erhitzte Ferenc aber führte das auf den Tanz zurück. Die Strajerza zu tanzen ist fast noch anstrengender als den Czardas. Dann aber, nach dem vierten oder fünften Tanz auf dem Tanzboden, begriff er, daß sein Herz für die Gospodična Zora Koren aus der Kamnikgegend schlug.

Auch Zoras Herz begann fühlbar zu schlagen, so heftig wie es sich für ein schönes, im Internat der ehrwürdigen Schwestern von Škofja Loka (Bischoflack) erzogenes Mädchen gerade noch ziemte. Ihr Herz schlug für diesen dunkelhäutigen Ungarn, der so liebenswürdig war wie wohl alle Ungarn.

Ich bin ein Hazas, sagte Ferenc Erdélyj zwischen zwei Tänzen.

Und ich bin eine Slowenin, antwortete zwischen zwei Tänzen Zora Koren aus der Kamnikgegend, und erzogen im Internat der ehrwürdigen Schwestern von Škofja Loka.

Und sie heirateten in der kleinen Kirche von St. Volnik, und der Pfarrer von Poljane, Don Frane Kodermatz, erteilte ihnen den Segen.

Dann bestiegen Ferenc Erdélyj und seine schöne Braut den Zug, und der Schienenstrang führte in den Banat und fast vor das Haus des Ferenc Erdélyj, der zu den Hazas gehörte. Fast genau vor das weiße Haus mit dem mondgelben Strohdach, und zwei Störche auf dem roten Rad schlugen mit den Flügeln, als wollten sie die Neuvermählten mit Éljen begrüßen.

Nicht gleich, sondern erst zwölf Monate nach der Heirat in der Kirche von St. Volnik gebar Zora Erdélyj einen Sohn. Mutter und Vater hießen ihn willkommen und nannten ihn Andrej. Vater Ferenc war glücklicher als seine Frau Zora, doch war diese schließlich auch glücklich, die Mutter Andrejs zu sein.

Ferenc war glücklicher, denn da es sich um einen männlichen Nachkommen handelte, dachte er: Ich werde ihm ein Haus, vielmehr zwei Häuser kaufen, so wird Andrej auf der sozialen Leiter eine Stufe höher steigen und kein Hazas mehr sein, sondern zu den Honoratioren zählen.

Auch Zora war sofort einverstanden, für ihren Andrej noch zwei Häuser zu kaufen, und das war möglich, weil Zora Koren einen Sack klingender Gulden als Mitgift in die Ehe mitgebracht hatte.

Andrej wuchs vielversprechend heran, wie einer, der dazu bestimmt war, einmal zu den Honoratioren zu zählen.

Als er die achtklassige Schule mit Vorzug absolviert hatte, sagte der junge Andrej zu seinem Vater Ferenc und zu seiner Mutter Zora aus der Kamnikgegend: Herr Vater und Frau Mutter, es ist mein Wunsch, den Kellnerberuf zu ergreifen.

Vater und Mutter wunderten sich über diese Berufswahl und sagten: Gut, Andrej, du bist unser Sohn, dein Wille geschehe. Und Andrejs Wille geschah.

Er fuhr nach Wien mit einem Empfehlungsschreiben des Fürsten Pál Esterházy, der ihn dem Notar Tamborini, Gatten einer Gräfin Ernestine Zrinski, als kleinen Anfänger ans Herz legte.

In Wien blieb er drei Jahre lang beim Notar Tamborini, dann nahm er die Stelle eines Kellnergehilfen im Bierrestaurant Drehersaal des Herrn Anton Dreher an.

Er träumte davon, einmal Oberkellner bei der Frau Anna Sacher zu werden, Besitzerin des exklusivsten Lokal in Wien, hinter der Oper. Das wäre die Krönung seines Berufes gewesen.

Zwischen zwei Zigarren verstand es Frau Anna Sacher auch, eine wahrhaft kaiserliche Köchin zu sein. Berühmt war nicht nur ihre Sachertorte, sondern auch ihr Reis à la Trautmannsdorf. Ganz zu schweigen vom köstlichen Kaiserschmarrn und den Salzburger Nockerln, die, wenn man in sie hineinbiß, die Harmonien von Mozarts Musik vermittelten.

Se voul ballare, signor contino,
Il chitarrino le suonerò.

So singt Figaro, versehen mit allen Frechheiten vom Signor Conegliano, der unter dem Namen Lorenzo Da Ponte auftrat.

Mozart ist das Musik gewordene Österreich, un petit homme de figure agréable.

Die Luft im Banat um Temesvar war immer gut gewesen. Eine reine, durchsichtige, frische, scharfe und belebende Luft. Viele Jahre hindurch war die Luft im Banat um Temesvar für Zora Koren, verehelichte Erdélyj, auch wirklich eine belebende Luft.

Allmählich aber begann sie, die Luft immer weniger zu vertragen, sie wirkte auf sie beklemmend, und besonders am Abend fühlte sie sich schlecht in dieser Luft, die Kenner der Luftverhältnisse als zugig bezeichnen.

Gut, sagte der Hazas Ferenc Erdélyj und umarmte seine liebe Zora, die er noch genauso liebte wie an jenem ersten Tag, als er sie auf dem dröhnenden und wie die Federn des balzenden Auerhahns leicht schwingenden Tanzboden anläßlich der Kirmes zu Ehren des Bären vom Blegos tanzen gesehen hatte.

Ferenc Erdélyj liebte die Luft um Temesvar, noch mehr aber liebte er seine Frau aus der Kamnikgegend.

Ferenc Erdélyj war ein Mann rascher Entschlüsse, er verkaufte alles, was sich verkaufen ließ, und fuhr mit seiner Frau Zora nach Škofja Loka. Die Luft von Škofja Loka und die Gebete der Schwestern von Nôtre Dame de Sion brachten die Gesundheit der Frau Erdélyj, die eine Slowenin aus der Kamnikgegend war, sofort wieder ins Gleichgewicht.

Das Haus, das sie in Škofja Loka kauften, war ein schönes Haus mit Schieferdach und Fenster- und Türrahmen aus dem weißen Stein von Nabresina.

Auf dem Dach gab es zwar kein Storchennest, dafür gab es in einem Käfig eine Schwarzdrossel, genannt die Drossel des Generals, weil sie fast fehlerfrei den Radetzkymarsch pfiff.

Der Baron Frane von Codelli, der ein Palais in Laibach besaß, kam zu Andrejs Vater und meinte: Herr Hazas Erdélyj, ich möchte Ihren Sohn Andrej gerne in meine

Dienste nehmen, der Notar Tamborini in Wien hat mich auf ihn als einen schätzenswerten jungen Mann von besten Sitten aufmerksam gemacht.

Die Worte des Barons von Codelli erfüllten Andrejs Eltern mit Stolz, und sie sandten sofort ein Telegramm an ihren Sohn nach Wien, der inzwischen im großen Bierrestaurant Dreher in den Rang eines Speisenkellners aufgestiegen war.

Damals gehorchten noch die Kinder ihren Eltern, und die Eltern hatten alles Verständnis für die Wünsche ihrer Kinder.

Als Andrej Erdélyj das Telegramm gelesen hatte, nahm er gleich den Zug nach Škofja Loka, der fast unmittelbar vor dem Haus mit dem Schieferdach, den Balkonen, den Türrahmen aus dem weißen Stein der Steinbrüche von Nabresina und der Drossel hielt, die den Radetzkymarsch pfiff.

Andrej ging sofort zum Baron von Codelli, und aus diesem Sofort wurden mehr als dreißig Jahre im Dienste der freiherrlichen Familie. Hier stieg er zum unumschränkten Ersten Haushofmeister des Barons Frane von Codelli auf.

Die Codellis waren zu Baronen erhoben worden, weil ein Codelli, der Priester Don Ignazio, ein entschlossener Gegner des reformatorischen Priesters Primo Trubac gewesen war und ihn in einem theologischen Streitgespräch besiegt hatte.

Dieses Sieges wegen geruhte der Kaiser, zum Zeichen ewiger Dankbarkeit, die Verwandten des Don Ignazio in den Stand der Baronie zu erheben. Als der junge Andrej noch die sechste Klasse der achtklassigen Schule besuchte, fragte er genau am Nachmittag des 18. August, des Geburtstages des Kaisers, ob er sich als Slowene zu betrachten habe, oder mit vollem Recht als Ungar.

Andrej, antworteten seine Eltern, du bist nichts als ein junger Österreicher, so wie übrigens auch wir Österreicher sind.

Es gibt eine österreichische Rasse und ihre wahre Heimstatt ist der Hof zu Wien, wo der Kaiser und seine Gemahlin, die Kaiserin, wohnen. Das sagten Andrejs Eltern, und

Andrej, Schüler der sechsten Klasse, antwortete: Ja, meine Herren Eltern, ihr habt recht, ich bin von österreichischer Rasse.

Hier endet das Erinnerungsblatt des alten Herrn Andrej Erdélyj, aber es bedeutet nicht den Abschluß der Gespräche und Erinnerungen des Gastes in der Gostilna Epona der Signora Stefi Walker in Lipizza, Andrej Erdélyj.

XV.

Aus den Papieren des betagten Herrn entnommen den Archiven der Familie Lejet mit freundlicher Genehmigung

Die Brüder Caffarel waren im Gefolge der französischen Armeen des Generals Napoleon Bonaparte nach Triest gekommen.

Sie waren Zwillingsbrüder, stammten aus Grenoble, waren mit der Familie Beyle*) verwandt und bekleideten beide den Hauptmannsrang in der französischen Armee.

Nach Triest waren sie zusammen mit dem Gouverneur General Dugua und dem Husarenregiment des Obersten Lassalle gekommen.

Sporenklirrend schreiten die Caffarels durch die Straßen der liebenswerten und handelstüchtigen Stadt Triest.

In der See- und Handelsstadt ist alles ruhig.

Freiheit, Gleichheit, Brüderlichkeit, Worte, Worte, sagt ein Dalmatiner mit breiten Hosen, Worte sind Luft.

In der See- und Handelsstadt hatte man absolut keinen Bedarf nach Freiheit, Gleichheit und Brüderlichkeit.

Dafür beginnt der Gouverneur Dugua Kontributionen und Reparationen einzutreiben.

Wer etwas von seiner Habe retten kann verläßt die Stadt, schafft seine Habe nach Wien und besonders nach Salzburg, denn in Salzburg gibt es eine fast uneinnehmbare Festung, und auf den Festungsbau verstanden sich die Fürsterzbischöfe.

Wer keine Habe hat, die er in Sicherheit bringen könnte, bleibt in der Stadt und begnügt sich mit dem Spottlied

*) Anspielung auf Stendhal (Marie-Henri Beyle), der 1830 französischer Konsul in Triest war. (Anm. d. Übers.)

I franzesi xe a le porte
Xe la morte?
E chi sa? La tremariola
La parola
De Trieste eccola qua!
Senza roba né danari
Senta afari
Che sarà? La tremariola
Xe la sola
Vose che Trieste sa.

(Der Franzose ist vor den Toren – ist's der Tod? – Wer kann's wissen? Zittern: hier das Wort, das in Triest umgeht! – Ohne Ware, ohne Geld – und ohne Geschäfte – was wird da werden? Zittern – das ist alles, was Triest kann.)

Schließlich zogen die Franzosen ab und mit ihnen der Gouverneur Dugua und die Husaren des Obersten Lassalle. Die Caffarels aber blieben und schritten nun ohne Sporengeklirr über die Plätze und Kais und durch die Straßen und Gassen Triests.

Die Caffarels oder das plötzliche Aufflammen der Liebe zu der liebenswerten und handelstüchtigen Stadt Triest.

Sie empfanden eine geradezu poetische Zuneigung, besonders zum Golf mit seinem blauen adriatischen Wasser.

Die Caffarels stammten aus Grenoble, und in Grenoble spricht man französisch, und da sie aus Grenoble waren, sagten sie auf französisch: Son golfe est un corbeille de fleurs fraiches comme le printemps posé sur un rocher.

Dies sagten die Brüder Caffarel mit stets wachsender Liebe zur Stadt Triest, Freude der Reisenden.

Auch die Triestiner, die ihre Habe in Sicherheit gebracht hatten, kehrten zurück und viele von ihnen sogar mit zusätzlicher Habe, um die sie die alte gerettete Habe vermehrt hatten.

Die Geschäfte sind die Geschäfte, und so begannen auch die Caffarels Geschäfte zu machen.

Sie waren tüchtige Leute, die Caffarels, mit dem rollenden R und der langen, schmalen, fast fleischlosen Nase, sie waren schlau und intelligent, und sie brachten es in kurzer Zeit als Kaufleute so weit, daß sie auf die Warenbörse einen gewissen Druck ausüben konnten, auch genossen sie als Lieferanten der Schiffsverpflegung für den Österreichischen Lloyd (den Lloyd Austriaco) eine gewisse Achtung. Und als sie einmal einigen bayerischen Kaufleuten ein Bein stellten, taten sie es durchaus mit Eleganz, sie taten es auf französisch und versicherten mit der unschuldigsten Miene der Welt, es habe sich nur um ein schlichtes croc-en-jambe gehandelt. Einer von ihnen heiratete eine Madame Lejet, eine Frau, deren Küsse von süßem, leicht ins Bittere übergehendem Geschmack waren, eben wie die gute und prämiierte Schokolade Lejet.

Filippo Caffarel hingegen heiratete die Venezianerin Malgari Zendrini, Tochter des Andrea Zendrini, Großhändler in Kolonialwaren, der Filialen auf Ceylon, in Kalkutta und Singapur unterhielt.

Auf die Signora Malgari bezogen, war schön kein Ausdruck.

Sie war so elegant wie eine Kastanienblüte, und ihr Körper war ein richtiges Liebesnest.

Ihre Bewunderer, und es gab ihrer in allen Altersstufen und in allen Gesellschaftsschichten, fühlten sich bei ihrem Anblick und beim bloßen Gedanken an sie sofort entflammt, besonders in den unteren Körperteilen, und sagten halblaut: Das ist ein Geschöpf, geschaffen fürs Bett, eine süß zu spielende Flöte, kurz, eine Frau, wie geschaffen für die Matratze.

Die Signora Malgari Zendrini war aber nicht nur ein Liebesnest, sondern auch eine Art Brutstätte des Kolonialwarenhandels, sie war die rechte Hand ihres Vaters Andrea, Großhändler in Kolonialwaren, der sozusagen als Freizeitbeschäftigung für das ganze Reich Pflaumen aus Bosnien aufkaufte, aus denen man bei entsprechender Behandlung die Rakija und den Sliwowitz gewinnt.

Ein neunziggrädiges Paradies.

Nach mehrfachen sublimen Liebesmomenten wurde die Signora Malgari schwanger, und nach neun Monaten, den üblichen neun Monaten, entstieg wimmernd ihrem Liebesgarten ein Sohn, der den Namen Luigi Filippo Caffarel tragen sollte.

Er war stets ein guter Sohn und wuchs heran zur Freude seiner Eltern.

Der junge Luigi Filippo besuchte die achtklassige Schule, und eines Nachmittags, am 18. August, zu Kaisers Geburtstag, fragte er seine Eltern, ob er sich als Italiener oder als Franzose zu betrachten habe.

Nein, antworteten Vater Filippo und Mutter Malgari, du bist weder ein Italiener noch ein Franzose, du bist nichts als ein braver, junger Österreicher und lebst in einer Stadt und in einem Land, das alles hat und von niemandem etwas fordern muß.

So begann sich langsam eine österreichische Rasse zu bilden.

Eine österreichische Rasse, die dann die Bosheit, der Neid und die Dummheit dieser Welt auslöschen wollten.

Hier endet das Erinnerungsblatt des betagten Herrn Luigi Filippo Caffarel, aber es bedeutet nicht den Abschluß der Gespräche und Erinnerungen des Gastes in der Gostilna Epona der Signora Stefi Walker in Lipizza, Luigi Filippo Caffarel.

Damals beschlossen alle Anwesenden, die Zitherkonzerte, die die Signora Stefi jeden Samstagabend ihren lieben Gästen bot, für den ganzen laufenden Monat abzusagen und die Samstagabende dafür den Erinnerungen an gestern und den Schmerzen von heute zu widmen.

Sie versammelten sich wie immer im Gaststüberl, und wie immer gesellte sich der Maestro Brill zu ihnen, und wie immer kam auch der Bierfahrer Otto Hoffmeister und versorgte sie alle mit hellem, dunklem und Doppelmalzbier. Zuerst kommen die Schmerzen von heute zur Sprache, die Schmerzen, über die der Signor Otto Hoffmeister zu berichten weiß.

Die Schmerzen von heute standen dem Bierfahrer Hoffmeister im Gesicht geschrieben, das so fahl war wie der Fetzen, mit dem man den nassen Biertisch abwischt.

Nun also, sagten alle, erzählen Sie uns, lieber Hoffmeister, etwas über die Schmerzen von heute.

Nun also? Nun, es gibt nichts Wahreres als: Wehe den Besiegten. Die neuen Autoritäten haben nur einen Gedanken und tun hunderterlei.

Seit einigen Tagen werden auf unseren Plätzen und in unseren Straßen und Stadtvierteln die Tafeln mit den alten, uns so lieben Namensbezeichnungen abmontiert.

Man will den Namen der Piazza Grande ändern, der Corsia Stadion und auch der Piazza Giuseppina (Josefsplatz), und stellen Sie sich vor, Signori, daß auch die uralten Namen vieler Dörfer und Ortschaften im Karst verändert wurden.

Man will alles auslöschen und wegwischen, was an unser großes Reich erinnern könnte.

Man will auch das italianisieren, was niemals italienisch war.

Ja, sagte der Signor Andrej Erdélyj, wir Übernationalen hatten das alles befürchtet, aber man hat uns entgegengehalten, daß wir uns täuschen, daß wir unrecht hätten, die Dinge so zu sehen.

Heute können wir sagen, daß unser Unrecht darin bestanden hat, nur allzubald recht zu behalten.

Es gibt ringsum soviel Gemeinheit, soviel Dummheit, soviel Unwissenheit und dazu einen nationalistischen Stolz, der typisch ist für Länder, die sich auf dem Weg des Wiedererwachens, des Risorgimento befinden, doch Geduld, schloß der Signor Caffarel, denn das, was wider die Natur getrennt wurde, strebt, wie wir wissen, danach, sich wieder zu vereinen.

Wir kaiserlichen Österreicher, sagte der Maestro Brill, waren so leichtsinnig, uns um Musik, Butter, Theater und Brot zu kümmern, statt um den verhängnisvollen Nationalitätenstreit.

Wir lebten in der Abenddämmerung und glaubten, es sei die Morgenröte.

Signori, sagt die liebe Signora Stefi, es ist schon fast Mitternacht, gehen wir alle in unsere Zimmer, die beiden Kellnerinnen haben schon die Petroleumlampen angezündet und bereitgestellt, und somit gute Nacht, und träumen Sie süß.

Auf den Samstag folgt der Sonntag und auf den Sonntag der Montag. Aber bleiben wir beim Sonntag, da alle zum Frühstück den Milchkaffee trinken, den sie hier weißen Kaffee nennen.

Es folgt ein kleiner Spaziergang, und am Nachmittag treffen sie einander wieder im Gaststüberl. Nach dem gestrigen Bericht Otto Hoffmeisters über die Schmerzen von heute beschwört nun Signor Erdélyj seine Erinnerungen an gestern, Erinnerungen eines Mannes, der stets die Fahne hochgehalten hat.

Nach der Katastrophe ist die Gesellschaft in die Primitivität zurückgefallen, und ihr primitiver Zustand macht sie gefährlich und führt zu Korruption.

Können Sie sich vorstellen, einer unserer Gendarmen mit dem ockergelben Helm hätte sich durch ein oder zwei Teller Makkaroni mit Paradeissauce gefügig machen lassen?

Alle antworteten: unvorstellbar.

Und dann, wer aß sie denn hier und im übrigen Reich, die Makkaroni mit Paradeissauce? Niemand, wirklich niemand.

Es aßen sie, sobald sie den Boden des Reiches betreten hatten, nicht einmal die armen Verkäufer von Gipsfiguren, jene armen Verkäufer mit menschlichem und leidendem Gesicht, die man in den deutschsprachigen Ländern Katzelmacher nannte.

Signori, fährt Erdélyj fort, ich verstehe die Bedrücktheit und die Trauer des Signor Hoffmeister, und wir alle verstehen sie. Wir sterben ab, und die anderen, die Strohköpfe, leben auf.

Um in der Barbarei zu leben, die Menschengesicht trägt, La barbarie à visage humain. Heute aber, an diesem Sonntag, will sich der Signor Erdélyj in rosige Morgenstimmung versetzen, will wieder aufleben, er ruft die Signora Stefi, denn er möchte sich, ehe er mit seinen Erinnerungen beginnt, die Freiheit nehmen, alle Schwarzgelben zu einem Glas Wein einzuladen.

Die Signora Stefi bringt zwei Flaschen Kindermacher, den Weißwein aus Wippach, es ist ein märchenhafter Wein, ein Wein Es-war-einmal, ein Wein, den man einst in Wippach anstach und zum Glück noch immer ansticht.

Hier ist der Wein, sagt die Signora Stefi, aber ich kann ihn leider nicht in die klangvollen Glo-glo-Gläser eingießen, die den Gästen des Grafen Lantieri einst soviel Spaß machten.

Man trinkt und prostet mit Gläsern aus böhmischem Glas.

Der Wein in den klangvollen Glo-glo-Gläsern mundete, auch dem Arzt Giulio Goldoni und seinem jugendlichen Sohn Carlo, der mit einer Marionette in der Hand zur Welt kam.

Immer weitere Erinnerungen bilden sich im Kopf des Signor Erdélyj.

Ich war der Schatten des Barons von Codelli, der ein prächtiges Barockpalais in Ljubljana besaß, das damals Laibach hieß, eine reizende, heitere Stadt mit viel Grün.

Ich war der Schatten des Barons von Codelli, und des Barons von Codelli Schatten war länger als der meine, der kürzer war als der seine.

Denn auch in betreff Schatten beobachtete man die sozialen Maßstäbe.

Der Baron von Codelli war ein liebenswürdiger und hochgebildeter Mann, und er hatte die Güte, mich meiner Ergebenheit und Intelligenz und meines Arbeitseifers wegen zu seinem Verwalter und Erstem Haushofmeister zu bestellen, außerdem verdankte ich ihm die Auszeichnung mit der Medaille étoilée Salus et Gloria.

Meine Ernennung zum Verwalter bedeutete in der Welt des Adels und des Großbürgertums den Bruch mit einer jahrhundertalten Tradition.

Dieser Tradition zufolge sollten die Verwalter stets Juden sein, denn nur die Juden verstanden es, ehrliche, tadellose und treue Verwalter zu sein und zum Vorteil ihrer Herren mit oder ohne Adelskrone zu wirken.

Die Erinnerungen des Signor Erdélyj galten nun den Sommerfrischen.

Ja, denn auch die Landaufenthalte im Frühjahr, Sommer und Herbst folgten einer eigenen Praxis, einer eigenen Etikette, einem eigenen Zeremoniell.

Die Herrschaften, die ein gewisses Alter erreicht hatten, fuhren auf den Semmering, nach Baden oder an die Küste Dalmatiens, auf den Mendelpaß und in die herrliche Gegend von Cortina d'Ampezzo und zuweilen auch an die Seen.

Der Baron fuhr erst auf den Semmering und dann nach Dalmatien, wo einer seiner Bootsleute zu ihm sagte: Signor Barone, Sie können hier sehr zufrieden sein, denn qua la gà tuto perché qua la gà mazelo e qua la gà sardele (hier haben Sie alles, hier haben Sie Schlachtvieh, und hier haben Sie Sardellen, also Fleisch und Fisch).

An die Seen fuhr der Baron nie, er sagte, sie sind das Meer der Armen, und die Brunnen und Zisternen sind die Seen der Allerärmsten.

Der Sohn des Barons Frane von Codelli verbrachte die Ferienzeit mit seiner Familie in Eisenstadt, wo die Codellis ein kleines Lustschloß besaßen.

Der junge Baron Alvise von Codelli war mit einer Clara Vojnovic, einer sinnverwirrenden Schönheit aus der Familie der Vojnovic in Dubrovnik, verheiratet, die dort ein eigenes Palais am Stradun bewohnte.

Sie hatten drei Kinder: Massimiliano, Ludovica und Francesco, den sie Franzi nannten, so wie der Kaiser als Kind genannt worden war.

Jedes Jahr bat mich der Baron Frane, die Familie seines Sohnes nach Eisenstadt zu begleiten, damit ich ihr dort in allem und überall ein hilfreicher Schatten sei.

Um, wie er sagte, nicht ganz vom gesellschaftlichen Leben abgeschnitten zu sein, gab der Baron Alvise jeden Donnerstag einen kleinen und alle vierzehn Tage einen großen Empfang, bei dem die Serviererinnen Landestracht trugen, und ich trug die große Livrée des Ersten Haushofmeisters mit der Medaille etoilée Salus et Gloria.

Man spielte auf, man tanzte, man aß und lachte, aber alles

mit Maß, und der Gesellschaftsklatsch war bei aller Boshaftigkeit im Grunde gutartig.

Natürlich durften die Kinder Codellis, wie Kinder überhaupt, weder am kleinen noch am großen Empfang teilnehmen.

Die Kinder Codellis waren ganz der Verfügungsgewalt der Frau Braun ausgeliefert, ihrer Gouvernante und Erzieherin.

Die Kinder Codelli fürchteten sie und mochten sie daher nicht. Einzig die Köchin Milka Poropat konnte sie trösten, wenn Frau Braun sich nachmittags auf ihr Zimmer im Lustschloß zu einer Ruhestunde zurückzog. Die armen Kinder Codelli fanden Rast und Freude und Entspannung nur am stets eingeheizten Herd der Köchin Milka Poropat aus Novo Mesto.

Die Rückkehr von der Sommerfrische erfolgte Ende September oder in der ersten Oktoberhälfte.

Nach der Rückkehr war es üblich, aus diesem Anlaß einen großen Empfang mit Ball und ausgiebigem Abendessen zu geben.

Ich war beauftragt, den großen Empfang zu organisieren, und das tat ich denn in vorbildlicher Weise.

Nach dem Nachtmahl zogen sich die Gäste ins Kaminzimmer zu den sogenannten Feuersitzungen zurück.

Der Baron Frane von Codelli war, wie gesagt, ein liebenswürdiger und hochkultivierter Mann und er sagte immer: Ich habe die Krankheit des Valvassor im Blute.

Die ersten Morgenstunden widmete er der Übersetzung ins Italienische der fünfzehn Bände, die der Baron Valvassor unter dem Titel *Die Ehre des Herzogtums Krain* verfaßt hat.

Das umfangreiche Werk war in einem alten Deutsch geschrieben, und es war ungemein schwer, es ins Italienische zu übersetzen.

Eine Sprache, die der Baron Frane perfekt beherrschte, und er war stolz darauf, sie fließend zu sprechen, denn er erachtete sie als eine Sprache von poetischem Schwung.

Signori, sagt Erdélyj, ich schließe jetzt, denn ich fühle mich müde. Hehe, erwidert der Signor Caffarel, noch einmal die Gläser aus böhmischem Glas mit Wein gefüllt, und dann allseits gute Nacht. Und alle nahmen ihre Petroleumlampen, stiegen die Treppen hinauf und zogen sich in ihre Zimmer zurück.

Wie allwöchentlich begab sich Otto Hoffmeister von Lipizza nach Triest, um sich mit Bier einzudecken, die Zeitungen zu kaufen und um zu sehen und zu hören, was den neuen Autoritäten wieder eingefallen war.

Wenn der Signor Otto Hoffmeister nach Lipizza zurückkam, glich er von Mal zu Mal mehr einem Reibfetzen und war fahl im Gesicht.

Die Nachrichten aber, die er diesmal mitbrachte, waren Nachrichten in Balkenlettern und schwarz umrandet.

Die neuen Besatzungsbehörden, wie er sie nannte, hatten alle Schulen in nicht italienischer Sprache geschlossen, die Zeitungen in deutscher, slowenischer und kroatischer Sprache trafen nicht mehr regelmäßig ein, und gewisse Zeitungen in der nicht mehr liebenswerten und handelstüchtigen Stadt Triest wurden überhaupt nicht mehr gedruckt.

Aber die Nachricht aller Nachrichten, eine noch höchst geheime Nachricht, war die Nachricht, daß gewisse nationalistische Gruppen mit stillschweigender Duldung der Obrigkeit die Absicht hatten, durch eine Handvoll Jugendlicher das slowenische Kulturhaus Balkan in Brand zu stecken.

Otto Hoffmeister hatte überdies gehört, daß ein Journalist, der aus den alten italienischen Provinzen gekommen war, einen Artikel vorbereite, wonach die Flammen des Balkan die Luft Triests endlich reinigen würden!

Unter all den Trauergestalten in Schwarz (der Schleier der Maja war längst zerrissen) nun diese grüne Lodenjacke mit Knöpfen weiß wie Bierschaum. Und da sind sie auch schon, die vier Kisten dänisches Bier, die der Signor Hoffmeister aus den Lagern des Speditionshauses Gontrand bezogen hat.

Auf der Rückfahrt freute sich der Signor Hoffmeister bei dem Gedanken, wie er nach seiner Ankunft in der Gostilna Epona den letzten Schwarzgelben, die ihn im Stüberl erwarteten, das königlich dänische Bier mit den Worten eingießen werde: Birra vincit, birra regnat, birra imperat.

Und dann würde er nach einem langen Schluck noch sagen: Dieser Trank des Plurinomen vertreibe die Krankheiten, vertreibe den Hunger, vertreibe alle Drangsal, erlöse alle, die Verfolgung leiden und verwandle ihre Trauer in Freude.

Als aber der Signor Hoffmeister in Lipizza eintraf, setzte er sich auf den für ihn reservierten Stuhl, und alle Mitglieder der hohen Versammlung scharten sich um ihn mit berechtigter Neugier. Hoffmeister berichtet, was er in der Stadt erfahren hat, und sagt, daß die neuen Autoritäten unser Stück Erde als eine eroberte Kolonie betrachten.

Das ethnische Geflecht der Stadt und des Territoriums ist in Auflösung, und die Sicherheit des einzelnen ist nicht etwa von Tag zu Tag, sondern von Stunde zu Stunde mehr bedroht.

Ihr seid jetzt alle frei, sagen die Autoritäten, aber wer sich von dieser Freiheit auch nur ein wenig befreien will, bekommt, um zur wahren Freiheit zurückgeführt zu werden, eins über den Schädel, und das ist das wenigste, was ihm passieren kann.

Was sind das für Visagen, Signori, was sind das für Fratzen, Signori, die das Wort Freiheit und Nationalität im Munde führen.

Es ist nur zu wahr, daß der Nationalismus die letzte Zuflucht von Schurken ist. Unsere persönliche Würde ist in gröbster Weise zu einer Matrikelnummer degradiert worden.

Denn die neue Generation wird von Tag zu Tag dümmer, und die Dummheit ist der Urkeim der Gefahr, sie führt zum Fanatismus und zur Grausamkeit der Tyrannei.

Wer es erlebt, wird noch schöne Dinge erleben, unterbrach ihn der Signor Caffarel, und Menschen wie wir, fügte der Maestro Brill hinzu, Menschen wie wir, die nie an die sogenannte Welt der Vaterländer geglaubt haben, noch an die Staatsraison, noch an den Ruhm der Nation, werden nicht mehr geboren werden.

Und man vernahm die Stimme des Signor Erdélyj, die nicht aus seinem Mund, sondern von der Rückenlehne seines Sessels zu kommen schien: Gewiß, aber unser Irrtum, der eigentlich kein Irrtum war, bestand darin, an den Frieden zu glauben, an die Ordnung, an die Ehrlichkeit der Rechtsinstitutionen und vor allem nicht an das, was sein würde, sondern an das, was gerecht und richtig ist.

Aber verzweifeln wir nicht, sagte der Signor Caffarel zum Abschluß des Gesprächs, denn ich wiederhole es und werde es, solange ich lebe, immer wieder wiederholen, daß das, was naturwidrig getrennt wurde, danach strebt, sich auf natürliche Weise wieder zu vereinen. Mehr habe ich nicht zu sagen.

Die Signora Stefi ließ die Petroleumlampen anzünden, und alle stiegen langsam die Treppen hinauf und wünschten einander mit einigem Hüsteln Gute Nacht und: Träumen Sie süß. Dann gingen alle in ihre Zimmer.

Heute nachmittag ist die Reihe an mir, sagte der Signor Caffarel, die Zeit der Erinnerungen mit meiner Laterna magica zu beleuchten, eine nicht allzu lustige Zeit.

Auf dem Dia der Laterna magica steht eine Zahl geschrieben, die Zahl 1914. Zunächst aber stellt der Signor Caffarel eine besondere Betrachtung an.

Sagen Sie nicht, Signori, es sei nicht sehr elegant von mir, wenn ich behaupte, daß wir alle hier und viele andere noch, die nicht hier sind, aber so denken wie wir, Tote auf Urlaub sind.

Einer meiner Vorfahren sagte: L'autrichien a une patrie et il l'aime. Et il a des raisons de l'aimer . . .

Und wir hatten auch Ursach', Österreich zu lieben, denn es leistete einen Dienst an der Menschheit.

Wir aber, Signori, ich wiederhole es, sind jetzt nichts als Tote auf befristetem Urlaub.

Mit dem Tod des Kaisers ist auch der große Heldengesang Österreichs erloschen.

Es wird nicht lange dauern, dann sind auch wir erloschen.

Die Kerze ist bis zum Stummel abgebrannt, und der Kerzenlöscher schwebt schon über uns.

Es ist besser, Sie schalten jetzt Ihre Laterna magica ein, sagte die Signora Stefi, sonst endet hier alles in einem Totentanz, in einem Tanz von Toten auf Urlaub.

Für alle kommt einmal die Polizeistunde und für alle der letzte Trunk.

Da schaltete der Signor Caffarel, an dem diesmal die Reihe war, seine Laterna magica ein, schob ein Dia hinein, und auf dem Dia eschien ein rot mit Blut geschriebenes Datum, die Zahl 1914.

In eben diesem Augenblick fuhr ein leichter Wind durch die Äste der Linden, und alle meinten eine Stimme zu hören, die Unheil kündete. Und ich sah von der Erde ein Tier kommen mit Hörnern gleich denen eines Lammes, und es sprach wie ein Drache, und es ließ Feuer vom Himmel auf die Erde herabstürzen. Und wer Verstand hat, der überlege die Zahl des Tiers, denn es ist eines Menschen Zahl, und seine Zahl ist 666.

Die Zahl des Signor Caffarel aber war die Zahl 1914.

Es ist nicht wahr, sagt der Signor Caffarel, daß Bosnien und die Herzegowina mit ihrem Gewimmel von zwei Millionen Menschen aus lauter Unzufriedenen bestanden. Der Kaiser hatte seine besten Diplomaten und Beamten dorthin gesandt, um die wilden Eingeborenen zu zähmen, aber es stellte sich heraus, daß die gar keine Wilden waren, sondern stolze und physisch wunderschöne Menschen.

Nur kleine Gruppen träumten von einem terroristischen Aktionsprogramm auf nationalistischer Basis und verwirklichten es zuweilen auch. Da haben wir wieder das verfluchte Gift des Nationalismus.

Dieses Kobragift war mehr als ein nationalistisches Gift, es war ein chauvinistisches Gift.

Denken Sie nur, Signori, an gewisse Lieder, in denen Worte vorkamen wie

Der Himmel ist blau, er hat die Farbe Serbiens
Und auch Gott, der im Himmel wohnt, ist ein Serbe.

Was aber mag in den Strohköpfen der drei unglückseligen Burschen vorgegangen sein, die mit ihren Pistolen nicht die Zahl des Tieres, nicht die Zahl 666 blutiggeschossen haben, sondern die Zahl 1914?

Sie schienen Lämmer zu sein und waren Drachen.

Die Leute der Schwarzen Hand schwenkten Fahnen mit dem Aufdruck Serbobran und Apis-Plan und tanzten Kolo, klapp, klapp, klapp mit den Opanken und tak, tak, tak mit dem Gewehr.

Kolo, Kolo, o gestochener Reigentanz von trügerischem Reiz.

Die Pistolen des Milan Ciganovic, die Bomben des Nedeljko Cabrinovic, die Pistolen des Gavrilo Princip.

Karteiblatt der Schwarzen Hand über die Eigenschaften Princips: Außerordentliche Sehschärfe und hervorragende Zielsicherheit.

Sie gerieten in einen Hexentanz, die armen Burschen, die sich selbst in einem falschen Licht sahen.

Außerordentliche Sehschärfe und hervorragende Zielsicherheit.

Vor seinem Tod an der Seite der geliebten Frau sagt der Erzherzog: Telegraphieren Sie dem Kaiser, er möge die Berichte, die er erhält, nicht allzu ernst nehmen.

Franz Ferdinand liegt neben seiner geliebten Frau im Sterben, da beugt sich der General Potiorek über ihn und sagt im Flüsterton: Kaiserliche und Königliche Hoheit, die Attentäter sind verhaftet.

Geben Sie acht, sagt der Erzherzog mit ersterbender Stimme, die aus seinem blutenden Mund kommt, geben Sie acht, daß Sie aus den dreien keine Märtyrer machen, verleihen Sie Ihnen aber auch nicht nach altösterreichischer Sitte geradezu die Tapferkeitsmedaille.

Es ist nichts, es ist nichts, und die Kugel, die ihn an der Seite der geliebten Frau in den Hals getroffen hat, läßt ihn die Augen für alle Ewigkeit schließen.

Der Narr wie der Weise fallen, wenn der Körper sich auflöst, der Zerstörung anheim, und nichts und keiner ist jenseits des Todes. Serbiens Anmaßung, ein Großserbien zu werden. Die kaiserlichen Generäle wollen diese Anmaßung bestrafen, wollen sie mit Krieg bestrafen.

Sie sind der Frühjahrsparaden müde, sie sind der Herbstmanöver müde, sie sind der roten Herbstblätter auf den Käppis müde, sie sind es müde, die Gewehre nur für Ehrensalven laden zu lassen.

Gut, sie wollen den Krieg, sagt der Kaiser, aber sie wissen nicht, was Krieg ist. Ich weiß es, ich war bei Solferino.

Der Krieg, der Krieg, die Medaillen, der Sieg.

Die kaiserlichen Generäle waren es satt, den Naphtalingeruch ihrer Uniformen beziehungsweise Monturen einzuatmen.

Das waren die Gedanken und der Wille der kaiserlichen Offiziere.

Der Kaiser aber wollte es nicht, und auch der Historiker Professor Josef Redlich wollte es nicht, ein Mann liberaler Ideen, der das historische Phänomen des Krieges als Leerlauf ansah.

Aber die Stimme des Professors Redlich war die Stimme eines Rufenden in der Wüste beziehungsweise in den Räumen des Ballhauses.

Für das Haus Habsburg-Lothringen naht die Schicksalsstunde.

Niemand erfaßt es, nur der Kaiser fühlt es, und er fühlt es mit aller Macht.

Wenn wir zugrunde gehen müssen, dann mit Würde.

In Ungarn geht man so weit, zu behaupten, der Gott der Madjaren habe die Hand des Serben gelenkt, der zum Mörder des Erzherzogs und seiner tapferen und geliebten Frau wurde.

Die Generäle sagen: Oh, dieser elende und feige Serbe.

Man muß die frechen Serben bestrafen, Schluß mit der Diplomatie in Handschuhen diesem wilden und aufbegehrenden Balkanvolk gegenüber.

Der Kaiser ist 84 Jahre alt, er weiß, was Krieg ist, er erinnert sich der Trompeten von Solferino, der Gewehre von Solferino, der Schreie der Verwundeten von Solferino, der Kanonaden von Solferino.

Dann die Kommandoschreie der Fähnriche, erste Zugsreihe kniet, zweite Reihe steht und feuert, und viele Gefallene in der zweiten Reihe.

Und da und dort weitere Gefallene und weitere Verwundete.

Der Kaiser ist 84 Jahre, und es sind 84 Jahre auch für einen Kaiser, und er findet nicht mehr immer die Jünglingskraft zu einem endgültigen Nein. In den Höfen der Hofburg ist sein Schritt nicht mehr elastisch.

Die Generäle aber beharren, und ganz besonders beharrt der Feldmarschall Conrad von Hötzendorf, Chef aller kaiserlichen und königlichen Generäle, Offiziere, Unteroffiziere und Soldaten. Denn der Feldmarschall Conrad von Hötzendorf ist der Chef des österreichischen Generalstabs.

Und der Chef des österreichischen Generalstabs kam gleich nach dem Kaiser, und gleich danach kamen die Generäle, die Offiziere und wiederum gleich danach die Statthalter, die Feldwebel, die Unteroffiziere und sehr, sehr danach die Soldaten und sehr, sehr, sehr danach die Bürger, die Groß- und Kleinbürger, denen freilich nicht die Ehre zuteil wurde, stolz eine Montur zu tragen.

Im frechen Serbien aber war Montur nicht gleichbedeutend mit Frühjahrsparaden und Herbstmanövern, Montur bedeutete Geschützfeuer, gezogene Säbel und schußbereite Gewehre.

Der Kaiser ist 84 Jahre, und 84 Jahre sind auch für einen Kaiser genau 84 Jahre.

Die Kriegserklärung liegt bereit, und Conrad von Hötzendorf und alle kaiserlichen und königlichen Generäle sagen: Kaiserliche und Königliche Apostolische Majestät, es fehlt nichts als Ihre Allerhöchste Unterschrift.

Der Kaiser ist 84 Jahre, er schüttelt den Kopf, er fühlt, wie sein altes helvetisches Blut nein zum Krieg sagt, und er sagt leise und immer leiser nein zum Krieg, aber er unterschreibt, und es ist eine Unterschrift mit müden Schlußschnörkeln, denn er begreift, daß er das Herannahen der Schicksalsstunde des alten Herrscherhauses besiegelt hat, der Stunde der Auflösung seines Reiches, das ein großes

Reich ist, nicht so groß, um mit den großen Reichen wetteifern zu können, aber auch nicht so klein, um nicht unter den großen Reichen aufgezählt zu werden.

Dem betagten Signor Caffarel bereitet seine Laterna magica mit den Erinnerungsdias unsägliche Leiden, sein Herz schlägt unregelmäßig, und es kommt ihn fast das Weinen an.

Basta, basta, ruft die Signora Stefi, basta, Signor Caffarel, bitte schalten Sie Ihre Laterna magica aus und erinnern Sie sich ... und weder der Signor Caffarel noch die Signora Stefi wissen mehr, woran sie sich erinnern sollten.

Elisabeth, ruft die Signora Stefi, bring die Flasche mit dem Stari Granicar, wir haben alle eine Stärkung nötig.

Die Kellnerin Elisabeth bringt, was ihr angeschafft worden war, und sie trinken den kräftigen Schnaps, um sich innerlich etwas aufzurichten.

Wer aber ist Elisabeth? Die Hilfskellnerin, die erst seit einigen Wochen Dienst in der Gostilna Epona versieht.

Elisabeth ist die Tochter des Zweiten Stallmeisters des Lipizzaner Gestüts, er ist es, der persönlich die brünstigen Stuten mit den feurigen Zuchthengsten zusammenbringt.

Der Stallmeister Sustercic ist vor allem auf eine Stute stolz, die nach einer perfekten Beschälung und ohne Wehen ein so vorbildliches Fohlen zur Welt brachte, daß ihm, als es zum Hengst heranwuchs, seiner majestätischen Haltung wegen der Name Maestoso zuteil wurde.

Der Hengst Maestoso ist in den genealogischen Registern des Kaiserlichen und Königlichen Gestüts von Lipizza verewigt.

Auch Elisabeth ist von majestätischer Schönheit, umspielt von einer Duftwolke.

Der Maestro Brill beobachtet sie, wie sie sich niedersetzt, und stellt sie sich dann vor, wie sie zu Bette geht.

Er stellt sie sich als Häsin vor, magische Rituale vollziehend, ehe sie sich in die Ackerfurche legt.

Wie die Häsin entwickelt auch Elisabeth mit ihren Gerüchen ein verwirrendes Geruchsnetz, das ihr, eben wie der

Häsin vor dem Fuchs, die ungestörte Ruhe vor etwaigen bewundernden Spähern gleich den antiken Bewunderern der schönen Susanne gewährleistet.

Der Wind schweigt jetzt, er klagt nicht mehr in den Linden, und die zum Synedrium versammelten letzten Schwarzgelben stärken sich mit einem weiteren Gläschen Stari Granicar.

Der Krieg hat 1914 Triest bloß als Reflex erreicht.

Der Krieg ist sehr fern, und er ist auch noch fern, als an dem Massaker Rußland, Frankreich und England teilnehmen. Eine Bagatelle.

Triest wird immer weniger liebenswert und steigert seine Handelstätigkeit und seine Gewinne.

Brückenstadt Triest. Vielmehr Triest, Stadt der Brücken und der Molen, über die weiterhin Fässer voll geräucherter Heringe aus dem Norden rollen. Es rollen Fässer, und es stauen sich Kisten mit marinierten Aalen und eingelegten Sardellen.

Die Geschäfte sind die Geschäfte, und um die Stimmung zu heben, fährt man in den guten Familien fort, abends ein wenig Musik zu machen. Denn Musizieren bewegt das Herz wie das des Seemanns, wenn die Stunde des Nachtmahls naht.

Der Krieg erreicht Triest immer noch als Reflex.

Man arbeitet weiter, man lebt weiter wie im Sonnenland.

Allgemeine Mobilmachung, aber nur Teilmobilmachung für Triest.

Man arbeitet weiter, man lebt weiter wie im Sonnenland.

An der russischen Front wie an der Balkanfront stirbt man in gleicher Weise und wird in gleicher Weise verwundet.

Der Kaiser sitzt immerzu an seinem Schreibtisch, und immerzu an seinem Schreibtisch sitzt der Signor Papandreu, Import – Export, mit Vertretungen in Paris, London und Konstantinopel.

Wer Ware hat, beginnt sie zu inventarisieren, die Luft fängt an, nach Kanonen- und Gewehrpulver zu stinken.

Man macht Inventur und lebt weiter wie im Sonnenland.

Das Inventar macht aus Waren ein wohlgeordnetes Warenlager.

Jede Ware an ihren Platz, und Platz für jede Ware.

Wie allwöchentlich unternahm die Familie des Signor Giovanni Brovedani ihren gesundheitsfördernden Spaziergang zum Cacciatore.

Die Vöglein singen, der Wind weht, die Eichhörnchen springen zwischen den Eichen, Linden, Kiefern und Tannen hin und her.

Auf dem Hügel angelangt, stärkt sich die ganze Familie Brovedani mit einem Gabelfrühstück im Restaurant des Ferdinandeums, dann geht's im Marschschritt wieder hinunter, man muß um ein Uhr zu Hause sein, wo das Mittagessen mit der üblichen Speisenfolge wartet. Grießknödelsuppe, gekochtes Rindfleisch mit gerösteten Erdäpfeln und mehreren Gemüsebeilagen.

Der Signor Brovedani ist ein ehrsamer Tuchhändler, er handelt mit englischen Stoffen und geschmeidigen Wollstoffen, die er exklusiv aus Mähren bezieht.

Er war stolz auf seine Familie, er liebte seinen Beruf, Triest, Österreich und den Kaiser.

Als der Signor Brovedani und seine Familie am Vormittag des 23. Mai 1915 von ihrem Spaziergang in die Stadt zurückkommen, fällt ihnen eine sonderbare Menschenbewegung auf, es bilden sich Gruppen, die eine in deutscher, italienischer, slowenischer und kroatischer Sprache gedruckte Kundmachung lesen.

Was ist denn passiert, fragt der Signor Brovedani einen jungen Mann, der einen feinen, funkelnd neuen florentinischen Strohhut aufhat. Mein lieber Signore, antwortet der junge Mann, Italien hat uns den Krieg erklärt, das ist passiert.

Die Familie des Signor Brovedani bildet nun eine kleine Gruppe in einer großen Gruppe und beginnt erregt zu lesen, was in der Kundmachung steht.

AN MEINE VÖLKER

Der König von Italien hat Mir den Krieg erklärt.

Ein Treubruch, dessengleichen die Geschichte nicht kennt, ist von dem Königreiche Italien an seinen beiden Verbündeten begangen worden.

Nach einem Bündnis von mehr als 30jähriger Dauer, währenddessen es seinen Territorialbesitz mehren und sich zu ungeahnter Blüte entfalten konnte, hat Uns Italien in der Stunde der Gefahr verlassen und ist mit fliegenden Fahnen in das Lager Unserer Feinde übergegangen.

Wir haben Italien nicht bedroht, sein Ansehen nicht geschmälert, seine Ehre und seine Interessen nicht angetastet; Wir haben unseren Bündnispflichten stets getreu entsprochen und ihm Unseren Schirm gewährt, als es ins Feld zog.

Wir haben mehr getan: Als Italien seine begehrlichen Blicke über unsere Grenzen sandte, waren Wir, um das Bundesverhältnis und den Frieden zu erhalten, zu großen und schmerzlichen Opfern entschlossen, zu Opfern, die Unserem väterlichen Herzen besonders nahe gingen.

Aber Italiens Begehrlichkeit, das den Moment nützen zu sollen glaubte, war nicht zu stillen.

Und so muß sich das Schicksal vollziehen.

Dem mächtigen Feinde im Norden haben in zehnmonatlichem gigantischen Ringen und in treuester Waffenbrüderschaft mit den Heeren Meines erlauchten Verbündeten Meine Armeen siegreich Stand gehalten.

Die großen Erinnerungen an Novara, Mortara, Custozza und Lissa, die den Stolz Meiner Jugend bilden, und der Geist Radetzkys, Erzherzog Albrechts und Tegetthoffs, der in Meiner Land- und Seemacht fortlebt, bürgen Mir dafür, daß Wir auch gegen Süden hin die Grenze der Monarchie erfolgreich verteidigen werden.

Ich grüße meine kampfbewährten, siegerprobten Truppen, Ich vertraue auf sie und ihre Führer! Ich vertraue auf Meine Völker, deren beispiellosem Opfermute Mein innigster väterlicher Dank gebührt.

Den Allmächtigen bitte Ich, daß er Unsere Fahnen segne und Unsere gerechte Sache in seine gnädige Obhut nehme.

Franz Joseph m. p.

Das stand am 23. Mai 1915 in der kaiserlichen und königlichen Kundmachung in den vier Sprachen, die an den südlichen Grenzen der Monarchie gesprochen wurden. Der Signor Brovedani und Familie kehrten nach Hause zurück, und sie waren traurig und empört.

Na so etwas, sagte der Signor Brovedani zu seiner Frau, während sie alle die Grießknödelsuppe in sich schlürften. Na so etwas, was diese Italiener da anstellen.

Na so etwas, sagte der Signor Brovedani noch einmal, während er sich den Mund mit der Serviette abwischte, da unterzeichnen sie 1882 den Bündnisvertrag und dann ... Ach, was für ein königlicher Treubruch, ein Treubruch, den die Geschichte nicht vergessen wird.

Papa, fragt eines von Brovedanis Söhnchen, was heißt Treubruch? Treubruch ... Treubruch ist ein Verbrechen, das derjenige begeht, der sich gegen den Herrscher oder den Staat verschwört, dem er die Treue geschworen hat. Der Treubruch, der Verrat ist eines der schändlichsten Verbrechen, und der Verräter ist ein Schurke, ein großer und gemeiner Schurke.

Das, sagt der Signor Brovedani zu seinem Sohn Francesco, bedeutet Treubruch und Verrat begehen.

Ich werde nie ein Verräter sein, sagt Francesco, und werde nie Treubruch an meinem Kaiser mit den porzellanblauen Augen und dem Goldenen Vlies, das wie eine kleine Sonne erstrahlt, begehen.

Der Signor Brovedani erinnerte sich jetzt einiger alter Sprüche Salomons, des Sohns Davids, die seine Großmutter mütterlicherseits ihm erzählt hatte, als er noch ein Bub war.

Mein Kind, gehorche der Zucht deines Vaters und verlaß nicht das Gebot deiner Mutter und sage zur Weisheit: Du bist meine Schwester, und nenne die Klugheit deine Verwandte.

Sein ganzes ehrsames Leben lang war der Kaufmann Brovedani bemüht, ein Bruder der Weisheit und ein Verwandter der Klugheit zu sein, so wie es ihn durch Salomon, den Sohn Davids, seine Großmutter mütterlicherseits, die Signora Regina Moravia, gelehrt hatte.

So wuchsen auch die Söhne des Signor Brovedani kraftvoll heran und waren stolz, gute Verwandte der Weisheit und der Klugheit zu sein.

Nun hat der Krieg 1915 auch Triest erreicht, nicht mehr bloß als Reflex, sondern in seinem ganzen Ausmaß.

Die Kasernen stecken voll mobilisierter Soldaten und Reservisten, und alles vollzieht sich in Ordnung und nach Vorschrift.

Gott erhalte, Gott beschütze unsern Kaiser, unser Land.

So erklingt es in allen Schulen der Stadt während der Gesangsstunde.

In den Kaffeehäusern, in den Restaurants, in den Bierstuben, in den Osterias und auf dem Karstplateau in den Gostilne und Osmize hört man jetzt Worte und Sätze, die man nie zuvor an der Südgrenze der Monarchie gehört hatte.

Gott strafe England und vernichte Italien.

Der Krieg, der verruchte Krieg, der Verteidigungskrieg, der Stellungs- und Schützengrabenkrieg.

Die Gewalt entscheidet, und kein Schiedsgericht.

Der Kanonendonner ist in Triest wie in dicke Wolldecken gehüllt zu hören.

Plumpe und grobschlächtige Propaganda, Lügen und ausgeklügelte Erfindungen auf der Bühne der Kriegstragödie. Tschuschen töten Katzelmacher und Katzelmacher töten Tschuschen.

Der Karst verschlingt Tausende und Tausende Menschen in feldgrauer und in blauer Uniform.

Der höchst ehrbare Kaufmann Signor Brovedani schüttelt den Kopf. Und nachher, sagt er, was wird nachher das Richtige gewesen sein.

Wer es erlebt, wird noch schöne Dinge erleben.

Der Lauf der Zeit ist ein Wettlauf zu wessen Gunsten?

Triest, die nicht mehr gar so liebenswerte und auch nicht mehr gar so handelstüchtige Stadt, gedenkt heute, am 18. August, des Geburtstages des Kaisers.

Beflaggte Fenster, in den Fenstern Kerzen der Marke Apollo, auf dem Schwarzmarkt erworben für die Festbeleuchtung.

Engländer, Franzosen, Russen greifen dem König von Italien unter die Arme, soweit seine Truppen nicht auf der Höhe der andern sind.

Meine Völker, sagt der Kaiser, wenn wir zugrunde gehen müssen, dann mit der größten Würde.

Vorher aber will der Kaiser den Frieden für seine Völker und für alle anderen Völker.

Um des Friedens willen ist der Kaiser bereit, dem feindlichen Italien der Savoyen Konzessionen zu machen.

Unter anderem will er Italien alle Territorien am Westufer des Isonzo abtreten, deren Bevölkerung von rein italienischer Nationalität ist.

Triest aber, die allzeit getreue und reichsunmittelbare Stadt, will der Kaiser zu einer Kaiserlichen Freistadt machen. Sie soll eine Universität erhalten und eine neue Gemeindeverfassung, die über die bereits bestehenden Autonomiebestimmungen hinaus den italienischen Charakter der Stadt gewährleisten soll. Die gegenwärtige Freihafenzone soll erhalten bleiben und nötigenfalls erweitert werden.

Aber die Freunde des Krieges wollen den Frieden nicht.

Sie wollen das Ende des Reiches, das Ende Österreichs.

Den schrecklichen Schrei des Krieges hört man wie in dicken Wolldecken erstickt.

Einstweilen hört man noch so den Krieg in Triest.

Der 21. November 1916 ist ein trauerumflortes Datum, es ist der Tag, an dem der Kaiser starb.

Das schwarz umrandete Kommuniqué des Statthalters von Triest lautet in deutscher Übersetzung:

Seine Majestät, unser Allergnädigster Kaiser, ist – nach einer mir soeben zugekommenen offiziellen Mitteilung – heute abend um 9 Uhr in Schönbrunn sanft im Herrn entschlafen.
Alle österreichischen Staatsbürger scharen sich, zutiefst im Herzen getroffen, um die Bahre ihres geliebten Kaisers, der fast sieben Jahrzehnte lang mit Seinen Völkern Freud und Leid geteilt hat und der jedem von ihnen ein gleichermaßen liebevoller und gütiger Vater war.
Triest betrauert in Ihm seinen obersten und gnädigen Schutzherrn, der, als einer der Glorreichsten auf dem alten, ehrwürdigen und erhabenen Thron der Habsburger, mit weiser Fürsorge die Entwicklung dieser Stadt förderte und mit mächtiger Hand die Grundlagen für ihre heutige Größe schuf.
Voll Dankbarkeit werden wir Sein erhabenes Bild in unseren Herzen für immer bewahren, und wir schwören heute, an diesem Tag tiefster Trauer, getreu in Seinem Geiste unsere Pflicht zu erfüllen für die Ehre, die Größe Österreichs, dem jede Stunde Seines nun verblichenen Lebens bis zum letzten Atemzug gegolten hat.

Von den Fenstern der Häuser Triests hängen lange schwarze Tücher mit dem weißen Todeskreuz, und am Abend brennen zwischen den Doppelfenstern Kerzen der Marke Apollo, die unter großen Opfern auf dem Schwarzmarkt erworben wurden.

Wird der in den Himmel eingegangene Kaiser mit seinen Austro-Italienern in Triest zufrieden sein?

Die Flammen der Kerzen Marke Apollo sagen ja, ja.

Aber die Zeit drängt mit unerbittlicher Geschwindigkeit.

Friede, Friede, sagt auch der junge Kaiser, er macht Friedensvorschläge und ist zu weiteren territorialen Zugeständnissen bereit, jedoch die Stadt Triest mit ihrem Territorium kann man nicht abtreten, denn sie soll in Österreich eine besondere Stellung einnehmen, im Einklang mit den Bestrebungen seiner Einwohnerschaft.

Aber noch ehe es zu Konzessionen und Verhandlungen kommt, macht der Baron Conrad von Hötzendorf, der Feldmarschall mit dem drahtigen Haar im Bürstenschnitt, andere Ideen und Überlegungen geltend, sie unterscheiden sich von den Ideen der übrigen Generäle und sogar von denen des jungen Kaisers selbst.

Allmählich beginnt sich die Idee Hötzendorfs beim Kaiser, bei den Generälen und in der ganzen kaiserlichen und königlichen Armee durchzusetzen.

Alle haben nur mehr eine Idee, die strategische Idee.

Der Kaiser zeigt sich von der Idee des Feldmarschalls Hötzendorf mit dem drahtigen Haar im Bürstenschnitt und davon, wie er sie durchführen will, befriedigt.

Er bestellt ihn zum Rapport und sagt: Herr Feldmarschall Baron von Hötzendorf, ich habe über Ihre Vorstellungen lange nachgedacht und habe sie ausgezeichnet gefunden, es sind Vorstellungen würdig meines Feldmarschalls und Chefs des Generalstabs.

Ihre strategische Idee hat meine vorbehaltlose Zustimmung, und zum Beiweis meiner hohen Wertschätzung für Sie habe ich beschlossen, Sie in den Stand eines Grafen von Hötzendorf zu erheben.

Die Augen des Grafen Barons werden feucht vor Rührung, er bringt kein Wort hervor, er schlägt nur die Hacken zusammen, die Sporen klirren, als wollten sie sagen: Danke, Majestät.

Nachdem er sich vom Kaiser verabschiedet hat, hält der Feldmarschall Graf von Hötzendorf Rapport und erläutert seinen strategischen Plan. In die geographischen Karten, in die hydrographischen Karten und in viele andere Karten werden mit Farbstiften große Zeichen eingetragen, die nur der Kaiser, der Graf von Hötzendorf und der österreichische Generalstab verstehen.

Man muß unseren wortbrüchigen Feinden eine Lektion erteilen, eine harte Lektion, vor allem ihrem König, der sich eines Treubruchs schuldig gemacht hat, der kein Beispiel in der Geschichte kennt.

Mein strategischer Plan sieht einen unerwarteten blitzartigen, entscheidenden Überraschungsschlag vor.

Mein strategischer Plan hat einen Namen, der ein ganzes Programm bedeutet, Strafexpedition.

Strafexpedition heißt nicht nur hart und rasch zuschlagen, sondern vor allem auch mit Intelligenz.

Wenn alles gutgeht, und es muß gutgehen, dann winken Ruhm und Auszeichnungen für alle und die Beförderung von den sechszackigen goldgestickten Sternen auf den Uniformkrägen zu sechszackigen Sternen aus weißem Elfenbein.

Das sagte der Feldmarschall Conrad von Hötzendorf, der genialste Soldat der Mittelmächte.

Der strategische Plan der Strafexpedition verstößt gegen alle Regeln der Strategie.

Es ist ein strategischer Plan gegen alle Regeln der Strategie, wie sie in den Akademien von Sankt Pölten und Wiener Neustadt und im Theresianum in Wien gelehrt werden.

Keine Offensiven mehr auf dem Hochland, keine Kämpfe mehr um den Besitz von Berggipfeln.

Der Major der Kaiserjäger Martinelli schüttelt den Kopf, und auch der Hauptmann der Kaiserschützen schüttelt den Kopf.

Die neue Strategie ist etwas Hirnrissiges.

Keine Kämpfe mehr um den Besitz von Bergen, kein Ringen mehr um jeden Berggipfel, sondern vorwärts, vorwärts in den Tälern, vorbei am Rombon-Gebirge, am Polounik, an der Jama Planica und der Poljanica, wo sich diese verfluchten Italiener festgesetzt haben und an den Gipfeln wie Kletten kleben.

Kletten sind nicht von großem Wert, diese tapferen italienischen Soldaten aber sind nicht zu unterschätzen.

Wann kommt die Offensive?

Man weiß nur, daß die härteste Aufgabe den Schützen und den Jägern vorbehalten ist. Sie müssen, so lautet die schreckliche Parole, alle befestigten Stellungen der Italiener auf dem Stol vernichten, der das ganze Tal hinter Saga beherrscht.

Wenn es dem Feind gelingt, sich weiter zu befestigen, ist alles verloren.

Verloren leitet sich von verlieren ab.

Verlieren heißt, einer Sache beraubt zu werden, die man

bereits besessen hat, auch wenn es sich um Immaterielles handelt.

Die Ruhe verlieren, die Ehre, die Hoffnung, den Verstand.

Ticktack, die Uhrzeiger bewegen sich und scheinen sich doch nicht zu bewegen.

Achtung auf das Zeichen zum Angriff.

Achtung auf das Zeichen, Achtung auf das Zeichen, alle warten auf das Zeichen.

Die italienischen Menschentiere und die österreichischen Menschentiere.

Unter den italienischen Menschentieren befindet sich auch der Soldat Vittorio Locchi und unter den österreichischen Menschentieren der jüdische Soldat und Kabbalist Joseph Zwi Rimon.

Beide sind Dichter, und in wenigen Stunden werden sie vielleicht tot sein, der eine gestorben für den König, der andere für den Apostolischen Kaiser.

Die Offensive, die Offensive.

In wenigen Stunden können Locchi und Rimon tot sein, und jenseits des Todes gibt es nichts als das Nichts.

Gelobt sei, sagt der jüdische Soldat und Kabbalist Joseph Zwi Rimon, gelobt sei Der uns am Leben erhalten hat, um diesen Tag zu sehen.

Den Tag, an dem Italien vernichtet sein kann, den Tag, an dem das Kaiserreich zerschmettert und aufgelöst sein kann.

Gott strafe England und vernichte Italien.

Fratelli d'Italia l'Italia s'è desta . . . Auf, Brüder Italiens, Italien erwacht . . .

Eine Kugel kommt geflogen, gilt sie mir oder gilt sie dir . . .

Su corriamo in battaglioni tra il ribombo dei cannoni . . . Los, ihr Bataillone, stürmt zum Krachen der Kanone . . .

Die Uhrzeiger rücken langsam vor, das Zeichen kann jeden Augenblick kommen, das Zeichen, das Signal. Alles schweigt, es ist wie das Schweigen der Ewigkeit.

Der Regen regnet, stürzt in Strömen herab, die Uhrzeiger bewegen sich langsam.

Jede Minute ist eine Minute Ewigkeit. Und es ist kalt. Plötzlich treten die Kanonen in Aktion, Gewehrfeuer, Pfeifen der Schrapnells, Heulen der Minenwerfer.

Vorwärts, vorwärts, und die riesige Todesmaschine rückt unter der Fahne des Blaukreuzes weiter und weiter vor.

Die Fahne des Blaukreuzes, die Fahne der Giftgase. Vorwärts, vorwärts, die Piave ist erreicht.

Die italienische Armee ist vernichtet, und recht geschieht's dir, wortbrüchiger König. Sieg, Sieg, großer Sieg.

Gott erhalte, Gott beschütze unsern Kaiser, unser Land.

Der Befehl lautet Halt. Aber warum denn, wenn man bequem bis Rom und Umgebung gelangen kann.

Der Befehl lautet Halt, aber wer hat diesen Befehl nur gegeben?

Sich eingraben, verschanzen in den Schützengräben, halala, halala, man kehrt zum Maulwurfskrieg zurück. Aber warum denn, fragt der Oberjäger Müller, warum das alles, wo wir doch vom Jubel trunken sind?

Die Schützengräben sind wie befohlen ausgehoben, und die Maulwurfsmenschen sind bereit, in sie einzurücken.

Endlose Reihen italienischer Gefangener, sie sind alle froh, denn für sie ist das absurde Gemetzel endgültig zu Ende.

Nach dem Sieg atmet das ganze Kaiserreich kaiserlich auf, und auch der Kaiser atmet auf, fast noch kaiserlicher, als es seinem Titel entspricht.

Fahnen wehen, Glocken läuten, und in allen Kirchen des Reiches wird als Dank für die vom Allmächtigen erwiesene Gnade das Tedeum gesungen.

Gott erhalte, Gott beschütze unsern Kaiser, unser Land.

Die siegreiche Offensive, der überperfekte Plan der Strafexpedition wurden in Triest mit besonderen Zeremonien und Festlichkeiten gefeiert.

Lange Fahnen hängen von den Fenstern der Häuser und Palais, und am Abend gibt es eine Festbeleuchtung mit unzähligen Kerzen der Marke Apollo.

In allen christlichen Kirchen, den katholischen, den

orthodoxen, den lutherischen, erheben sich Dankgebete und Dankgesänge und ein feierliches Tedeum.

Auch in den Synagogen dankten die Rabbiner dem guten Gott Abrahams.

Auf dem Theaterplatz wurde ein kleiner Teil dessen, was die italienische Armee bei ihrem Rückzug über den Tagliamento als riesige Kriegsbeute zurückgelassen hatte, zur Schau gestellt.

Die Schüler besichtigten mit ihren Lehrpersonen die Siegesbeute.

Es waren Schüler der italienischen, deutschen, slowenischen und kroatischen Schulen. Die Lehrerin Kindra der Schule in der Via Fontana sagt zu ihren Schülern: Alle diese Kanonen, diese Maschinengewehre, diese Gewehre, all dies teuflische Kriegsgerät besagt nur eines: Tod. Der Krieg, sagt die Signorina Kindra, ist etwas Schreckliches, hoffen wir, daß er mit dieser Strafexpedition ein Ende hat, und daß das Leben wieder eine Bedeutung gewinnt, die des Lebens wert ist.

Seht nur, Kinder, ergänzt der Lehrer Marinelli der Schule in der Via Sanità, was Krieg heißt.

Der Krieg, vergeßt das niemals, ist etwas Schreckliches.

Er ist wie eine tragische Tennispartie, die man gewinnen, aber auch verlieren kann.

Und man muß achtgeben, meine Kinder, daß der Sieger sich nicht allzusehr als Sieger fühle und der Verlierer nicht allzusehr als Verlierer, denn dann beginnt alles von neuem.

Man muß maßvoll Sieger und maßvoll Verlierer sein.

Jenseits der Piave bereitet man die Gegenoffensive vor.

Französische Soldaten, englische Soldaten und eine Handvoll amerikanische Soldaten eilten den italienischen Soldaten zu Hilfe.

Und Kanonen und wieder Kanonen und Gewehre und wieder Gewehre und Tonnen guter Lebensmittel, iß auch du, wenn ich zu essen habe.

Auch das Büchsenfleisch hilft den Krieg gewinnen.

Der Gegenschlag war ein siegreicher Gegenschlag. Die französische Artillerie feuerte, die englische Artillerie feuerte, und es feuerten auch die paar Kanonen der Handvoll amerikanischer Soldaten.

Dann stößt die italienische Infanterie vor und überschreitet die Piave.

Die Front der kaiserlichen Armee gerät ins Wanken.

Hol die kaiserliche, hol die königliche Fahne ein.

Holt all diese Fahnen ein, sie werden nie wieder gehißt werden. Das österreichische Kaiserreich, das übernationale Reich hört auf zu existieren.

Dieses Reich, das nicht so groß war, um sich an die Seite der großen Reiche stellen zu können, aber auch nicht so klein, um nicht als ein großes Reich angesehen zu werden, zerfällt, löst sich auf und ist wohlgeordnet noch in der Auflösung.

Der Rückzug ist ein Marsch im elastischen Schritt des Kaisers.

In den Untergang, aber mit Würde.

Auf dem Rückmarsch befindet sich auch eine ganze ungarische Infanteriedivision mit ihrem Kommandanten an der Spitze und dem dazugehörigen Offiziersstab.

Man geht nach Hause, das Reich ist zerfallen, und sie singen *Éljen Magyarország*. Auf den Mützen grün-weiß-rote Kokarden, die Farben des schönen Ungarn.

Und sie marschieren in geordnetem Marschtritt auf ihre Häuser in Ungarn zu, elöre, elöre, vorwärts, vorwärts.

Ebenso marschieren die kroatischen, die bosnischen, die böhmischen, die mährischen Divisionen auf ihre teuflischen Vaterländer zu.

Nur die Regimenter der getreuen Slowenen sind noch stolz darauf, kaiserlich zu sein oder sich so zu fühlen, sie sind stolz auf ihre Medaillen, Zeichen des Danks des Herrscherhauses und des kaiserlichen Vaterlandes.

Der Treueid ist gelöst, und es beginnt der Tanz der Schlauen, der Tanz der Gewitzten.

Die Helden sind tot, die Schlauen zu Hause, die Idioten an der Front.

DAS ÖSTERREICHISCHE KRIEGSKOMMUNIQUÉ
vom 31. Oktober 1918

Das Armeeoberkommando hat bereits am 29. Oktober früh durch einen Parlamentär die Verbindung mit der italienischen Heeresleitung hergestellt. Es sollte kein Mittel zur Vermeidung weiterer unnützer Blutopfer, zur Einstellung der Feindseligkeiten und zum Abschlusse eines Waffenstillstandes unversucht bleiben.

Das italienische Oberkommando hat gegen diesen, von den besten Absichten geleiteten Schritt zuerst eine unverkennbar ablehnende Haltung eingenommen. Erst am 30. Oktober abends konnte der General der Infanterie v. Weber mit einer Abordnung im Einverständnis mit dem italienischen Oberkommando die Gefechtslinie zur Einleitung von Verhandlungen überschreiten.

Wenn demnach auf dem italienischen Kriegsschauplatz die Kriegsgreuel ihre Fortsetzung finden, müssen die Schuld und Verantwortung lediglich auf Rechnung unserer Feinde geschrieben werden.

Der Chef des Generalstabes

Und die Verantwortung ging zu Lasten unserer Feinde, die Tausenden von Menschen das Leben hätten retten können.

Das Kommuniqué des österreichischen Armeeoberkommandos wurde in Triest sofort bekannt.

Und sofort beginnen in Triest die ersten und immer roher werdenden Gewalttätigkeiten von Gruppen, die sich als liberal und national bezeichnen.

Wer zu ihren politischen und nationalen Auffassungen nein sagt, wird durch einen brutalen Schlag mit Stöcken, deren Enden mit knochenbrecherischen Eisenbolzen verstärkt sind, gezwungen, ja zu sagen. Und um zu beweisen, was die neue nationale Freiheit bedeutet, verfolgt und verprügelt man die wenigen Wachleute, die noch Dienst versehen.

Dienst ist Dienst.

Die heimkehrenden Soldaten werden von diesen eher spärlichen, aber überaus aktiven jungen Burschen angehalten und gezwungen, die Kokarde mit den Initialen des

Kaisers abzureißen, die in der gesamten österreichischen Armee und Marine auf der Mütze angebracht war.

Viele werfen die Kokarde zu Boden, um nicht länger belästigt zu werden, die meisten aber weigern sich, und da werden sie im Namen der neuen nationalen Freiheit geohrfeigt, geschlagen und als Mörder und Verräter beschimpft. Es sind die Frontidioten.

In Triest herrscht lebhaftes Treiben.

Der Krieg ist zu Ende, die Leiden sind zu Ende, komme wer immer auch, der Krieg ist zu Ende.

Auf den Kais sammelt sich eine festliche Menge, eine traurige Menge, eine neugierige Menge.

Was wird sein? Werden wir einem föderativen Staat angehören?

Wird es ein ehrenvoller Frieden sein?

Lauter Fragezeichen, lauter Rufzeichen.

Einige Soldaten des Landsturms holen unter dem Kommando des Korporals Faidutti vom Statthaltereipalais den bronzenen Doppeladler herab.

Wenn wir zugrunde gehen, dann mit Würde.

Die Embleme des toten Reiches dürfen nicht verunglimpft werden.

Die letzte Botschaft des österreichischen Statthalters in Triest.

Die Botschaft wurde in Druck gegeben, sie wurde auch gedruckt, aber niemals verbreitet.

Vielleicht dachte man, damit der neuen Fahne eine Ehre zu erweisen.

Die Botschaft lautet in deutscher Übersetzung:

AN DIE EINWOHNERSCHAFT TRIESTS

Mit Rücksicht auf die allgemeine Lage und auf höheren Befehl sehe ich mich gezwungen, heute Triest zu verlassen und den Sitz der k. k. Statthalterei einstweilen nach Graz zu verlegen. Die Verwaltungsaufgaben der Stadt werden einem Komitee übergeben, das sich aus der Einwohnerschaft gebildet hat.

Ich ersuche die Bevölkerung Triests, in diesen schwierigen

Zeiten die Ruhe und die Ordnung zu bewahren und zu vermeiden, daß die Stadt, die schon infolge des Krieges so schwer gelitten hat, an der Schwelle des Friedens neue und erhebliche Schäden erleide.
Vier Jahre lang waren ich und meine Mitarbeiter redlich und nach besten Kräften bemüht, im Sinne unseres erhabenen Kaisers und Herrn die Kriegsleiden zu lindern und die Opfer, die der Krieg der Bevölkerung abgefordert hat, in Grenzen zu halten.
In der Stunde meiner Abreise möchte ich zugleich mit meinen innigsten Wünschen für die Zukunft der Stadt meiner Überzeugung Ausdruck geben, daß Triest, das seit mehr als fünf Jahrhunderten aus freiem Entschluß mit Österreich vereinigt war und in dieser engen Vereinigung zu einem mächtigen Handelsplatz geworden ist, in der Folge eine seiner Vergangenheit würdige Entwicklung nur in einem freiwillig gewählten Zusammenhang und in Gemeinsamkeit mit einem Hinterland finden kann, mit dem es durch die Natur und die Geschichte verbunden ist und das sich auf dem Weg zu einer neuen staatlichen Form befindet.

Triest, 31. Oktober 1918

Seiner Kaiserlichen und Königlichen Apostolischen Majestät wirkl. Rat und k. k. Staathalter für Triest und das Küstenland Dr. Baron de Fries-Skene

O prophetisches Gemüt des Barons und nicht nur des Barons und kaiserlich-königlichen Statthalters de Fries-Skene.

Triest, der mächtige Handelsplatz, wird in der Folge nie wieder eine seiner Vergangenheit würdige Entwicklung finden.

Was es erleben wird, ist der Triumph der Rhetorik, es wird dahinvegetieren im Mittelmaß eines Bürgertums, das stets klein gedacht hat.

Natur und Geschichte und Wille des Volkes ruhen in Frieden neben dem Kaiser und seinem Reich, das wie ein großes Senfkorn war, das einmal, vor Jahrhunderten eingesetzt, einem Baum das Leben gab, fähig, in seinen Ästen jede Art Vögel zu beherbergen.

Die Stadt befindet sich voller Einsamkeit und Bitterkeit wie in einer Luftblase.

Jahrzehnte und Jahrzehnte hindurch wird man die Wahrheit weder sagen noch schreiben dürfen, denn die wahrhaftige Wahrheit stört und wird das nationalistische Italien und die schönen Visagen der Nationalliberalen noch lange stören, die sich als Trabanten, vielmehr als dumme und schlechte Knechte der neuen Herren, der neuen Autoritäten erweisen.

Ah, das schöne Meer von Triest, seine schönen Hafenanlagen, seine blitzenden Kräne. Auf den Kais wimmelt es von Ameisen aller Arten, es gibt Arbeiterinnen und Ameisen mit Ringelsteiß und Ameisen mit Stachelsteiß.

Tausende von Myrmidonen, ein aus Ameisen erschaffenes Völkchen spaziert, steht, wartet auf den leicht bemoosten Kais.

Worauf warten Sie?

Tja, wenn ich mich als Myrmidone erachte, dann kann ich nur auf ein vierbeiniges ameisenfressendes Schuppentier warten.

Und Sie, Signore mit dem grauen Haar, worauf waren Sie?

Tja, wenn ich mich als Myrmidone erachte, dann kann ich nur auf einen ameisenfressenden amerikanischen Ameisenbären warten.

Sie kommen, sie kommen. Ein Winken mit grün-weiß-roten Fahnen, ein grün-weiß-rotes Gewinke und Geschwenke.

Sind es ungarische Fahnen? Sind es italienische Fahnen oder mexikanische?

Worauf es ankommt, ist das Ende des Krieges, das Ende der Leiden, das Ende des Hungers.

Die Menschentiere bringen sich nicht mehr gegenseitig um.

Sie kommen, sie kommen, und sie kommen übers Meer.

Das Torpedoboot Audace legt am Molo San Carlo an.

Blumen, Fahnen, Umarmungen.

Sind Sie ein Myrmidone? Nein, Signore, ich bin ein

Mirmillone, das heißt ich fühle mich wie ein Gladiator, der mit Schild und Dolch gegen einen Netzfechter kämpft.

Sie kommen, und sie kommen mit einem Kriegsboot.

Was schwankend vom Laufsteg herabsteigt ist weder ein Schuppentier noch ein amerikanischer Ameisenbär.

Herab steigt ein General, groß und mächtig wie die Berge der Langhe, woher er stammt.

Es ist der General Graf Carlo Petitti di Roreto.

Er stampft dreimal mit dem Fuß auf den Stein des Molos San Carlo und sagt: Im Namen des Königs nehme ich Besitz von der Stadt und ihren Einwohnern, ich nehme Besitz von ihrer Umgebung und deren Bewohnern.

Alle schreien Evviva und klatschen in die Hände, und auch wem nicht danach zumute ist, in die Hände zu klatschen, tut es trotzdem, er denkt sich, ich klatsche in die Hände, weil der Krieg zu Ende ist, mein Beifallsklatschen gilt weder diesem Roreto noch seinem König.

Danach zieht sich der General, der so mächtig wirkt wie die Berge seiner Langhe, mit seinem Gefolge in das Statthaltereipalais zurück und findet alles in bester und schönster Ordnung vor.

Gelobt sei dieser Baron de Fries-Skene, der es verstanden hat, alles so tadellos zu führen und zu hinterlassen, und wie weise und wie elegant war doch seine Verabschiedung von Triest nach vierjährigen redlichen Bemühungen, Leiden und Entbehrungen zu lindern.

Und wieviel Weitsicht verrieten doch seine Abschiedsworte vor seiner Übersiedlung auf höheren Befehl nach Graz. Ich ersuche die Bevölkerung Triests, in diesen schwierigen Zeiten die Ruhe und die Ordnung zu bewahren . . .

Und alle wollten Ruhe und alle wollten Ordnung, die Menschen in der Stadt und die Menschen in der Umgebung, auf den Hochplateaus des Karsts, wo inmitten der Bora und des Kalksteins die Linden, die Eichen, die Kiefern und die Tannen gedeihen und in deren Ästen es singt.

Nein, nicht alle wollten Ruhe und Ordnung.

Gewisse Schönscheißer wollten sie nicht.

Gewisse Herren wollten sie nicht, die ihren Wanst mit der

Trikolore umwickelten, in Phrasen schwelgten, hysterisch, hochfahrend und nichtssagend waren.

Gewisse Denunzianten im Dunkeln wollten sie nicht, die jeden vernaderten, der dem Reich treu und ehrenvoll gedient hatte.

Die Ameisen aller Arten freilich wollten Ruhe, Ordnung und Stillung des Hungers.

Homo Ki und so weiter, in dem alten chassidischen Gesang, in seinen alten Rhythmen gestaltete sich das Wissen um das Trinken und das Essen zu einem Aspekt der Kultur.

Nach der Katastrophe verstand es niemand mehr, kultiviert zu essen und kultiviert zu trinken.

Der Graf di Roreto hat immerhin noch einen Sinn für Ehrlichkeit und Freiheit, wie sie Italien in der Zeit des Immerdrauflos und einen Schritt weiter noch kannte, das Italien der Zeit des Belcanto à la Rossini.

Der mächtige General begibt sich auf die Hochplateaus des Karstes. Der wilde Karst, der Karst der Bora, der Karst der Linden gefällt dem Herrn General mit dem Mäanderstreifen am Ärmel.

Carlo von den Langhe gefallen auch die Karstbewohner, sie sind gastfreundliche Leute, wohlgesittet und friedlich, etwas abergläubisch und tief religiös.

Der Graf Carlo Pettiti di Roreto läßt in allen Dörfern, in allen Ortschaften, in allen Teilen des Karstes folgende Verlautbarung anschlagen:

SLOWENEN!

Italien, ein Staat großer Freiheit, wird euch dieselben Rechte gewähren wie allen anderen Staatsbürgern! Er wird euch mehr Schulen in eurer Sprache geben als es Österreich getan hat.

Das stand in der Verlautbarung, und das lasen in ihrer slowenischen Sprache die Bewohner des Karstes, wo die von Vogelgesang erfüllten Linden blühen, unter deren Wurzeln die sumachroten Füchse ihren Bau haben.

Das stand in der Verlautbarung, und alle sagten: Wie das, mehr noch als unser Kaiser uns gegeben hat?

Alles für das Volk und nichts durch das Volk.

Ein skeptischer Karstbewohner aber, der schon manches gesehen hatte, sagte: Hm, hm.

Er sagte: Hm, hm, denn er war der Dorfälteste von Divaccia, er war der Starosta einer vielköpfigen Familie, und er, dieser Stojan Korencian, sagte: Hm, hm, wer es erlebt, wird noch schöne Dinge erleben.

Und die Slowenen, die es erlebten, erlebten in der Tat schöne Dinge. Und der Graf General befahl, daß Fahnen wehen, daß Frohsinn herrsche, daß die Glocken in voller Stärke läuten und daß alle glücklich seien, einschließlich der Ameisen mit Ringelsteiß und der Ameisen mit Stachelsteiß.

Und während die Fahnen wehten und die Glocken läuteten und alle glücklich waren, schrie der Priester Johannes, als wäre er in der Wüste des Karstes: Weh, weh, die große Stadt, die in Byssus und Purpur und Scharlach gekleidet war und geschmückt mit Gold und Edelsteinen und Perlen, wurde mit all ihrem Reichtum in einem Augenblick zerstört.

So schrie der Priester Johannes, aber die liebenswerte und handelstüchtige Stadt, die Freude des Reisenden, die Stadt des Schilfrohrs, die Stadt der schönen Menschen wartete nun unter den geänderten Verhältnissen auf ihre staatliche Neuformung.

Trauriges, lustiges Triest.

XVI.

Aus dem Tagebuch des Fräuleins Ernestine Weber kurz Erna genannt und angestellt in Triest im Hause des Advokaten Otto Wulz und mit der Aufgabe betraut den Sohn des Advokaten Otto den zehnjährigen Schüler Hugo zu betreuen und zu erziehen

4. Oktober 1918
Es scheint, daß die Regierung in Wien die Absicht hat, dem amerikanischen Präsidenten Wilson einen sofortigen Waffenstillstand anzubieten. Das meldet heute morgen die Gazzetta di Trieste in einem Telegramm ihres Wiener Korrespondenten, und eine Meldung, die ich in der Neuen Freien Presse gelesen habe, bestätigt, daß die Mittelmächte unter dem Druck der wirtschaftlichen Schwierigkeiten zu einem sofortigen Waffenstillstand bereit sind.

Österreich, so schreiben die Zeitungen, hat den Krieg ausschließlich als Verteidigungskrieg geführt und mehrmals seine Bereitschaft zum Ausdruck gebracht, dem Blutvergießen ein Ende zu setzen und einen gerechten und ehrenvollen Frieden zu schließen.

Ich, Erna Weber, halte hier fest, daß dies Worte von großer Menschlichkeit sind.

Das Reich ist müde, Wien ist müde, und auch die Stadt Triest, in der ich arbeite, ist müde und leidet schwer.

Heute abend hat mir mein Hugo vor dem Einschlafen gesagt: Fräulein Erna, Sie sind für mich wie eine goldene Wolke.

Das Kind wollte damit mein blondes Haar preisen.

Mein Haar ist wirklich schön, und ich gestehe, daß ich mich geschmeichelt und überrascht fühlte.

Überrascht, daß ein Knirps von zehn Jahren solche Gedanken hat.

Sollte er in mich verliebt sein?

Möglich. Die Geheimnisse der kindlichen Psyche sind unergründlich.

Aber die Sache gefällt mir nicht, sie gefällt mir ganz und gar nicht, ich wiederhole zum dritten Mal, sie gefällt mir nicht.

16. Oktober 1918

Es ist klar, daß der Kaiser den Frieden will. Alle Zeitungen schreiben, daß der Kaiser den Frieden will.

Der Kaiser kündigt eine neue Verfassung an, wonach Österreich ein Föderativstaat werden soll.

Allen Völkern wird eine größere Autonomie garantiert. Triest soll eine Kaiserliche Freistadt werden.

Wird man aber in dieser verrückt gewordenen Welt auf den Kaiser hören?

Der Advokat Dr. Wulz ist übelster Laune.

Herr Doktor, fragte ich ihn während des Nachtmahls, wie wird das noch enden?

Wer's erlebt, wird noch schöne Dinge erleben, antwortete der Advokat, mehr als schöne Dinge.

An diesem Abend sagt Hugo vor dem Schlafengehen zu mir: Fräulein Erna, ich vertraue Ihnen ein ganz geheimes Geheimnis an, meinen Liebesplan.

Und was ist dein geheimes Geheimnis?

Wenn ich groß bin, werde ich heiraten, und wissen Sie wen?

Wen denn?

Das Fräulein Erna Weber, meine goldene Wolke.

Die Gedanken meines Hugo gefallen mir gar nicht.

Sie gefallen mir nicht und sie gefallen mir nicht, ich wiederhole zum dritten Mal, sie gefallen mir nicht.

18. Oktober 1918

Fleisch, Mehl, Öl sind nicht einmal mehr im Schleichhandel zu bekommen.

Die Köchin Teresa zermartert sich den Kopf, wie sie halbwegs annehmbare Mittagessen und Nachtmähler zustande bringen soll.

Heute ist es der Franza, der Milchfrau, gelungen, fünf Kilo Erdäpfel aus Contovello in die Stadt mitzubringen.

Gedämpfter Jubel im Hause Wulz.

Wilson, so meldet die Gazzetta di Trieste, antwortet der Wiener Regierung, er sei nicht mehr in der Lage, die bloße Autonomie der Tschechoslowaken und Südslawen als Friedensbasis anzuerkennen.

Es geht der Katastrophe entgegen, sagt der Advokat Dr. Wulz kopfschüttelnd, die dreckigen, die teuflischen Nationalismen haben die Oberhand gewonnen.

Von Humanität durch Nationalität zur Bestialität.

19. Oktober 1918

Es heißt, der Kaiser werde sich an den Heiligen Vater mit der Bitte wenden, der möge sich bei der italienischen Regierung dafür einsetzen, daß sie auf die in Vorbereitung befindliche große Offensive aus reinen Menschlichkeitsgründen verzichte.

Man ahnt, daß der Krieg bald zu Ende geht. Der Krieg, so sagen die Informierten, wird nicht in Venetien entschieden werden.

Vielleicht wird es dem Papst gelingen, durch seine Intervention Tausende und Tausende von Menschen vor dem Tod oder der Verstümmelung zu bewahren.

Heute frühmorgens, als ich Hugo für den Schulgang vorbereitete und ihm die letzten Aufschlüsse über ein arithmetisches Problem gab, läutete es an der Tür, es war die Franza, die uns eine große und aufmunternde Überraschung bescherte.

In ihrem Korb lag ein großer Kranz Würste, die man in Triest Krainerwürste nennt.

Alles echtes Schwein und hausgemacht, sagte die Franza, dabei lachten ihre Augen, und ihre Hände waren in freudiger Bewegung.

Als die Teresa die Würste mit gerösteten Erdäpfeln auf

den Mittagstisch stellte, gab es allgemeinen Jubel, und Hugo klatschte in die Hände.

Nachdem der Advokat Dr. Wulz eine Wurstscheibe verkostet hatte, sagte er lachend: Dieser Franza gebührt ein Orden für Verdienste um die Beschaffung von Lebensmitteln.

Und er fuhr fort: Mein Gaumen frohlockt und meine Lippen duften, und alles dank der Franza, unserem Milchengel.

Später kam der Doktor Simone Simon auf einen Plausch, ein reizender ungarischer Arzt von nur achtzig Jahren.

Ja, auch der Doktor Simon meint, daß wir auf dem Weg zur Apokalypse sind, zum Untergang des Reiches, und mit der Stimme eines biblischen Propheten sagte er zu Frau Wulz gewandt:

Und auf dem großen Thron aus blankem Gold werden wir nicht mehr den sehen, der auf ihm saß, und für ihn wird sich kein Ort finden, und wenn sich ein Ort finden wird, dann wird es der Ort seines Sterbens sein.

Ich habe Hugo zu Bett gelegt, und vor dem Einschlafen sagte er mit seiner verführerischen Engelsstimme: Gute Nacht, Fräulein Erna, meine goldene Wolke.

Ich wollte ihm einen Klaps geben.

Ich wiederhole, das gefällt mir nicht. Ich hätte es lieber vom Oberleutnant Goffredo Minin gehört, einem jungen Mann, der mir gefällt und der so blaue Augen hat wie die Augen des Kaisers, sie sind so blau wie das Meer Dalmatiens, wie meine Zuneigung zu ihm.

Seine letzte Feldpostkarte mit ergebensten Grüßen erhielt ich aus Udine, nach der siegreichen Strafexpedition.

Er kämpfte auf dem Monte Verena, und von dort schrieb er mir: Ich stehe vor einem wüsten Ruinenhaufen und zwischen zahllosen Toten, die einst unsere erbitterten Feinde waren.

Hugo schläft und träumt von goldenen Wolken, und ich bin ins Speisezimmer zurückgegangen, um meine Verdauungszigarette zu rauchen.

Auch Frau Wulz raucht ihre Verdauungszigarette. Es ist

ihr gelungen, drei Rauchringe zu erzeugen, die wie drei Heiligenscheine zur Decke schweben.

Der Advokat Dr. Wulz sagt zum Doktor Simon: Wenn wir zugrunde gehen, und wir sind schon mitten im Untergang, dann haben wir uns das selber zuzuschreiben, mein lieber Simon.

Wir haben über die roten Nelken Witze gemacht, wir haben über die weißen Nelken gelacht und gesagt: Sie sollen sich ausstopfen lassen, diese Herumhupfer in ihren Turnvereinen mit ihren Nationalfahnen.

Man spöttelte über alles und alle und wurstelte fort, und heute müssen wir das teuer bezahlen, wenn teuer das richtige Wort ist.

Man wollte objektiv sein, wir alle waren wie eingelullt im Vertrauen auf die alte Kraft der heiligen kaiserlichen Idee.

Recht hatte dieser Windisch-Graetz, als er vor dem Kaiser die Auffassung vertrat: Wenn sie nichts von Gottes Gnaden hören wollen, dann werden sie die Gnade der Kanonen kennenlernen.

Aber auch mit der Gnade der Kanonen, meinte Simon, ist nichts anzufangen.

Die Gnade der Kanonen ist nunmehr die Gnade der savoyischen Kanonen, verstärkt durch die Gnade der französischen und englischen Kanonen, abgesehen von der Gnade der paar amerikanischen Kanonen.

Ja, ja, sagt der Advokat Dr. Wulz.

Unser Reich, unsere übernationale Welt existiert nicht mehr. Wir alle sind Tote auf befristetem Urlaub.

25. Oktober 1918

Heute ist Hugo nicht zur Schule gegangen, denn sie wurde vorübergehend geschlossen.

Der Direktor der Schule in der Via Fontana Brunnlechner ist in die Steiermark abgereist, um seinen Freund, den Schriftsteller Rosegger zu besuchen. Ich werde mit Hugo den Unterricht zu Hause fortsetzen.

Die Gazzetta di Trieste meldet, daß die österreichische Regierung die Bedingungen Wilsons angenommen hat.

Die österreichische Regierung erklärt sich ohne weitere Verhandlungen zu einem Waffenstillstand an allen Fronten bereit und ersucht den Präsidenten Wilson, die nötigen Verfügungen zu treffen.

Zu Hause sagt keiner ein Wort.

Der Advokat Dr. Wulz versucht sich in Humor, man lacht kurz über ein paar Witze, aber es ist nichts als Galgenhumor.

31. Oktober 1918

Wir sind beim großen Finale. Der General von Weber (mit dem General habe ich nur den Zunamen ohne das Von gemeinsam) hat Verhandlungen mit der italienischen Regierung und ihren Verbündeten aufgenommen.

Die Vokale A.E.I.O.U. haben keine Geltung mehr. Austria Erit In Orbe Ultima.

Wird sich der alte Wahlspruch der Habsburger noch bewahrheiten können?

2. November 1918

Diese fanatisierten und gewalttätigen Gruppen brüllen Viva l'Italia und Abbasso l'Austria, sie dringen wie Rasende in die Schulen, in die staatlichen Ämter und zertrümmern mit Hämmern und Stemmeisen die Wahrzeichen des alten Reiches, verbrennen Fahnen, Kaiserbilder werden auf die gemeinste Weise verunglimpft und Kaiserbüsten mit einem Strick um den Hals gleichsam an den Pranger gestellt.

Diese Szenen machen uns alle traurig, tun uns weh. Die Stadt ist sich selbst überlassen. Im Stadtzentrum gibt es noch ein paar Wachleute und auf den Landstraßen ein paar Gendarmen.

In den Dörfern und Marktflecken des Karstplateaus, hat die Franza gesagt, herrschen Ruhe und Frieden, wie vor diesem verfluchten Krieg.

Man wartet auf die italienische Armee, die immer noch nicht da ist.

Was wird sein, was wird geschehen, was wird man hören?

Drei Fragen, die alle sich stellen.

3. November 1918
Heute ist die Franza mit ihrer Milchkanne schon vor fünf Uhr früh erschienen.

Wenn Sie wüßten, Signori, was sich bei uns oben tut. Soldaten und wieder Soldaten, endlose Reihen von Soldaten, und alle diese Soldaten sind italienische Soldaten.

Soldaten zu Fuß, Soldaten auf Fahrrädern, Soldaten zu Pferd, und sie alle kommen, um Triest zu besetzen.

5. November 1918
Bei uns zu Hause herrscht Trauerstimmung. Die Mutter der Frau Wulz, die Frau Morlin, hat sich in Wien mit dem Revolver ihres Mannes erschossen.

Gehen Sie, Fräulein Erna, sagte der Advokat Dr. Wulz zu mir, gehen Sie mit meinem Hugo aus, und schaut euch um, was in diesem verrückten Triest passiert.

Ich sagte: Gehen wir, Hugo.

Wir gingen das Ufer entlang und dann auf die Piazza Grande.

Auf den Kais standen die Menschen, klatschten in die Hände und warfen Blumen auf die Soldaten. Andere Menschen wieder klatschten nicht in die Hände und warfen keine Blumen.

O Neugier über Neugier, nichts weiter als Neugier.

Hugo war auf die neuen Soldaten neugierig. Ich war neugierig auf diesen kriegerischen Friedensmarsch.

Kavallerieschwadronen mit aufgerichteten Standarten.

Savoia, Savoia. Grande joie.

Savoie Bonnes Nouvelles.

Wird es wirklich eine gute Nachricht sein?

Hugo betrachtet die Bersaglieri auf ihren kleinen Fahrrädern, und oben auf ihren kleinen Helmen wehen Federn im Wind.

Hugo fragt mich: Fräulein Erna, sind das Soldaten oder Kampfhähne?

Der Aufmarsch dauert an, Infanteristen und Kanonen und dann wieder Infanteristen, sie sind klein von Gestalt und tragen kurze um die Schultern geworfene Mäntelchen, die kaum den Hintern bedecken, und aufs neue rollen Kanonen und flitzen die Fahrräder der Bersaglieri vorbei.

Applaus, Zurufe, Freudentränen.

Ich sehe, daß sich der liebe Hugo langweilt.

Soldaten, Soldaten und immer wieder Soldaten, die einen mit Federbüschen wie von Kampfhähnen auf den Helmen, die anderen mit kurzen Mäntelchen, die kaum den Hintern bedecken, und auch solche, aber nicht alle, in Mänteln.

Gehen wir nach Hause, Hugo?

Ja, gehen wir nach Hause, denn das sind nicht unsere Soldaten, sondern feindliche Soldaten.

Ich habe den unglücklichen Einfall, über die Piazza Grande zu gehen und vor der Statthalterei stehenzubleiben, die bereits Präfektur heißt.

Vor ihr patrouillieren ein paar Carabinieri, ihr Zweispitz ist mit grauer Leinwand bezogen.

Sie haben ein kleines Gewehr, einen Karabiner mit aufgepflanztem Bajonett, geschultert.

Als Hugo sie sieht, umklammert er meine Hand und sagt mit angsterfüllter Stimme: Gehen wir weg von hier, Fräulein, gehen wir sofort weg, damit sie mich nicht sehen.

Wovor hast du denn Angst, sage ich, das sind Carabinieri, sie sind das, was bei uns die Wachleute oder die Gendarmen mit dem ockergelben Helm waren.

Gehen wir, gehen wir weg. Hugos Hand ist mit Schweiß bedeckt, er zittert am ganzen Körper wie in einem Nervenkrampf.

Fräulein Erna, gehen wir weg, denn diese Carabinierigendarmen sperren nicht den Dieb ein, sondern den Bestohlenen.

Vielleicht hat Hugo recht, so wie übrigens auch Kokoschka recht hatte, wenn er sagte, daß nicht der Mörder, sondern der Ermordete schuldig sei.

Nie dagewesene Dinge.

Nach Hause, drängte Hugo, nach Hause, es sind dieselben Carabinieri, die auf Befehl von Feuerfresser den armen Harlekin ergriffen, um ihn ins Feuer zu werfen, damit der Puppenspieler rechtzeitig zu seinem Hammelbraten komme.

Zu Hause angelangt, hatte Hugo zu nichts Lust. Er wollte nicht zu Abend essen, er wollte nicht lesen, er wollte nur schlafengehen.

Vor dem Schlafengehen aber und vor den abendlichen Waschungen sagte er ununterbrochen: Sie müssen zugeben, Fräulein Erna, daß sich diese Carabinieri und ihr mit grauer Leinwand überzogener Zweispitz mit unseren Gendarmen und ihrem ockergelben Helm nicht vergleichen lassen.

Ja, ja, sagte ich, und nachdem ich ihn ausgekleidet hatte küßte ich ihn und steckte ihn unter die Decke, und während ich ihn küßte, sah ich, wie sich seine kleine Rute gleich der Lanze eines leichten Reiters, eines Cheveau-léger de Savoie Bonnes Nouvelles erhob.

Und das war in der Tat eine gute Nachricht für Hugo, der somit den Anfangsgrad seiner Initiation in die Männlichkeit, in die gesunde Sexualität erlebte.

Hier endet das Tagebuch des Fräuleins Erna Weber. Es endet das Tagebuch, nicht aber die Geschichte der Familie Wulz und auch nicht das Leben und Wirken des Fräuleins Ernestine Weber, kurz Fräulein Erna genannt.

XVII.

Der Traum und die Schlaflosigkeit des Fräuleins Weber

Hugo ist eingeschlafen, und seine kleine Rute, sein Bimperl, ist unter dem Hemd in die Ruhelage zurückgekehrt.

Im Nebenzimmer träumt das Fräulein Erna, sie träumt vom Oberleutnant Goffredo Minin, sie sieht ihn im Traum auf den Karstplateaus herumlaufen, einen Flammenwerfer in der Hand, mit dem er versucht, einen Spalt in dem auf dem Monte Verena eroberten italienischen Fort zu erweitern.

Der Oberleutnant Minin lächelt, er sagt: Ich erweitere, ich erweitere, und dann verstecke ich mich in der Wärme des während der Strafexpedition eroberten Forts.

Auf einmal ist der Oberleutnant nicht mehr der Oberleutnant Minin, sondern der zehnjährige Hugo, der ihr mit verführerischer Stimme ins Ohr sagt: O meine goldene Wolke, o meine liebe Braut, und er versenkt seine Hand in der blonden Überfülle ihres einer goldenen Wolke gleichenden Haars.

Auch Hugo läuft herum, er läuft am Hafenufer entlang, er hat etwas wie eine angelegte Lanze in der Hand und will gleichfalls einen Spalt erweitern, einen Spalt in der Tür des Häuschens, in dem die Fee mit dem türkisfarbenen Haar wohnt. Plötzlich ist die Fee mit den türkisfarbenen Haar nicht mehr die Fee, sondern sie, Erna Weber, mit dem einer goldenen Wolke gleichenden blonden Haar.

Erna erwacht, sie muß an den Traum zurückdenken, und sie stuft ihn sofort als erotischen Traum ein.

Es ist zwei Uhr morgens, aber Erna kann den Schlaf nicht wiederfinden.

Sie findet es dumm, die Schafe zu zählen, außerdem mag sie diese Tiere nicht, da findet sie es noch beser, die Stammliste der Priester und Leviten aufzusagen.

Komm, oh Schlaf, komm und schließe mir die Lider, und sie beginnt die Liste aufzuzählen. Die Leviten setzten mit Zorobabel ein (sollte ich einen Hund haben, werde ich ihn so nennen), dem Sohn Sealthiels, und mit Josua, Seraja, Jeremias, Esdras.

Als sie zum Namen Jedaja kommt, nähert sich leichtfüssig Hypnos, der Gott des Schlafes und Vater des Traumgotts, und läßt die Lider der goldenen Wolke Erna sanft zufallen.

Hier schließt die Geschichte Ernas und der Familie Wulz, aber sie ist damit nicht zu Ende.

Sie wird möglicherweise in ein paar Jahre ihre Fortsetzung finden, denn der junge Wulz verrät schon jetzt eine gewisse Vorliebe für den Tintengeruch und für die Merkwürdigkeiten dieser Welt.

Wird er ein Journalist werden, ein Schriftsteller, ein Dichter?

Man wird ja sehen beziehungsweise vielleicht noch schöne Geschichten von ihm lesen können.

Die letzte Zufluchtstätte der wenigen Menschen der Welt von gestern ist immer noch Lipizza, und sie ist immer noch, und ohne Flickstellen, in den magischen Schleier der Maja gehüllt.

Die Pferde weiden weiterhin in Gesellschaft ihrer Freundinnen und Gefährtinnen, der Ziegen mit semitischen Gesichtszügen.*) Die Elstern bauen weiterhin in den Zweigen der Linden ihr Nest, und die Hirsche und ihre Verwandten, die Rehe, laufen weiterhin in elegenter Haltung umher und schlecken das Steinsalz und das Seesalz.

Und in der Gostilna Epona spielt die Signora Stefi weiterhin Zither, und nicht nur am Samstagabend.

In den schützenden Schleier der Maja gehüllt, versammeln sich im Stüberl wie gewohnt die alten Gäste der Signora Stefi. Sie sind die letzten einer schwarzgelben Rasse,

*) Anspielung auf ein Gedicht des großen Triestiner Lyrikers Umberto Saba. (Anm. d. Übers.)

einer Rasse, die in einer höherrangigen Welt geboren wurde und gelebt hat, und die nun in einer niedrigeren teuflischen Welt zum Scheitern verurteilt ist.

Von Humanität durch Nationalität zur Bestialität.

Gleich einem Windstoß ist Jugend in der Gestalt der schönen Elisabeth Sustercic hereingebrochen, sie ist in ihrer Art ein Animiermädchen, das heißt sie animiert die Gemüter der letzten kaiserlichen Schwarzgelben.

So verbringen bei Zitherklang und Pferdegewieher, bei vollen Weingläsern und Bierkrügeln die letzten Vertreter der Welt von gestern wie in der Retorte die letzten kaiserlichen Augenblicke ihres kaiserlichen Lebens.

Tote auf befristetem Urlaub.

Sie sitzen an ihren gewohnten Plätzen, die Signori Caffarel, Erdélyj, Brill und Hoffmeister, welch letzterer, um sich nicht immer wieder aufregen zu müssen, seine wöchentlichen Tour-Retour-Fahrten zwischen Triest und Lipizza aufgegeben hat. Basta.

Sie horchen auf das Wiehern der Pferde, auf das Rascheln des Windes in den Zweigen der Linden.

Elisabeth Sustercic, die Tochter des Frane Sustercic, wird von Minute zu Minute schöner, und die Duftwolke, die sie um sich verbreitet, steigert sich zu immer betörenderem Duft.

Susanna im Wäldchen.

Hier aber spioniert sie niemand aus.

Elisabeth nackt zwischen den Bettüchern, und ihr frischer Atem, der niemanden verwirrt.

Das Alte stürzt, die Zeiten ändern sich, und neues Leben blüht aus den Ruinen.

Für den Signor Caffarel aber, für den Signor Erdélyj, für den Bierfahrer Hoffmeister, für den Komponisten Maestro Brill und für die Signora Stefi geht die Welt in Trostlosigkeit, Schurkerei und Blut unter.

Und es war ein großes Reich, in dem eine höhere Ordnung herrschte, und es wurde wissenschaftlich abgewürgt, um einer absolut niedrigeren Ordnung Leben zu geben, aber was für ein Leben.

Das Übernationale besiegt vom Nationalen.

Vom Nationalen, das zum Teuflischen führt.

Der Kaiser mit den blauen Augen und dem elastischen Schritt, der liebevolle Vater seiner Völker ist tot, aber er lebt sein kaiserliches Leben weiter, im Himmel verklärt.

Zwar gibt es noch einen außerordentlich jungen Kaiser, dessen Augen nicht blau sind und dessen Schritt nicht elastisch ist, der aber immer noch ein Kaiser und Herr von Triest ist, mit dem Goldenen Vlies, das wie eine Sonne auf seiner Brust glänzt.

Sie haben versprochen, sagt Caffarel, daß sie ihn entweder zum König von Österreich oder zum Kaiser der Vereinigten Südstaaten machen.

Witzige Erfindungen, erklärt Caffarel, ich fürchte, sie werden ihn zum Kaiser der Toteninsel machen.

Die Zeiten ändern sich, eine neue Stimme blüht auf und erklingt zwischen den Ruinen.

Die Gesangstimme der Elisabeth Sustercic: Soča voda je šumela, und dann mit italienischem Wohlklang: Dammi amore quel fazzolettino . . .

Meterorologisch war es ein schöner Tag, aber es war ein scheußlicher, um nicht zu sagen tragischer Tag für die mikroskopisch kleine schwarzgelbe Gemeinde in der Gostilna Epona im dicht bewachsenen Lipizza.

Der Rittmeister Ildebrando Sandracca Graf di Fombrone, der dem Offiziersstab der Lanzenreiter von Novara angehörte, traf unerwartet in Lipizza ein, er war in Begleitung zweier Kompaniefeldwebel und zweier Carabinieri mit schwarzem Zweispitz, aber ohne den rotblauen Federbusch.

Der Rittmeister Sandracca di Frombone hatte von seinem Kommando, und das Kommando vom König, und der König von Gott den Befehl erhalten, das Gestüt von Lipizza und Umgebung zu requirieren.

Er rief das Personal zusammen, und das Personal hörte sich an, was der Rittmeister der Lanzenreiter von Novara, Ildebrando Sandracca Graf di Fombrone, zu sagen hatte.

Er hielt eine kurze militärische Ansprache im Befehlston. Befehle diskutiert man nicht.

Ich tue euch kund und zu wissen, sagt der Rittmeister Sandracca, daß auf Befehl des Königs, der schließlich ein Befehl Gottes ist, das Gestüt mit allem, was sich im Gestüt befindet, von diesem Augenblick an von mir in Beschlag genommen ist, daß ihr alle militarisiert seid, und daß niemand, der von diesem Augenblick an nicht militarisiert ist, weiter im Gestüt bleiben und arbeiten kann. Wer bleiben will, wird es besser haben als unter dem Kaiser, und wer nicht bleiben will, gehe, wohin es ihm beliebt.

Wer kapiert hat, der hat kapiert, und wer nicht kapiert hat, lasse es sich von einem erklären, der kapiert hat.

So sprach der Rittmeister Sandracca, spuckte aus und zündete sich eine Zigarette an.

Alle schwiegen, und nur ein alter Stallknecht, der der persönliche Stallknecht des Kaisers und auch der Kaiserin gewesen war, schüttelte den Kopf und murmelte: Schlau ist der Rittmeister, schlau und verschlagen wie alle Italiener. Er reicht dir ein Glas Rizinusöl, nachdem er vorher den Glasrand mit süßem Honig bestrichen und den Inhalt mit Erdbeeren verdeckt hat.

Wer lang genug lebt wird ja sehen, was die Zukunft Lipizzas sein wird.

Ja, diese Italiener sind schlau, sie verstehen es so gut zu verstecken, was sie verstecken wollen, um dich so weit zu bringen, daß du das Glas mit dem trügerischen süßen Inhalt ahnungslos trinkst, während es mit Rizinusöl angefüllt ist.

Der Rittmeister Ildebrando Sandracca Graf die Fombrone begab sich nun mit den beiden Kompaniefeldwebeln und den beiden Carabinieri mit dem schwarzen Zweispitz ohne rotblauen Federbusch zur Gostilna Epona der Signora Walker. Die hielt sich gerade in der Veranda auf, eifrig damit beschäftigt, ihre Zither für das übliche kleine Abendkonzert zu putzen und zu stimmen.

Der gräfliche Rittmeister salutierte und verlangte, die Besitzerin zu sprechen.

Die Besitzerin dieses Lokals bin ich, Signor Ufficiale, antwortete die Signora Stefi mit der Haltung und Würde einer Erzherzogin.

Signora, sagte der Rittmeister Sandracca, ich muß Ihnen eine Mitteilung machen, die Ihnen gewiß keine Freude bereiten wird.

Signor Ufficiale, sagte die Signora Stefi Walker, alle Mitteilungen, die von den neuen Herren Offizieren kommen, sind für mich stets wenig erfreuliche Mitteilungen, aus ihnen spricht weder die Ethik noch die Kultur unserer kaiserlich-königlichen Gesellschaft.

Signora, und der Rittmeister Sandracca stand stramm, ich teile Ihnen mit, daß das Gestüt von Lipizza auf Befehl des Militärkommandos, den es vom König und durch ihn von Gott erhalten hat, von diesem Augenblick an unter militärischer Gerichtsbarkeit steht.

Sie, Signora, müssen auf Anordnung des Militärkommandos das Lokal räumen, das von jetzt an als Offiziersmensa und Offizierszirkel dienen wird.

Es geschehe der Wille Ihres Militärkommandos, Ihres Königs und auch des lieben Gottes, wenn er es so bestimmt hat.

Der Sieger hat immer recht.

Stets wurde der siegreiche Ausgang den Göttern zugeschrieben, die Niederlage hingegen dem Fatum.

Als der Rittmeister Ildebrando Sandracca Graf di Fombrone gegangen war, berichtete die Signora Stefi ihren schwarzgelben Gästen, was zu berichten war.

Gut, sagten die Gäste, es geschehe der Wille des Rittmeisters Sandracca und jener, auf die er sich beruft, wir werden gehen, aber in aller Ruhe und mit unserer alten Würde.

Sie beschlossen, in der kommenden Woche auszuziehen.

Der Maestro Brill sagt, er werde nach Prag gehen, wo man ihm die Leitung eines künstlerischen Marionettentheaters angeboten hat, der Bierfahrer Hoffmeister aber wird sich in Lugano ansiedeln, wo es ihm leicht und ohne bürokratische Schwierigkeiten möglich sein wird, eine Bierstube zu eröffnen.

Die Signora Stefi Walker hingegen wird nach Bled übersiedeln und ihrer Kusine Olga helfen, die dort das Hotel Slavija besitzt.

Der Signor Caffarel und der Signor Erdélyj schweigen, das heißt sie sagen nichts.

Sie sagen absolut nichts darüber, was sie beschlossen haben und wohin sie gehen wollen.

Um ihre Gäste innerlich aufzurichten, nimmt die Signora Stefi am Abend ihre Zither vor, sie beginnt mit dem *Radetzky-Marsch* und schließt mit der *Schönen blauen Donau.*

Gute Nacht allseits, gute Nacht und träumen Sie süß.

Noch einen Abschiedstrunk. Ein Becher guten Weins, der Mut einflößt.

Am nächsten Morgen hat die Signora Stefi wie üblich in der Veranda das übliche Frühstück vorbereitet.

Der Maestro Brill ist da und der Bierfahrer Signor Otto Hoffmeister, aber die Signori Erdélyj und Caffarel sind noch nicht erschienen, und das ist seltsam.

Wo bleibt denn der Signor Caffarel und wo der Signor Erdélyj?

Die Signora Stefi steigt die Treppen hinauf, gefolgt von der in ihre Duftwolke gehüllten Elisabeth.

Sie klopft an die Zimmertür des Signor Caffarel, keine Antwort, da öffnet sie die Tür und findet den Signor Caffarel ausgestreckt im Bett als wunderschöne Leiche.

Sie öffnet die Tür zum Zimmer des Signor Erdélyj, und sie findet ihn im Bett, ebenfalls als wunderschöne Leiche.

Sie sind an gebrochenem Herzen gestorben, sagt die Signora Stefi, sie konnten den Kaiser und ihr Reich nicht überleben, das nicht so groß war, um mit den großen Reichen wetteifern zu können, aber auch nicht so klein, um nicht unter die großen Reiche eingereiht zu werden.

Sowohl der Signor Caffarel wie der Signor Erdélyj hatten genaue Verfügungen hinterlassen, sie wollten mit größter Einfachheit und in aller Stille in das Nichts der ewigen Einsamkeit eingehen. So wurden auch die beiden, wie der Kaiser, in himmlische Verklärung entrückt.

Der Signor Otto Hoffmeister sorgte dafür, daß ihr Letzter Wille mit größter Einfachheit und in aller Stille vollzogen werde.

Sie wurden nach Triest überführt und in der Via della Pace eingeäschert, und ihre Asche war von schöner Farbe, schwarz und gelb gemischt, und sie wurden im grünen, einfachen und stillen anglikanischen Friedhof bestattet.

Es ist dies ein Friedhof ohne Schnickschnack, ohne Monumente und ohne falsche und heuchlerische Inschriften.

Die Signora Walker übergab nach Ablauf der vorgesehenen Frist die Schlüssel der Gostilna Epona den neuen Militärbehörden und packte die Koffer.

In der letzten Nacht, die sie in ihrer einst geliebten und jetzt nicht mehr geliebten Gostilna verbrachte, vermeinte sie zwischen den Linden und Kiefern eine Stimme zu vernehmen, die sagte: Mit dem Tod der beiden Schwarzgelben ist das übernationale Reich für immer gestorben. Das alte Österreich ist nicht zum Nutzen jener zerstört worden, die nichts zu verlieren hatten, sondern zum Nutzen jener, die viel zu gewinnen hatten.

Sie vermeinte auch die Stimme des in den Himmel entrückten Kaisers zu hören, der sagte: Erinnert euch, o meine Völker, mit aller Ehrlichkeit der vergangenen Zeiten.

Am Morgen ihrer Abreise an den See von Bled wandte sie sich an die duftende Elisabeth Sustercic und sagte: Ich fahre zu meiner Kusine nach Bled und will dort warten, bis der Kaiser mich zu sich in den Himmel ruft.

Und du, Elisabeth, was wirst du tun, wohin wirst du gehen?

Und Elisabeth antwortete hochfahrend, und ihre Hände verkrampften sich: Der Kaiser kann von mir aus warten. Ich habe ein ganzes Leben vor mir.

In ihrem Kopf aber verbarg sich der Gedanke: Was heißt Bled, mit der Duftwolke, die ich verbreite, kann nur Paris meiner warten und der große Saal irgendeines Hôtel de Bourgogne.

Le portier: Holà! vos quinze sols!

Le cavalier: J'entre gratis.

Le portier: Pourquoi?

Le cavalier: Je suis cheveau-léger de la maison du Roi!

Der Mond ist weit, nicht aber für Cyrano Savinien Hercule de Bergerac.

Epilog

Der Kapitän Jure Lovričić, Kapitän langer Fahrt, wurde in Dubrovnik geboren, der von Vegetation umwucherten Seerepublik.

Als Kapitän Giorgio Lovricic hat er alle Meere befahren, die mittleren und die großen.

Er fuhr mit Segelschiffen und mit Dampfschiffen, und jetzt lebt der Kapitän Lovricic in Triest, mit den Beinen fest auf dem Boden der einst liebenswerten und handelstüchtigen Stadt Triest.

Außer Triest gefällt dem Kapitän Lovricic auch Wien, aber das alte, das kaiserliche.

Wehmütig denkt er an einen alten Gasthausgarten zurück, dicht bepflanzt mit Schatten spendenden Kastanienbäumen und Linden, und in dem die Spatzen frech herumhüpften.

Gerne erinnerte er sich auch der Burschenlieder, der langen Stinkatores, die die Studenten rauchten, und besonders des romantischen Liedes *Wir trinken nur Wein und lieben nur Weib.*

Der Kapitän Lovricic besaß einige Violons d'Ingres, die er sorgsam und in aller Heimlichkeit pflegte.

Bei leichter Bora unternahm er gern mit dem eigenen Boot Segelfahrten zwischen Muggia und Duino.

Täglich trank er mit Genuß mehr als ein paar Krügel Bier, das den Menschen beruhigt und poetisch stimmt.

Seinen Geist bereicherte er, indem er schon frühmorgens auf die Piazza della Valle ging, um dort auf den Verkaufsständen der Büchertrödler in antiquarischen Büchern zu wühlen. Er fühlte in sich das Zeug zum Bouquineur, das heißt zum Aufstöberer preisgünstiger und manchmal auch seltener Bücher.

Gelang ihm ein Fund, dann fühlte er sich ganz als

Chineur, was im Jargon der Bouquinistes, der Büchertrödler, soviel heißt wie ein Sucher nach verborgenen Schätzen, die er, wenn er sie gefunden hat, für sich behält.

Manchmal hatte der Kapitän Lovricic tatsächlich eine glückliche Hand.

So hatte er *L'Arpa della Fanciullezza* (Die Harfe der Kindheit) aufgestöbert, die der Signor Giacomo Agnelli in Mailand herausgebracht hatte, und als er in dem Buch blätterte, fand er darin das reizende Kindergedicht *La Vispa Teresa* (Die muntere Therese) und konnte dabei endlich den Namen des Autors feststellen, Luigi Sailer.

Zu den wenigen Leuten, mit denen er zusammenkam, sagte er nichts als guten Tag oder guten Abend.

Diese wenigen Leute fragten manchmal den Kapitän Lovricic: Sind Sie immer so allein? Und der Kapitän antwortete: Aber ich bin doch nie allein. Ich habe meine Bücher, ich führe herrliche Gespräche mit meinen mit frischem und schaumigem Bier gefüllten Krügeln, und manchmal lache ich mit dem Wind, der pfeifend in die Segel meines Bootes fährt.

Eines Morgens macht er auf der Piazza della Valle beim Büchertrödler Giordano, den sie den Italiener nennen, eine Entdeckung. Der Fund und Kauf sollte ihn wochenlang beschäftigen.

Es handelt sich um ein Manuskript, das in schöner, fast mittelalterlicher Unzialschrift geschrieben ist und den Titel trägt *Il complesso dell'Imperatore* (Der Kaiser-Komplex).

Er rollt das Manuskript sorgfältig zusammen, schiebt es in die weite Tasche seines seegrünen Lodenmantels und begibt sich, wie gewöhnlich, in sein Stammlokal Alla Lanterna (Zur Laterne), um dort sein auf eine siebentausendjährige Geschichte zurückblickendes Bier zu trinken und das Manuskript mit dem merkwürdigen Titel *Il complesso dell'Imperatore* zu lesen.

Im Wirtshaus Alla Lanterna fand der Kapitän Lovricic einen günstigen Platz, er bestellte ein gut gepökeltes warmes Schweinefleisch und ein Krügel schwarzes Bier, das sich durch eine besonders delikate Mischung aus Hopfen und Malz auszeichnete, und begann das unter so glücklichen

Umständen bei Giordano, dem Italiener, erworbene Manuskript aufzurollen.

Er blätterte in dem sehr gut erhaltenen, gehefteten Manuskript.

Er las zuerst die Ankündigung, die er als eine Art Vorwort oder besser Introitus ansah.

Donnerwetter, sagte der Kapitän langer Fahrt Lovricic, das ist aber recht schwierig geschrieben, und je weiter er las, desto schwieriger fand er die Geschichte, aber es war eine Art Schwierigkeit, die ihn mehr und mehr interessierte und in Staunen versetzte.

Im Weiterlesen sagte der Kapitän Lovricic: Nun, das ist eine Prosa von großer Ungeniertheit.

Und als er noch weitergelesen hatte, sagte der Kapitän Lovricic: Das ist eine Schreibweise absolut abseits des normalen Sprachflusses der italienischen Prosa.

Das ist nicht italienisch, ist aber auch keine Form von Dialekt, es ist meiner bescheidenen Meinung nach etwas, das ich in dieser Art noch nie gelesen habe.

Wer ist nur der Autor dieses Complesso, dieser Mensch, der als einziger behaupten will, der Himmel sei rot, während alle anderen ihn blau sehen. Ich finde, es ist eine schöne, gesunde und intelligente Prosa.

Sicher, den Überfrommen wird der Autor nicht sehr zupaß sein, wenn er vom vielnamigen Wesen, vom Plurinomen, schreibt, oder wenn er Jeshua, genannt Christòs, als Volksaufrührer bezeichnet.

Es ist eben eine Prosa von großer Ungeniertheit.

Der Verfasser dieses Complesso schreibt eine elastische Prosa, gleich dem elastischen Schritt des Kaisers.

Ganz besonders aber gefiel dem aus Ragusa stammenden Kapitän Lovricic die Figur des Gendarmen und sein immer wieder eingeworfenes ja hat, ja hat, das überhaupt nichts bedeutet.

Und doch faszinierte dieses ja hat den Kapitän Lovricic so sehr, daß auch er von Zeit zu Zeit schmunzelnd ja hat, ja hat sagte.

Wer aber war der Autor dieses *Complesso dell'Imperatore?*

Dem Kapitän Lovricic ließ es keine Ruhe, er mußte ihn ausfindig machen.

Da erinnerte er sich, daß unweit seines Hauses ein betagter Herr von liebenswürdigen Umgangsformen wohnte, der seine Existenzprobleme hinter einer heiteren Gutmütigkeit verbarg.

Der Kapitän Lovricic gedenkt ihm das Manuskript zu zeigen, damit der betagte Herr es lese und beurteile.

Der betagte Herr, der unweit des Kapitäns Lovricic wohnt, hat einen Namen und einen Zunamen: Carolus L. Cergoly.

Der Kapitän Lovricic steigt in den zweiten Stock hinauf, wo der betagte Herr mit den liebenswürdigen Umgangsformen wohnt.

Er läutet. Die Tür öffnet sich, und der Kapitän Lovricic fragt, ob der Signore zu Hause ist.

Die Haushälterin antwortet, daß der Signore nicht in Triest ist, vielleicht ist er in Venedig, vielleicht in Ragusa, höchstwahrscheinlich aber in Wien.

Wenn der Ginster blüht, wird er wieder in Triest sein.

Der Kapitän bittet daraufhin die Haushälterin, das Manuskript dem Signore zur Lektüre zu übergeben, damit er es beurteile.

Dann begibt sich der Kapitän langer Fahrt Lovricic, wie üblich, in das Büffet Alla Lanterna.

Heute hat er kein Buch gekauft, weder bei Giordano, dem Italiener, noch bei Lotte, der Deutschen, und auch nicht bei Pepi, dem Tschuschen.

Er hat nichts gekauft, weil er unter den vielen lebenden Toten in seinem Inneren immer wieder den Gendarmen Milanovic ja hat, ja hat sagen hört.

Er hört dazu den gleichmäßigen Marschtritt des Gendarmen Milanovic auf den wie von Hodler gezeichneten und gemalten Straßen des Reichs.

Eine Malerei von feinster Genauigkeit.

Die Straßen des Gendarmen Milanovic, Straßen von der feinen Genauigkeit Hodlers.

Ja hat, ja hat, sagt Giorgio Lovricic zu sich im Gleichklang mit seinem Seemannsschritt und fragt sich dabei, welches Urteil der im Theresianischen Viertel kurz Carolus genannte betagte und liebenswürdige Herr wohl abgeben wird.

Vielleicht wird er sagen, das Ganze gehört vergessen oder noch besser verbrannt.

Oder vielleicht wird er, wenn der Ginster blüht, einem intelligenten Leser mit einem kleinen Wort des Verständnisses helfen können.

Das sagte sich der Kapitän Lovricic, als er das Büffet Alla Lanterna betrat.

Nachdem er einen behaglichen Platz gefunden hatte, rief er den Kellner Franz und bestellte bei ihm das gewohnte gepökelte warme Schweinefleisch und das gewohnte Krügel Bier.

Die übliche tägliche Stärkung.

Ja hat, ja hat, mein lieber Franz, heute ist geistiger Ruhetag.

Ja hat, ja hat.

Aber was heißt denn ja hat, ja hat, fragte neugierig der Kellner Franz.

Es heißt absolut nichts.

Auch Milanovic wußte nicht, was dieses ja hat, ja hat zu bedeuten hat, aber wenn er es aussprach, fühlte er sich stark, mutig und intelligent.

Vom anderen Ende des Büffets ruft der Schankwirt: Ja hat, Franz, für den Kapitän Lovricic ist schon alles bereit. Ja hat, antwortet Franz und bringt dem Kapitän Lovricic das Bestellte.

Ja hat, sagt Lovricic und beschnuppert das gepökelte warme Schweinefleisch. Ja hat, das Bier ist heute mit wahrer Meisterhand angezapft worden. Es hat nicht die üblichen Bläschen, sondern eine feste Schaumschicht, Weiß auf Schwarz.

Heute könnte man es für ein kräftiges irländisches Bier halten, von Harfenklang begleitet.

Da kam dem Kapitän langer Fahrt Lovricic neuerdings der Gendarm Milanovic in den Sinn, und der Kobold

Hinzelmann kam ihm in den Sinn und die schwarzgelbe Oase in Lipizza, und der betagte liebenswürdige Herr kam ihm in den Sinn, der Signore, der zur Zeit der Ginsterblüte in das Theresianische Viertel zurückkehren wird.

Und was wird dieser Signore über das Manuskript sagen?

Er könnte sagen: der Complesso mißfällt mir im großen und ganzen nicht, er könnte aber auch sagen: besser, man wirft es ins Feuer, denn es ist nach dem Urteil der Hunde Gottes, der Dominikaner, ein häretisches Buch.

Sodann erinnerte sich der Seekapitän, daß Pepi, der Tschusche, der Büchertrödler auf der Piazza della Valle, versprochen hatte, ihm das Buch des Messer Vincenzo Pribevo, Dalmatiner aus Lesina, gedruckt in Venetia 1595 bei Aldo, mit der Vignette Anker und Delphin, zu beschaffen.

Er bestellte noch ein Bier und dann noch eines, jusqu'à la troisième capucine, wie die Franzosen sagen.

Er stand auf und merkte, daß er im höchsten Grade beschwipst war.

Ja hat, Franz, ja hat, Schankmeister, und Franz und der Schankwirt antworteten: Ja hat, Kapitän Lovricic.

Er machte sich auf den Heimweg, zwar nicht mit dem elastischen Schritt des Kaisers, sondern wankend, aber doch mit Würde, als stünde er auf der Kommandobrücke eines im Sturm schlingernden Schiffes.

Ja hat, ja hat, murmelte er unentwegt, denn da meinte er sich stark zu fühlen und intelligent und erhaben über den Unsinn.

Man muß dies unser Leben leben, als lebte man es in der Welt von gestern.

Er öffnete die Haustür und warf sich angekleidet auf das Kanapee in Erwartung des in Venetia gedruckten Buches und zugleich des aufkommenden, all die Fahnen bewegenden Winds, die der Welt Tränen und Blut ankündigen.

Das Alte stürzt, die Zeiten ändern sich, und nichts blüht aus den Ruinen. Es beginnen die neuen Zeiten.

Ja, ja, die Zeiten der Tränen und des Bluts.

Der Kaiser kann warten.

Anmerkung des Übersetzers

Das italienische Original ist durch eine weitgehende Interpunktionslosigkeit gekennzeichnet: kein Beistrich, kein Strichpunkt, kein Doppelpunkt, kein Anführungszeichen, kein Gedankenstrich. Der Übersetzer war bemüht, den durch den weitgehenden Verzicht auf Interpunktionen bedingten Sprachrhythmus zu bewahren. Gleichwohl hat sich der Verlag entschlossen, um dem deutschsprachigen Leser die Lektüre zu erleichtern, die üblichen Interpunktionen in den Text einzufügen.